CW00468136

cocteles, campanas nupciales y locura de verano

JULIA SUTTON

TRADUCIDO POR
ELIZABETH GARAY

Para Jill, siempre mi mejor amiga

agradecimientos

Me gustaría extender mi agradecimiento y gratitud a mi editor, Next Chapter Publishing, por su fabuloso arte de portada y su ayuda en la publicación de esta novela.

Gracias a mi maravillosa editora, Lorna Read, que ha trabajado muy duro y ha hecho un trabajo fantástico.

Gracias a mi familia, a mis amigos y a toda la gente amable de las redes sociales, que me apoyan con mi escritura.

Esta novela se inspiró durante unas vacaciones en Mallorca y me encantó escribirla. Espero que disfruten leyéndola.

Así que relájate, pon los pies en alto y piérdete en mi mundo de ficción...

uno

«Hola, Fulham Banking, ¿en qué puedo ayudarlo?». Rose Archer reprimió un bostezo y escuchó a un hombre quejándose en voz alta del costo del seguro de su casa.

«Ha subido tres veces en cinco años», se quejó. «Si no me otorgan un descuento, me cambio a Redrock Bank, y lo digo en serio esta vez».

«Permítame transferirlo a nuestro departamento de seguros». El dedo de Rose se cernía sobre la centralita.

«¿Oiga? ¿Por qué no puede usted atenderme?».

«Soy la recepcionista, señor. Solo un momento...».

«¿Disculpe?». El tono del cliente había cambiado de molestia leve a indignación ofendida en menos de diez segundos.

La columna vertebral de Rose se puso rígida mientras se preguntaba qué había dicho mal. Había sido alegre, había sido educada. Sí, Rose admitió que estaba aburrida y cansada, pero eso no era nada nuevo y especialmente al final de un lunes ajetreado cuando había tenido ganas de volver a meterse en la cama todo el día.

· · ·

Rose cogió un pañuelo para limpiarse la nariz roja y chorreante. Se hizo el silencio al otro lado de la línea.

«Señor, ¿todavía está allí?».

«Soy una ella», fue la respuesta entre dientes.

¡Ups! Los ojos de Rose se abrieron. «Lo siento, señora», balbuceó, «¿le gustaría que un miembro del personal le devuelva la llamada?».

Por el rabillo del ojo podía ver a su gerente Liliana holgazaneando con un grupo de vendedoras. Rose colocó una sonrisa radiante en su rostro y tomó su pluma en preparación.

«¿Cuál era su nombre, señor... quiero decir, señora?».

«No importa cuál sea mi nombre. ¿Ha oído hablar de la fluidez de género? Pueden quedarse con su maldito seguro. Pagaré mi dinero a una empresa donde las recepcionistas no tengan prejuicios de género». Zumbido y la línea se cortó.

Rose parpadeó, Liliana la estaba mirando, frunciendo la boca en una línea apretada de desaprobación.

«Sí, por supuesto que puedes devolver la llamada. Gracias señora. Adiós». Presionó un botón y la luz roja desapareció. Justo a tiempo para que Liliana apareciera con sus tacones altos de charol.

«¿Un poco de fiebre del heno, Rose?». Ella ahuecó su largo cabello negro azabache.

«Un resfriado desagradable», Rose sonrió dulcemente, «mis oídos y mi nariz están tapados, y mi garganta se siente como si me hubiera tragado un paquete de hojas de afeitar».

«Entonces, ¿no vendrás a tomar algo después del trabajo?», Liliana golpeteó con los dedos la pantalla de la computadora de Rose. «Marjorie de contabilidad se va. ¿No recibiste el correo electrónico?».

«No». Rose tomó un sorbo de su botella de agua.

«Se envió a todos», los ojos de Liliana se inclinaron con

sospecha, «aunque tú y Marjorie nunca han sido amigas, ¿verdad?».

No, pensó Rose, principalmente porque ella es ruidosa y vulgar y siempre ha sido mala conmigo.

«Somos muy diferentes», dijo Rose diplomáticamente.

Liliana suspiró. «Oh Rose, realmente deberías esforzarte más por ser sociable con tus compañeros de trabajo. ¿Por qué no vienes? Suéltate el cabello y vive un poco».

Rose se ocupó de engrapar hojas de papel. «No puedo esta noche. Lo siento. Tengo coro folclórico los lunes. Toco el órgano y cantamos y charlamos y después tomamos té y pastel. Es muy agradable...». Se detuvo cuando notó que los ojos de su gerente se habían vuelto vidriosos.

«Suena emocionante». Liliana bostezó. «Mientras tanto, en el mundo real todos nos emborracharemos. Toma», anotó un número de teléfono móvil en un trozo de papel, «si cambias de opinión, envíame un mensaje de texto, ¿sí? Te dejaré saber en qué pub estamos».

Rose tomó el trozo de papel y observó a Liliana tambaleándose hacia sus amigos. Subrepticiamente, lo tiró por el costado de una papelera abultada y luego buscó su bolso debajo de la mesa. Eran las cinco, hora de partir.

«¿Terminaste por hoy, amor?», Ron, el guardia de seguridad vespertino, caminó hacia ella, girando un juego de llaves en su mano.

«Así es». Rose sonrió en su dirección. «Otro día más».

«Y el mío recién está comenzando». Se apoyó en el mostrador y le guiñó un ojo con ojos azules llorosos. «¿Te gusta mi nueva porra?».

«¿Disculpa?», Rose se subió las gafas por la nariz.

«¡Esto!». Él empuñó hacia ella lo que parecía un palo de metal.

«¿Estás seguro de que necesitas eso, Ron?». Ella lo miró con cautela mientras lo agitaba en el aire.

«Por supuesto que sí. Nunca se sabe quién está al acecho por estos lados». Hizo un gesto con el pulgar hacia la parte trasera del edificio. «Esos campos atraen todo tipo de mala vida. Los drogadictos y los locos son algunos de ellos, y ahora los adolescentes también se han acostumbrado a andar por ahí».

«Oh, probablemente sean niños siendo niños». Rose guardó su lonchera dentro de su mochila y sonrió. «Sin embargo, haces un gran trabajo».

«Así es». Ron hinchó el pecho con orgullo. «¿Tal vez debería tener un perro guardián? Un rottweiler o un alsaciano grande y desagradable».

Rose sonrió al pensar en Ron pavoneándose por las oficinas con un compañero gruñendo a cuestas. «¿Qué tal un Bichon Frise?».

«¿Un qué?». Sus labios aletearon de risa. «Una de esas tontas cosas de peluche. Difícilmente sería un perro guardián, Rose».

«Aunque es lindo». Rose cerró su computadora. «¿Cómo está tu esposa?».

«No muy bien. Sus nervios están molestándola de nuevo. Tejer es lo único que disfruta hoy en día, eso y 'Murder She Wrote'». [*Nota de la T.: 'Murder She Wrote', serie de TV de suspenso*]

Rose chasqueó la lengua con simpatía.

. . .

4

«Supongo que no...». Hizo él una pausa. «No, no podría preguntarte».

«Pregunta».

«Bueno, Rose, la cosa es que hay un club de tejido en el centro comunitario, pero mi Betsy no tiene la confianza para ir sola». Él la miró con ojos suplicantes. «Me preguntaba si te gustaría hacerle compañía. Es solo una noche a la semana, creo que los martes».

«No tengo absolutamente ninguna idea de cómo tejer», respondió Rose.

«Es para principiantes. Toma», Ron sacó un trozo de papel de su bolsillo, «estos son los detalles y he escrito el número de Betsy en la parte de atrás para ti».

Ella tomó el papel de él, con una cálida sonrisa en su rostro. «¿Puedo pensar y hacérselo saber?».

La sonrisa de Ron era amplia. «Eres una chica amable, Rose. Betsy estaría encantada si fueras con ella».

Rose suspiró. «Está bien, me has convencido, iré».

«¡Fantástico! Gracias amor». Se inclinó hacia ella y la jaló en un fuerte abrazo. «Ahora, vete a casa y relájate».

«Buenas noches, Ron».

La acompañó hasta la puerta, observándola desde detrás del cristal mientras abría el coche y arrancaba el motor. Mientras se preparaba para dar marcha atrás, un gran grupo de mujeres apareció detrás de ella, gritando y riendo a carcajadas. Rose las vio irse, agradecida de no asistir a la despedida de Marjorie y poder volver a casa con su familia y su hogar seguro y cálido.

Rose vivía en Upper Belmont Estate. Su calle era larga y serpenteaba hacia arriba hasta la cima de una colina. En un día

5

despejado, se podía ver la totalidad de Twineham Village: casas y tiendas rodeadas de campos de un verde exuberante. Rose se tomó un momento para disfrutar de la vista, aspirando el aire fresco de primavera en sus pulmones. Las casas detrás de ella estaban unidas en terrazas, cada una pintada de un color diferente. Parecía una escena junto al mar, pero no estaban cerca del agua. Twineham ni siquiera poseía un lago. Era un campo agrícola: campos de retazos, árboles viejos y nudosos y flores silvestres en pleno centro de Inglaterra. Rose había vivido aquí toda su vida y le encantaba.

«Buenas noches, nuestra Rose». La señora Bowler estaba en el escalón de la entrada, regando sus cestas colgantes. «Parece que va a ser un buen día mañana». Ella asintió hacia el cielo rojo resplandeciente.

Rose se protegió los ojos del resplandor del sol y sonrió a su vecina. «Cielo rojo por la noche: ¿el deleite de los pastores?».

«Así es. ¿Cómo estás, Rose?». La amigable octogenaria subió cojeando por su camino dañado, deteniéndose para admirar las coloridas mariposas en el camino.

«Cansada». Rose balanceó su bolso sobre su hombro. «Otro lunes más».

«Pronto será fin de semana». La señora Bowler vertió los últimos restos de su regadera sobre un bote de petunias. «¿No has olvidado que la fiesta es el sábado?».

«No», chilló Rose. Sí lo había hecho.

«¿Y seguirás organizando y manejando el puesto de pasteles?».

Rose asintió y lo agregó mentalmente a su lista de tareas pendientes.

«Yo misma estaré supervisando la tómbola. Tu madre me ha dado una caja entera de chucherías para la rifa. Si tienes algo que quieras donar, Rose, sería muy apreciado».

«Echaré un vistazo». Rose empujó la puerta para abrirla.

«Adiós, señora Bowler».

«Adiós querida. Disfruta tu velada».

El número 35 tenía una puerta color lila, curtida por la intemperie, rodeada de hiedra trepadora y dos enrejados de rosas. Atraía a las avispas y otros mosquitos voladores y, a menudo, Rose se enganchaba la ropa con las espinas discretas, pero era bonito y era el orgullo y la alegría de su abuela. Rose metió la llave en la cerradura y presionó la puerta hasta que se abrió. El calor corrió hacia ella y Rose saltó cuando su mano rozó el radiador caliente del pasillo.

«Por el amor de Dios», murmuró, quitándose los zapatos, «casi es mayo y ni siquiera hace frío».

«¿Qué fue eso?». Su madre, Fran, estaba de pie en la puerta de la cocina, con un cuenco en equilibrio sobre su cadera.

«Hola, mamá», Rose se quitó la chaqueta, «¿qué estás horneando ahora?».

«Solo un pan de plátano y sabes que tu abuela siente el frío».

«Lo sé». Rose sonrió a modo de disculpa mientras pasaba junto a ella hacia la cocina.

La abuela Faith estaba sentada a la mesa de la cocina mirando la sección de crucigramas de su revista semanal.

«¿Qué es diente para masticar?», inquirió sin levantar la vista.

«¿Incisivo?». Fran le dio a la mezcla un último golpe antes de volcarla lentamente en un molde para hornear preparado.

«Demasiadas letras», olfateó Faith.

«¿Molar?», sugirió Rose.

Faith contó los cuadrados. «Perfecto».

«¿Cuál es el premio entonces, abuela?».

Faith levantó la vista. «Un fin de semana de spa para dos. ¿Te apetece venir conmigo si gano, Rose?».

«¿Involucraría libros?». Rose se agachó para frotar sus doloridos pies.

Faith resopló. «¡Tú y tus libros! Implicaría ser mimado. Hacerse las uñas y maquillarse, recibir un masaje y tal vez una envoltura corporal completa y luego pasar la noche bebiendo champán y cenando comida grotescamente cara como el caviar».

Rose la miró con desdén. «No puedo pensar en nada peor».

«¿Estás segura de que no fue cambiada al nacer?», Faith le dijo a Fran. «Mi única nieta es una marimacha».

Faith se rió con un encantador sonido de tintineo.

«¡No soy una marimacha!», Rose insistió. «Simplemente no me gustan todas esas cosas de chicas. El cabello y la belleza no me interesan en lo más mínimo».

«Podemos decirlo», sonrió Faith. «¿Cuándo fue la última vez que visitaste a un peluquero?».

«Déjala en paz», se rió Fran. «Rose, sé amable y pon la mesa. Tu padre y tu hermano estarán pronto en casa».

Rose fue a buscar los cubiertos del cajón. «De todos modos, ¿qué le pasa a mi cabello?».

«Técnicamente nada», balbuceó Faith con su marcado acento escocés, «simplemente ha estado así desde siempre. ¿No podrías tenerlo de color rosa, por ejemplo? Eso parece estar de moda hoy en día».

«¡Te escucharás a ti misma, madre!», Fran saltó en defensa de su hija. «Rose tiene un cabello hermoso; grueso y rizado y el enrojecimiento debe ser por sus raíces escocesas, ¿eh?».

«Al menos ella ha heredado algo de mí», resopló Faith. «Tú, en cambio, eres justo como tu pobre y difunto papá».

«Debe haberse saltado una generación». Fran golpeó a Rose juguetonamente con la cadera. «Qué suerte tengo, ¿eh?».

«De todos modos, abuela, avísame si ganas algún cupón para libros o excursiones de un día a museos». Rose agachó la cabeza en la despensa después de los botes de sal y pimienta. «Estaré feliz de ir contigo entonces».

«¿Yo en un museo?», Faith se rió. «¡Es probable que no me dejen salir! Que me embalsamen en una cocina victoriana».

Las tres seguían riendo cuando el padre de Rose, Rod y su hermano mayor, Marty, irrumpieron en la cocina.

«¿Qué es toda esta frivolidad?». Rod tiró su bolsa de herramientas, besó a su esposa y fue a lavarse las manos.

«Asuntos femeninos», dijo Faith con ironía.

«Oh, eh...», Rod agachó la cabeza, «¿qué hay para el té entonces?».

Después de una copiosa comida de estofado y albóndigas, Rose ayudó a su madre a limpiar.

«Tengo práctica de coro esta noche», bostezó Rose, «pero para ser honesta, no me siento con ganas. Mi nariz ha estado goteando todo el día».

«Entonces no vayas, amor». Fran limpió el escurridor con un paño de cocina húmedo. «Dedicas demasiado tiempo a esa iglesia. Ten una noche libre».

Rose consideró llamar al vicario, pero luego dijo con resolución: «No, iré. El concierto de verano no está lejos, necesitamos practicar».

Fran asintió. «Toma un paracetamol antes de irte entonces».

Rose sacó la caja de medicinas del estante alto y se metió dos en la boca. «Otra cosa, mamá», se pasó las tabletas con un trago de agua, «me dejé convencer para asistir a un club de tejido. ¿Te apetece venir?».

«¡Un club de tejido!», Fran puso los ojos en blanco. «Por el amor de Dios, no le digas a tu abuela. ¿No tienes suficiente que ver con trabajar a tiempo completo, la iglesia, tu club de lectura y ahora tejer? Estarás agotada, Rose».

«Son solo un par de horas los martes por la noche». Rose puso su expresión más suplicante.

«No puedo», respondió Fran, con firmeza incondicional. «Esa es la mejor noche para mis telenovelas. 'Coronation Street' es emocionante en este momento, me niego a perdérmela».

«Ah, de acuerdo». Rose intentó sacudirse la decepción. Parecía que serían solo ella y la señora Ron entonces.

«Deberías aprender a decir no, Rose». Las palabras de Fran fueron dichas en voz baja. «Eres demasiado amable». Acarició a su hija debajo de la barbilla. «Por favor, dime que no vas a ayudar en la fiesta este fin de semana».

Rose asintió. «Algo así. Estoy a cargo del puesto de pasteles». Hizo una mueca ante la mirada en el rostro de su madre. «Es por caridad, mamá. Esa organización benéfica que ayuda a los niños pobres de África a obtener una educación».

«Está bien, pero ojalá verifiques y te asegures de que el dinero recaudado no llene los bolsillos de ninguno de los aldeanos». Faith le dio a su hija una cálida sonrisa. «¿Quién sabía que había dado a luz a un ángel? Tal vez debería haberte llamado Gabriel».

«Mi nombre es bastante encantador», dijo Rose mientras subía las escaleras a toda prisa, «y Gabriel era un hombre, mamá»

«Mary entonces», gritó su madre, con un suspiro de resignación.

dos

El baño estaba ocupado. Rose podía oír a su hermano Marty cantando por encima del ruido de la ducha.

«¿Vas a tardar mucho?», llamó a la puerta.

«¿Qué?», continuó cantando, o chillando pudo haber sido el verbo correcto.

«¡No tardes!», ella gritó. Rose entró en su dormitorio y se tiró en la cama. Era suave y cómoda y olía fresco como la brisa del océano. Acomodó las almohadas y se recostó para mirar el techo color limón, donde las sombras bailaban y la luz de su lámpara creaba una silueta suave. Movió los dedos de los pies y emitió un suspiro somnoliento. Si no tuviera práctica de coro, podría acurrucarse debajo del edredón con su última novela y una barra de chocolate, ponerse el pijama y los calcetines de lana y relajarse. La idea de una siesta energética cruzó por su mente. La abuela Faith lo había mencionado. Solo diez minutos, decidió, volviéndose de lado y envolviendo el borde del edredón sobre su cuerpo. El sonido de la lluvia golpeando en el alféizar de la ventana era como una suave canción de cuna, calmando la tristeza del lunes. Cinco minutos después, Rose estaba profundamente dormida.

· · ·

De lejos llegó el sonido de un timbre. Sonaba como la alarma contra incendios en el trabajo, solo que esto era más silencioso y suave. Rose estiró un brazo, se sopló un rizo de la nariz y abrió lentamente un ojo. Podía escuchar voces apagadas. Era su madre diciéndole firmemente a alguien que no estaba bien. Rose se levantó de un salto, miró su reloj de pulsera y emitió un chillido. Las siete de la tarde significaban una cosa: el coro estaba a punto de comenzar. Estarían esperándola, preparando sus voces para cantar, preguntándose dónde estaba. Rose rebotó en la cama, tropezó con sus zapatos y cayó de bruces, aplastando su nariz contra la alfombra. ¿Este lunes podría empeorar? Le dolía la cabeza, le chorreaba la nariz y estaba retrasada. Rose Archer nunca llegaba tarde. La puntualidad era uno de sus rasgos más fuertes.

«Mamá», gritó, «¡Ya me levanté!». Bueno, no literalmente, pero... Rose se puso de pie y abrió la puerta de su dormitorio.

Fran estaba al pie de las escaleras, con el teléfono pegado a la oreja. «Ya viene». Le entregó el teléfono, sacudiendo la cabeza mientras lo hacía.

«Hola». La cabeza de Rose se sentía confusa, una combinación de síntomas de resfriado y siesta. Nunca dormía la siesta durante el día. ¿Qué le sucedía?, pensó, mientras se dejaba caer en el último escalón.

«Ah, Rose», el tono dulce del Sr. French, el vicario de la parroquia, llegó a su oído, «nos preguntábamos dónde estabas. ¿Estás bien?».

«Solo un resfriado». Estornudó en el puño de su blusa. «Voy para allá ahora, deme diez minutos».

«Ten cuidado con cómo conduces ahora. Adiós». Zumbido y la línea se cortó.

. . .

Rose entró en el salón donde su mamá, papá y abuela estaban viendo la televisión.

«¿Vas a ir a esa iglesia otra vez?», Rod estaba inclinado, cortándose ferozmente las uñas de los pies.

«He estado yendo todas las semanas durante los últimos diez años, papá».

«Bueno, solo preguntaba», agitó las tijeras hacia ella, «deberías hacer algo más con tu vida, ¿no?».

La abuela Faith carraspeó estando de acuerdo. «¿Por qué no empezar con ese nuevo bar de vinos en la ciudad?».

Rose suspiró. «Estoy feliz con mi coro folclórico. ¿Por qué todos tienen tanto problema con que yo asista a la iglesia?».

Fran dejó su revista. «No hay problema, amor, aparte de que la vida parece pasarte de largo. Deberías estar ahí fuera viendo el resto del mundo».

Faith tiró de su barbilla. «Tal vez si se consigue un chico, eso sería un comienzo. Tienes veintiocho años y apuesto a que todavía eres virgen».

«¡Mamá!», Fran regañó a Faith. «Eso no es de tu interés».

Las mejillas de Rose ardieron tan rojas como su cabello. «Tengo un amigo. Jeremy, ¿recuerdas?».

«Un amigo que usa camisetas sin mangas y habla como si tuviera una ciruela atorada en la boca», resopló Faith. «Lo que necesitas es un amante. Alguien atractivo como... Daniel Craig».

«¿Quién?», Rose se quedó perpleja. «No tengo idea de a quién te refieres».

Faith chasqueó los dedos. «Ya sabes, el tipo que interpreta a James Bond. Muy buen cuerpo, especialmente en esos trajes de baño...».

Rose recogió sus llaves y su bolso. «Me voy ahora», dijo con firmeza, «no llegaré tarde».

Podía escuchar a los tres riéndose mientras cerraba la puerta detrás de ella.

. . .

Cuando Rose llegó a la iglesia, Brenda, la clarinetista, la estaba esperando en el estacionamiento.

«¡Rose, llegaste!».

«Por supuesto», Rose salió del auto con una sonrisa en su rostro. «¿Han empezado sin mí?».

«No, Rose, solo estábamos tomando té y pastel», dijo Brenda. «La esposa del vicario ha hecho el pastel de frutas más delicioso y Jeremy está de vuelta».

«¿En serio?», juntas atravesaron la puerta arqueada, pasaron los bancos y la fuente y se dirigieron a la sala de reuniones separada por tabiques.

«Nos ha estado contando historias sobre África, donde conoció a las personas más maravillosas y las bestias magníficas», Brenda suspiró. «Todo suena tan emocionante». Apoyó su paraguas en el soporte con los demás y Rose la siguió al interior de la habitación.

El coro folclórico estaba formado por diez personas: seis cantantes, Brenda la clarinetista, Rose en el órgano, el Sr. French el director y Jeremy que tocaba la guitarra. Estaban sentados a una vieja mesa de roble rayada por años de uso, comiendo pasteles y bebiendo té en delicadas tazas de porcelana.

«Oh, Rose, viniste». La señora French se puso de pie para besarla en la mejilla. «¿Te sientes bien? Tu madre dijo que no estabas bien».

«Estoy bien», respondió ella, sacudiéndose las gotas de lluvia de su cabello. «Hola, Jeremy».

Le tendió una mano y con la otra se subía las gafas. «Rose, qué gusto verte. Ha pasado un tiempo...».

«Han pasado dos meses». Ella sonrió ampliamente. «Es bueno tenerte de vuelta. ¿Y cómo estuvo África?».

«Estuvo increíble». La mirada de Jeremy se apartó de la de ella y se produjo un momento de incómodo silencio.

El señor French aplaudió. «¿Comenzamos con la música y luego charlamos?». Los demás murmuraron de acuerdo. Rose frunció la frente, pero se dirigió al órgano. Sus dedos tintinearon suavemente sobre las teclas mientras, a su lado, Brenda tocaba su clarinete y Jeremy tocaba su guitarra. Repasaron una lista de himnos que comenzaba con el favorito de Rose, *All Things Bright and Beautiful*. Para la quinta canción, Rose estaba estornudando profusamente y el Sr. French ordenó que se detuvieran.

«Creo que deberíamos parar por esta noche», como muchos párrocos, su tono era profundo y melodioso, «la pobre Rose obviamente no está bien. Deberías estar en casa calientita, querida. Vuelve a nosotros la próxima semana, estarás en plena forma».

«De acuerdo», Rose asintió en su dirección con gratitud. «¿Te gustaría que te lleve, Jeremy?». Estaba ansiosa por hablar con él sobre sus aventuras. Durante su tiempo fuera, ella lo había extrañado. Su mente retrocedió a la última vez que lo había visto. La forma en que le tomó la mano cuando nadie miraba y su declaración de amor por ella en el estacionamiento de la iglesia. En ese momento, Rose estaba confundida y no estaba segura de cómo reaccionar. Le gustaba mucho, pero ¿era eso suficiente? Sin embargo, durante los últimos dos meses, había pensado en él constantemente y se dio cuenta de que le gustaba como algo más que amigos. Así que esta noche, decidió, era la noche en que correspondería sus sentimientos. Jeremy era simpático y apuesto a la manera de las novelas. Era gentil y amable y sus ojos eran de un azul atractivo. No sabía si se parecía a Daniel Craig, pero definitivamente le recordaba a Clark Kent de Superman. Y ella quería besarlo: esta noche.

· · ·

«Solo déjame ir al baño», dijo Rose, «y soy toda tuya». Rodeó a Brenda, que luchaba por ponerse un impermeable azul marino. «Nos vemos en la fiesta, querida». Rose saludó y corrió hacia el baño de damas.

Las paredes blancas brillantes y los muebles cromados del diminuto inodoro se sumaban al ambiente frío de la habitación, pero Rose tenía calor. Se miró en el espejo roto mientras se lavaba las manos. Sus mejillas estaban de un rojo brillante y su cabello gravitaba hacia arriba debido a la humedad. Se echó agua fría sobre la cara y se alisó el cabello. ¿Debería aplicarme lápiz labial?, se preguntó. Una búsqueda exhaustiva en su bolso reveló que el único maquillaje disponible era un aplastado lápiz delineador de ojos. Lo volvió a guardar y se metió un caramelo de menta en la boca.

Jeremy la estaba esperando en la entrada, jugueteando con los folletos *What's On In Twineham*.

«Hay un festival de degustación de comida en agosto». Él levantó la cabeza para mirarla. «¿Tienes fiebre, Rose? Puedo tomar el autobús a casa si te queda fuera de camino».

«Por supuesto que no», respondió apresuradamente, «realmente estoy bien, solo necesito una buena noche de sueño. ¿Podemos ir... al festival de degustación de comida... juntos, si quieres? Estaba consciente de que estaba farfullando y se estremeció.

«Oh, eh, ¿tal vez?», Jeremy se miró los pies.

«Vamos entonces», dijo Rose, con un brillo forzado que no sentía, «puedes contarme todo sobre África».

Rose bajó las ventanillas para permitir que el aire fresco de la noche se filtrara en el coche. «¿Fuiste a un safari?».

«Oh, sí». El rostro de Jeremy adquirió un brillo soñador. «Los vimos todos, Rose. Leones, elefantes, jirafas, ñus...». Se detuvo para mirar hacia su regazo y ella se preguntó a quién se refería con el «vimos».

«Pensé en ti». Ella palmeó su mano. «Pensé en lo que me dijiste la última vez que hablamos».

No hubo respuesta, solo el rugido del motor mientras maniobraba para doblar una esquina. «Jeremy», Rose respiró hondo, «siento lo mismo».

«Ah». Jeremy se hundió en su asiento. «Sobre eso...».

«¿Sí?». Miró su rostro, que había palidecido hasta un color blanquecino. «Está bien. Lo que me dijiste fue hermoso, incluso poético. Nadie había dicho antes que mi cabello se parecía al fuego y... y que mis ojos eran como hermosos remolinos azules».

Ella resopló, hizo una pausa mientras su mente buscaba un cumplido adecuado para decir sobre él, y continuó: «Eres amable, Jeremy, noble y decente. Guapo también. Me gustaría mucho ser tu nov...».

«¡Rose!». Él la interrumpió abruptamente. «Las cosas han cambiado».

«¿Q...qué?». Su mano resbaló de la palanca de cambios.

«He conocido a alguien más. Mientras estaba en África».

Rose sintió que su corazón se hundió como un globo de plomo. «Oh», fue todo lo que pudo decir.

«Por favor, no hagas esto difícil», suplicó Jeremy, «Odio hacerte esto, Rose, pero creo que tú y yo estamos destinados a ser solo buenos amigos».

«¡Pero... pero las cosas que me dijiste!», Rose presionó su pie en el acelerador con demasiada fuerza y se lanzaron hacia adelante. «Dijiste que tú...».

«¡Por favor!». Levantó la mano. «No te alteres. No puedo soportar la histeria».

«No estoy histérica, Jeremy», se sintió repentinamente

enojada, «solo confundida».

Emitió un suspiro tembloroso. «Mis sentimientos han cambiado. La primera vez que conocí a Sabrina, bueno, me dejó sin aliento». «¿Sabrina?», Rose chasqueó la lengua. «¿Ella también tiene el cabello como el fuego?».

«No, su cabello es dorado como la puesta de sol más hermosa...». Se interrumpió cuando notó que su boca se tornó en una línea firme. «Lo siento». Jugó con el puño de su chaqueta que Rose notó que estaba sucia y deshilachada. «No quisimos enamorarnos...».

«Simplemente sucedió», terminó Rose por él. «¿Es británica?».

Un rápido asentimiento confirmó que estaba en lo cierto. «Ella vive en Berkshire. Sabrina está en un año sabático de la universidad donde estudia ciencias ambientales».

Rose tragó saliva. «Eso debe ser interesante. Pero espera, ¿cuántos años tiene?».

«Veinte años, pero es muy madura y sabia para su edad. Te gustaría, Rose. Toca el piano como tú».

«Yo toco el órgano», corrigió ella. «¿Cuántos años tienes ahora, Jeremy?».

«¡Solo treinta y dos!». Su tono se volvió defensivo. «La edad no es una barrera para el amor verdadero».

Rose encendió el indicador y giró a la izquierda en su calle. «Bueno, te deseo suerte, Jeremy y...», buscó un término adecuado, «felicidad».

«Gracias». Jeremy le dio unas palmaditas en la mano. «También hay alguien ahí fuera para ti, Rose. Encontrarás el amor verdadero cuando menos lo esperes, como Sabrina y yo».

«¿Lo haré?». Rose detuvo el auto frente a su departamento y miró por el espejo. «Tal vez estoy destinada a ser una solterona».

. . .

«¿Una solterona?», Jeremy se rió entre dientes. «¿Cuantos años tienes?».

«Veintiocho».

«Bueno, entonces, todavía eres una bebé. Mucho tiempo para que encuentres al Sr. Correcto».

Rose le dio una sonrisa tensa. «Debería irme a casa ahora. Trabajo mañana».

Jeremy se desabrochó el cinturón de seguridad. «Gracias por el aventón, Rose y....», su tono se volvió contrito, «Lo siento».

«Está bien». Rose buscó en su guantera un pañuelo. «¿Seguirás viniendo al coro folclórico?».

«Lo haré. Buenas noches, Rose», se inclinó y le rozó la mejilla con los labios. Un beso suave, pero no el tipo de beso que había estado esperando. Rose lo vio caminar por el sendero y, con un último gesto, desapareció de la vista. Con un suspiro, Rose tiró del freno de mano y se alejó por la calle oscura, de regreso a casa y su cama vacía.

tres

A la mañana siguiente, Rose estaba completamente "enferma". Se había pasado la mayor parte de la noche dando vueltas, estornudando y tosiendo. Finalmente, a las cinco en punto, había dejado de dormir y estaba arrastrando los pies por la cocina con una taza de té caliente y una toallita húmeda y fría presionada contra su frente sudorosa.

«Llamaré por ti», decidió su madre, «y de camino a casa después del trabajo te traeré un medicamento para la tos».

«Debería ir a trabajar», Rose se mordió el labio, «hay mucho trabajo; nuevos clientes se registran continuamente, y se trata de evitar que los viejos clientes descontentos se vayan. Y se supone que debo llevar a la esposa del guardia de seguridad al club de tejido».

«No te preocupes por el club de tejido», dijo Fran junto a ella, «tu salud es lo primero. Ahora vuelve a la cama. La casa estará tranquila hoy, tu papá y Marty trabajarán hasta tarde y la abuela se irá al centro durante el día».

«¿Alguien me mencionó?». La abuela Faith entró cojeando en la cocina.

«Le estaba diciendo a Rose que no debería ir a trabajar», explicó Fran, golpeando la tetera».

Faith miró a su nieta. «Te ves paliducha. Por cierto, ¿cómo te fue anoche con Jeremy?».

«No hay más un Jeremy y yo». Rose se desplomó en la silla. «Ya no está interesado».

«Maldito cabrón», Faith agitó su bastón en el aire. «¡Espera que lo atrape!».

Fran frunció el ceño a su madre. «Pensamos que iban a estar juntos», continuó Faith. «¿No te dijo que te amaba hace un par de meses?».

Rose negó con la cabeza. «Ha cambiado de opinión y realmente no quiero hablar más de eso».

«Hay muchos más peces en el mar». Faith se acomodó en su mecedora. «Nunca me gustó mucho, de todos modos. Siempre pensé que tenía ojos astutos. Puedes hacerlo mejor, nuestra Rose».

«Eres hermosa», coincidió Fran. Jeremy debe estar loco.

Rose se quedó mirando la bebida en polvo. «Tal vez termine esto arriba».

Fran le palmeó el hombro. «No te preocupes por el trabajo. Nunca tienes tiempo libre. Tendrán que arreglárselas sin ti durante uno o dos días. Vuelve a la cama y trata de dormir».

Rose se puso de pie y besó a su madre en la mejilla. «Gracias».

Mientras subía las escaleras, podía escuchar a Fran reprendiendo a su abuela: «Deja de meter la nariz en los asuntos de Rose».

«Estoy preocupada por ella», replicó la abuela Faith. «Esa chica necesita a alguien que la cuide. Un hombre real. Un macho alfa».

Ojalá, pensó Rose mientras retiraba el edredón y se acurrucaba con cansancio en el país de los sueños.

. . .

A la hora del almuerzo y después de dormir más y tomar paracetamol, Rose se sentía un poco mejor. Se duchó y luego bajó las escaleras para ver la televisión mundana de la tarde con chocolate y papas fritas como acompañamiento poco saludable. Su papá llegó a casa para almorzar, golpeando el pasillo con su caja de herramientas y con su hermano Marty a cuestas.

«¿Cómo está nuestra Rose?», Rod estaba en el umbral. Su cabello y rostro estaban salpicados de pintura.

«No muy mal», respondió ella, rompiendo un pedazo de Galaxy y ofreciéndoselo.

«¡Dirías eso si estuvieras en tu lecho de muerte!». Se dejó caer en el sofá junto a ella, masticando el chocolate.

Marty se sentó al otro lado de ella y los tres miraron fijamente al panel de mujeres en el programa de debate de la tarde.

«Feministas por todas partes». Marty sacudió la cabeza ante la pantalla de televisión. «No me extraña que Janey haya decidido no seguir conmigo».

«¿Han tenido otra pelea?», Rose deslizó una mirada comprensiva a su hermano, que se había servido de su bolsa de Doritos.

«Sí. Esta vez es para siempre». Agitó una fritura en el aire. «Ella quiere tiempo para encontrarse a sí misma».

«Vaya». Rose notó que la cara de su hermano se ponía más roja por segundos.

«No has escuchado lo mejor», continuó. «¡Ahora ya no está segura de que le gusten los hombres!».

Rose ocultó su jadeo con una tos.

«Ha dejado su trabajo. Dijo que se está matriculando en la universidad con su nueva mejor amiga, Lola. Eligieron estudiar arte». Escupió la última palabra, su rostro se torció en una mueca.

«Cree que salir con un pintor y decorador, ahora está por debajo de ella».

«Eres brillante en tu trabajo», Rose lo tranquilizó, mirando a su padre para confirmarlo, «¿no es así, papá?».

«Claro que lo es, amor». Rod empujó más chocolate en su boca. Creo que tu hermano y yo tenemos el mejor negocio de pintura en las Midlands. Es mi protegido y continuará con el negocio de decoración de la familia cuando mis rodillas finalmente hagan las maletas».

«Necesito tener hijos», balbuceó Marty, «así podré transmitir mi experiencia a mi hijo y continuar con el apellido».

«Es posible que tengas hijas», señaló Rose.

«Entonces también pueden ocuparse de los pinceles». Señaló la pantalla. «¿Qué es lo que dicen estas feministas? Ya no debería haber sesgos de género en el empleo».

«Primero tienes que establecerte con una mujer», argumentó Rod, sacudiendo la cabeza hacia su hijo. «¿Cuántas chicas han ido y venido en los últimos años?».

«Tal vez no ha conocido a la indicada», interrumpió Rose, queriendo defender a su hermano.

«¡Ya ha tenido suficiente experiencia floreciente!», Rod se levantó justo cuando el teléfono empezaba a sonar estridentemente.

«¿Dónde diablos está?», Marty y Rose se levantaron para mirar debajo de los cojines y al costado de los sillones.

«Echo de menos los teléfonos fijos», se quejó Rod, rascándose la cabeza. «Ahí está, debajo de las revistas de crucigramas de tu abuela».

Los tres se lanzaron hacia él, pero fue Rod quien lo alcanzó primero.

«Hola, residencia Archer».

Rose puso los ojos en blanco y reprimió una risita mientras su padre se pavoneaba majestuosamente por la habitación. «Sí, ella está aquí. Pero ella no se encuentra bien. ¿Quién es?».

Rose le tendió la mano, pero su padre estaba estirando el cuello, concentrándose en escuchar la voz al otro lado de la línea. «¿Shelly?». Los ojos de Rose se abrieron con sorpresa. «¿Shelly?», ella repitió.

«¿La sexy Shelly de la escuela?», Marty estaba haciendo ojos saltones. «¿Estás seguro que no me busca a mí, papá?».

«Sí, ella está aquí. Espera, amor». Rod presionó su mano sobre el auricular y articuló lo obvio. «Es Shelly de la escuela».

Rose le quitó el teléfono a su papá. «¿Hola, Shelly?».

«¡Rose!», llegó el chirrido desde el final de la línea. «Sí, soy yo, Shelly».

Una imagen de su amiga más antigua de la escuela apareció en la mente de Rose. Una voluptuosa adolescente rubia que había sido popular entre todos; especialmente los chicos.

«¿Cómo estás?», Rose buscó a tientas el control remoto del televisor, buscando el botón de silencio.

«Estoy bien. No, estoy genial, sigo viviendo a lo grande en Australia».

Shelly había dejado Gran Bretaña hace diez años para viajar por todo el mundo. Saltando de un país a otro hasta finalmente establecerse en Australia. Habían pasado años desde que Rose supo de ella.

«Ha pasado tanto tiempo», dijo Rose. «¿Qué estás haciendo ahora? ¿Sigues siendo peluquera?».

Shelly resopló. «Dejé eso hace años. Ahora estoy haciendo algo mucho más emocionante. Trabajo para una estación de radio en Sydney, como investigadora. Es el trabajo de mis sueños, Rose, me encanta».

Rose podía escuchar la emoción en la voz de su amiga y sonrió. «Eso es maravilloso».

«¿Y tú? ¿En que andas ahora?».

Rose tragó saliva. «Estoy... todavía trabajando en el centro de llamadas».

«¿Sigues ahí?». El tono de Shelly se había vuelto incrédulo. «Y obviamente sigues viviendo en Twineham. ¿Pero ya te casaste? ¿Tienes hijos?».

«No y no». Rose miró a su padre y a su hermano. «Sigo viviendo con mamá y papá y la abuela ahora también vive con nosotros».

«La abuelita Faith», se rió Shelly, «La amo». Rose podía oír el sonido de la música de fondo. «Mira, me tengo que ir, estoy en mi hora de almuerzo. Solo quería llamarte y decirte que vuelvo a casa, Rose. De vuelta a Gran Bretaña».

«¿Lo harás?», Rose miró fijamente el teléfono.

Shelly se rió entre dientes. «Podrías sonar más feliz. ¡Tu amiga más antigua de la escuela regresa de sus viajes!».

«¡Eso es fantástico!», Rose se mordió el labio. «¿Cuándo vuelves a casa, Shelly?».

«En una semana más o menos. Eso si puedo organizarme a tiempo. Tengo que irme ahora, pero te veré muy pronto, Rosie». La línea crujió y luego se cortó.

«¿Shelly va a volver a casa?», preguntó su padre.

«¿Sexy Shelly va a volver aquí?», Marty golpeó el brazo del sofá. «¡Sí!».

25

«Ella va a volver». La cabeza de Rose estaba dando vueltas. «Mi mejor amiga vuelve a casa».

~

Rose y Shelly se conocieron en el preescolar. Rose aún podía recordar su primer día. De pie en el patio de recreo agarrando la mano de su madre, mirando nerviosamente hacia el suelo mientras cientos de otros niños gritaban y corrían a su alrededor. La campana había sonado y los niños habían comenzado a hacer fila. Rose había agarrado la mano de su madre aún más fuerte. Puro pavor había corrido por sus venas de cinco años. La idea de pasar un día entero fuera de casa le hacía un nudo en el estómago. Las lágrimas habían escapado de sus ojos cuando su madre trató de quitarle la mano. Se habían convertido en fuertes sollozos, que se habían intensificado cuando notó que algunos de los otros niños se reían en su dirección. Eventualmente, un maestro había venido y había llevado adentro a una Rose que lloraba. Las puertas se habían cerrado y su madre se había ido. La escuela había comenzado oficialmente.

Rose era una niña tranquila y tímida que no hacía amigos fácilmente. Sus maestros a menudo la describían como reservada. En la mente joven de Rose, los chicos eran demasiado bulliciosos para su gusto y las chicas demasiado risueñas. Mientras sus compañeros exponían su energía en patinetas y pelotas, Rose prefería sentarse y leer un libro. Luego, a la mitad de su primer año de escuela, Shelly ingresó.

La chica nueva se había hecho amiga de Rose. "Cuídala", había pedido la Sra. Price, y Rose había tomado a Shelly bajo su protección. Habían sido mejores amigas durante toda la escuela primaria y secundaria. A los dieciséis años, Shelly consiguió un trabajo como aprendiz de peluquera y Rose comenzó a trabajar en el centro de llamadas. Dos años más tarde, Shelly anunció que quería conocer el mundo y que se iba de viaje. Su difunto padre le había dejado una cantidad sustancial de dinero en su testamento, con el que pagó un boleto alrededor del mundo. Por supuesto, Shelly había invitado a Rose a ir con ella, halagándola, suplicándole e incluso recurriendo a la súplica.

Pero Rose se mantuvo firme; su hogar era Twineham y ella era feliz aquí. Estaba progresando bien en el trabajo; el dinero era bueno y la estaban enviando a cursos de negocios. Y Rose no podía soportar la idea de dejar a su familia, a su mamá y a su papá. Ella era un pájaro hogareño; siempre lo había sido.

En una lluviosa mañana de febrero, Rose había abrazado a su amiga por última vez. Shelly se había ido con una maleta y la promesa de escribir todos los meses. Por un tiempo, lo hizo, contándole a Rose sobre sus aventuras en América, Europa, Asia y luego, cuando decidió quedarse en Australia, las cartas y las postales fueron desapareciendo lentamente. La última correspondencia que había recibido era un sobre lleno de fotografías de Shelly en la Gran Barrera de Coral. Había habido otros amigos después de Shelly; gente de la iglesia y del club de lectura, pero nadie podía hacerla reír como su amiga nómada; nadie brillaba como Shelly. Y ahora regresaba a casa, su mejor amiga regresaba a Twineham y Rose Archer no podía estar más feliz.

cuatro

«¿Vas a organizar una fiesta?». Los ojos azul cerúleo de Fran estaban escépticos mientras miraban a su hija.

«Pienso que es una idea genial». Rose sacó otra bandeja de pasteles del horno.

«Una fiesta sorpresa me parece fabulosa». Faith estaba sentada a la mesa de la cocina, untando los pasteles fríos con glaseado rosa y bolitas de gelatina.

«Pero amor, Shelly viene a casa la próxima semana. ¿Cómo vas a organizar todo para entonces? Necesitas una habitación, para empezar». Fran se sacudió la harina de la falda.

«Eso era un problema», admitió Rose. «Pensé que podría alquilar el salón, pero la Sra. French me dijo que están completos para los próximos dos meses».

«Ahí lo tienes entonces», Fran negó con la cabeza, «ha sido un aviso demasiado corto».

«Entonces pensé en preguntar en uno de los pubs locales».

«¿El nuevo bar de vinos?». Los ojos de Faith se iluminaron al pensar en el establecimiento de moda recientemente inaugurado.

«No, abuela». Rose sacudió la cabeza con diversión. «Todo súper ocupado, también».

La sonrisa se deslizó del rostro de Faith. «¿Qué harás entonces, Rose?».

«Tengo una sugerencia». Fran puso sus manos en sus caderas. «¿Por qué no van a comer tú y ella, amor? Ponerse al día de verdad».

«Aburrido», fue el veredicto de Faith.

«Por una vez, estoy de acuerdo con la abuela». Rose llevó los utensilios de cocina sucios al fregadero. «Sabes lo burbujeante y extrovertida que es Shelly. Ella no se calla».

Las otras dos mujeres asintieron con la cabeza.

«Bueno... pensé que podríamos tener una velada aquí».

Los ojos de Fran se abrieron como platos. «¿Te refieres a una fiesta en casa?».

«Una reunión jovial. ¿Por favor, mamá?».

«Bueno, ¿qué dice tu padre?», Fran soltó.

«Dijo que por él está bien y que necesitaba aclararlo contigo».

Rose y Faith miraron a Fran, esperando su respuesta.

«Eso es típico de Rod, es decir, poner la presión sobre mí. ¿Qué pasa con su propia familia?».

Rose suspiró. «¿Qué familia, mamá? Su padre ha fallecido. Su madre está en un hogar de ancianos enferma de Alzheimer y su único hermano vive a kilómetros de distancia en Londres. Necesito hacer esto por ella. No, corrección: quiero hacer esto por ella. Han pasado diez años desde que la vi y ella era mi mejor amiga. Mi única amiga verdadera. Merece que le organice un alboroto».

. . .

Fran se sentó junto a Faith. «Siempre me gustó Shelly. Era como una botella de gaseosa, burbujeante y llena de vida».

«Sí», estuvo de acuerdo Faith, «era una chica astuta».

«Pero la gente cambia, Rose». Fran frunció el ceño. «Shelly podría no ser la misma persona. Es posible que se hayan distanciado, para empezar».

«Bueno, si lo hemos hecho, está bien». Rose sonrió. «Sin embargo, todavía quiero hacer esto por ella, si te parece bien».

«Mi hija el ángel». Fran la golpeó suavemente debajo de la barbilla. «Por supuesto que está bien, amor. Esperemos que Shelly no lo convierta en una fiesta desvariada».

Los tres se rieron y continuaron organizando los pasteles para la fiesta de primavera de mañana.

Más tarde, Rose decidió contactar a la hermana mayor de Shelly y contarle los planes de la fiesta. Marian era una ciudadana de altos vuelos que trabajaba en publicidad. Rose la recordaba vagamente antes de que se fuera a vivir a Londres. Una mujer alta y dominante que odiaba la vida del pueblo. Había comprado un boleto de ida a la capital y se fue en un tormentoso día de Año Nuevo. Shelly había revelado que su hermana había resuelto no volver nunca a Twineham. Por lo tanto, Rose no tenía muchas esperanzas de que asistiera, ni siquiera por su propia hermana.

Rose buscó entre sus contactos, con la esperanza de que el número que le habían dado hacía una década aún siguiera vigente. Ahí estaba, un número de trabajo, pero un contacto, al fin y al cabo. Rose se aclaró la garganta y tocó la pantalla. Después de unos momentos, la línea se conectó y comenzó a sonar.

«¿Sí?». La persona que respondió era una mujer cuya voz sonaba alterada.

«H...hola», comenzó Rose, «¿puedo hablar con Marian, por favor?».

«¿Te refieres a la Sra. Regan?».

«Em, sí. ¿Está disponible?».

«Reunión», fue la breve respuesta, «llama a la hora del almuerzo».

«¿Puedo dejar un mensaje?», Rose insistió.

Escuchó un tono distinto. «¿Nombre y número?».

Rose transmitió su información.

«¿Motivo de la llamada?».

«Es un asunto personal. Soy amiga de la familia y necesito hablar con ella sobre su hermana Shelly».

«De acuerdo. Adiós». Se cortó la comunicación.

Qué grosera, pensó Rose mientras guardaba su teléfono en su bolso. Luego, su madre la estaba llamando para decirle que el té estaba listo. Bajó ruidosamente las escaleras para comer pastel de carne con el resto de su familia, mientras los pensamientos de Shelly se arremolinaban en su mente.

El sábado por la mañana, Rose se levantó temprano. Se preparó tostadas y mermelada y se sentó en el invernadero, mirando a los peces tropicales nadando alrededor de su cálido tanque.

«¿Cómo te sientes?». Fran asomó la cabeza por la puerta, sonriendo alegremente.

«Mucho mejor gracias, mamá, esas bebidas de limón parecen haber funcionado».

«Bien». Fran fue a abrir las persianas de la ventana. «Parece que va a ser un buen día. Creo que arreglaré el jardín».

«¿Quieres decir que no irás a la fiesta?», Rose sonrió.

«Le prometí a tu padre que lo invitaría a almorzar». Fran puso los ojos en blanco. «Este es el primer sábado que ha tenido libre en meses».

«Papá trabaja duro», dijo Rose, «se merece un tiempo de inactividad».

«Sí, bueno, todos lo merecemos, pero algunos de nosotros seguimos adelante sin quejarnos». Rose levantó una ceja. No era propio de su madre quejarse de su padre, por lo general eran muy cariñosos el uno con el otro. «¿Cómo va tu trabajo?», Rose tragó un trozo de pan y vio cómo el rostro de su madre se convertía en una mueca.

«Ocupado como siempre». Fran había estado trabajando en el mismo supermercado durante los últimos veinticinco años como operadora de caja. «Paga las cuentas, supongo», dijo con un suspiro. «Lo siento, estoy siendo gruñona».

«¿Qué pasa?», preguntó Rose, palmeando el asiento vacío a su lado.

«Nada en realidad. Vale, tu padre se olvidó de nuestro aniversario de bodas. No es gran cosa».

Rose jadeó. «Eso es un problema, mamá. ¿Cuántos años son?».

«Treinta y cuatro. No es uno especial». Fran olfateó. «Sin embargo, hubiera sido bueno recibir una tarjeta».

«Lo siento. Yo también lo olvidé». Rose estaba arrepentida.

«No importa». Rose escuchó el crujido en las rodillas de Fran cuando se puso de pie. «Escúchame, vieja cayendo a pedazos, así como olvidada».

«¡No lo eres!», Rose contestó. «Mamá, eres brillante para tu edad y es posible que papá no lo haya olvidado después de todo. Todavía está en la cama, ¿no?». La mente de Rose estaba acelerada.

«Sí. Todavía roncando».

«Bien, entonces. No seas tan impaciente. De todos modos, necesito prepararme para la fiesta». Rose se puso de pie de un salto y besó a su madre en la mejilla. «Feliz aniversario y gracias

32

por dejarme tener la fiesta de Shelly aquí». Salió corriendo de la habitación y subió las escaleras.

Después de sermonear a su padre sobre la importancia de recordar su aniversario de bodas, vio a Rod salir a escondidas de la casa en busca de flores y chocolate. Marty estaba de nuevo en el baño, arreglándose para una cita ardiente con la "mujer de sus sueños".

«¿Quién es la chica afortunada?», preguntó Rose, cuando él pasó junto a ella en el rellano con solo una toalla envuelta en sus caderas.

«¿Eh? Si te lo digo, Rose, ¿prometes que no se lo dirás a mamá y papá?». Se inclinó casualmente sobre la barandilla y bajó la voz. Voy a salir con Marjorie Mason.

«¿La señora Mason, la esposa del carnicero?», Rose se sorprendió.

«Ex esposa», corrigió Marty, se separaron el año pasado. Ponte al día, amor.

«Pero... pero ella es...», Rose buscó en su vocabulario un término cortés, "madura".

«Sí». Marty se frotó las manos. «¿No es genial?».

«Supongo», Rose lo miró con ojos dubitativos. «Entonces, ¿por qué no le has dicho a mamá y papá?».

«Oh, ya sabes cómo se alborotan». Marty se echó hacia atrás el cabello mojado. «¿Discriminas por edad, Rose? Porque ciertamente yo no».

«Por supuesto que no», suspiró Rose. «Solo diviértete, Marty, pero ten cuidado, eso es todo lo que digo».

«De acuerdo». Marty esbozó una sonrisa antes de desaparecer en su habitación y Rose abrió la ducha y se cepilló los dientes.

. . .

Los pasteles de Rose fueron un éxito, tanto entre adultos como entre niños. Al final de la tarde, la mayoría de ellos se habían terminado, aparte de otros pasteles sencillos que se habían pasado por alto. Los volvió a meter en una lata vacía y se acercó a la señora Bowler en la tienda de tómbolas.

«¿Cómo te ha ido, Rose?», preguntó la pequeña dama.

«Muy bien. He ganado cincuenta libras».

«Excelente», la Sra. Bowler asintió, «el vicario estará complacido y muy agradecido, debo acotar, ya que todas las ganancias se destinan a la caridad».

¿Le gustaría llevarse esto a casa para usted y el señor Bowler?», Rose ofreció los pasteles restantes.

«¿Estás segura, querida?». Los ojos de la señora Bowler se iluminaron. «No diré que no al pastel y estoy segura de que mi Frank tampoco lo hará».

Rose los metió en el bolso de la señora Bowler. «¿Necesita ayuda para empacar?».

La señora Bowler miró a Rose por encima de sus gafas de montura de acero. «No, pero gracias, querida. Eres una chica de buen corazón. ¿Por qué no te vas a casa? Levanta tus pies y descansa».

«Lo haré», Rose miró los escombros que cubrían el suelo, «pero primero barreré este desastre». Fue en busca de una escoba y al doblar una esquina se topó con Jeremy.

«¡Rose!», gritó. «Es tan encantador verte aquí. Estaba presentando a Sabrina a algunos de nuestros amigos».

Rose miró a la joven del brazo de Jeremy. Tenía el cabello largo y rubio y grandes ojos azul cielo, combinados con una estructura diminuta. Rose podía entender la atracción.

«Hola, Sabrina». Rose extendió su mano.

«Tú debes ser Rose», sonrió Sabrina, «Jeremy te ha mencionado».

«Le estaba diciendo a mi amor lo buena organista que eres».

«Gracias», Rose sonrió, «es un pasatiempo placentero».
Siguió un silencio incómodo.

«¿Jeremy mencionó que tocas el piano?», Rose dijo cortésmente.

«Dios, no», se burló Sabrina, «mis padres me obligaron a tomar lecciones cuando era niña. Odio toda esa música de iglesia. Dame baile y hip-hop cualquier día».

Jeremy se rió, un sonido profundo y retumbante. «Sabrina nos entretuvo a todos en África con sus elegantes movimientos de baile».

«Eso es porque soy bailarina», siseó Sabrina con los dientes apretados, «y voy a triunfar algún día».

«Vaya». Rose notó que Jeremy se sonrojaba. «¿Es así como obtener un título en ciencias ambientales?».

«Eso es solo un respaldo para mantener felices a los viejos», se rió Sabrina. «Imagíname como un científico. ¡No gracias! Lo que realmente quiero es estar en el escenario, ya sabes, el West End, haciendo spagat y piruetas. Hacerme famosa».

«¿Está todo bien aquí?». La señora French, la esposa del vicario, se acercó con una maceta de geranios. «Rose, estas son para ti. Un agradecimiento por todo tu arduo trabajo». Le entregó las flores a Rose y se volvió hacia Jeremy. «Las mesas necesitan ser empaquetadas y guardadas, ¿te importaría?».

Jeremy inclinó la cabeza y se alejó, con Sabrina siguiéndolo.

«¿Y renunció a ti por ella?». La señora French sacudió la cabeza consternada. «Me disculpo si esto suena poco cristiano, pero realmente debe haber sufrido algún tipo de fiebre mientras estaba en África».

«Está bien», protestó Rose, «ya lo superé».

. . .

La señora French limpió las migas de pastel del mantel. «Jeremy Payne siempre ha sido un tonto. Puedes hacerlo mejor, Rose, mucho mejor».

«Gracias», sonrió Rose, «pero he renunciado a encontrar al Sr. Perfecto».

«Tu tiempo llegará». La señora French guiñó un ojo. «¿Te dije alguna vez que estaba comprometida con otro hombre cuando conocí al vicario? Viran, era su nombre. Éramos totalmente incompatibles el uno para el otro, por supuesto. Escuché que ahora es un gánster, que ha estado entrando y saliendo de prisión».

Rose se quedó sin aliento ante la idea de que la Sra. French fuera infiel. «Pero, ¿qué pasó?».

«El señor French me hizo perder el control, eso fue lo que pasó. Simplemente no podía rechazarlo. Oh Rose, él era enigmático, incluso en aquel entonces, hace treinta años. Capturó mi corazón, cuerpo y alma».

«Eso es tan romántico», suspiró Rose.

«Te pasará a ti también», la señora French le dio unas palmaditas en la mano, «cuando menos lo esperes. Pero hasta entonces sigue siendo tu misma, tan única y hermosa».

Rose asintió distraídamente, mirando a Jeremy al otro lado de la habitación con ojos melancólicos.

«¡Y olvídate de Jeremy Payne!».

cinco

El viernes siguiente, durante su descanso para almorzar, Rose había quedado con su madre en el distrito comercial local. Estacionó su automóvil junto a un camión de Warburton y observó a la gente que iba y venía con carritos llenos de comestibles. La lluvia caía constantemente de un cielo gris pizarra y el aire olía a fresco; lleno de aromas florales y de hierba recién cortada. Rose encendió los limpiaparabrisas y luego la calefacción para desempañar el coche. Cuando la ventana se despejó, miró hacia arriba. Estaba demasiado nublado para ver aviones, pero sabía que Shelly estaba allí en alguna parte, volando de regreso a Gran Bretaña. Había recibido un mensaje con la noticia de que había comprado boletos de avión y que estaría en casa el viernes por la noche. Habían quedado en encontrarse el sábado, después de que Shelly hubiera dormido un poco del debilitante desfase horario. Por lo tanto, Rose había compilado una lista de compras y ahora estaba esperando a Fran para ayudarla con sus compras.

Había sido una mejor semana para Rose. Su resfriado casi se había ido; vencido con medicinas compradas en la tienda y mucho descanso, aparte de una tos seca que era molesta y persistente. El trabajo había transcurrido sin incidentes; más tranquilo y sin dramas y, afortunadamente, no hubo más invitaciones para salidas nocturnas del personal. Había asistido al club de 'Tejer y Charlar' con la esposa del guardia de seguridad. Betsy era dulce y habladora. Había sido una buena compañía y Rose había disfrutado de las dos horas que pasaba con ella y la docena de mujeres que estaban tejiendo bufandas y ropa de bebé. Rose sacó su diario y estaba comprobando qué cumpleaños se celebrarían en mayo cuando hubo un golpe seco en la ventana lateral. El rostro de Fran estaba medio cubierto por la capucha de un abrigo rojo. Su cabello estaba girando con el fuerte viento y le estaba diciendo a Rose que se diera prisa.

«Entremos», dijo, mientras Rose abría la puerta y salía del vehículo. Se escabulleron por el aparcamiento, esquivando los vehículos que se movían lentamente.

«¡Puedes creer que es mayo!». Una vez bajo techo, Fran se limpió las gotas de lluvia de la nariz y se alisó el cabello enmarañado.

«Las cestas colgantes se arruinarán». Rose le pasó un pañuelo a su madre.

«Te dije que era demasiado pronto para sacarlas. Se marchitarán hasta quedar destruidas».

El labio inferior de Rose se torció hacia abajo.

«No importa ahora». La mirada de Fran se suavizó. «Pronto podremos crear algunas más. Entonces, ¿vamos de compras?».

Un poco más tarde, Rose y Fran corrían a través de los charcos de regreso al estacionamiento. Sus brazos estaban llenos de bolsas de compras y globos de helio.

«Gracias por lo de hoy». Rose puso sus compras en el maletero y cerró la puerta. «Debería volver al trabajo».

«Y yo debería volver a casa».

Rose se giró para mirar a su madre. «¿Qué vas a hacer el resto del día?».

«Quehaceres domésticos», Fran hizo una mueca, «y luego llevaré a tu abuela a que le hagan las uñas».

«¿La abuela tiene extensiones de uñas?», Rose sonrió.

«Sí. Está tan emocionada por la fiesta de Shelly que quiere verse bonita». Fran rebuscó en su bolso las llaves de su propio coche. «¿A cuántas personas has invitado, por cierto?».

«Deberían ser unas veinte. Eso si todos aparecen, por supuesto».

«Por supuesto que vendrán. ¿Comida, bebida y música gratis? Solo espero que Shelly aprecie el problema en que te estás metiendo».

«No hay problema», respondió Rose, «ella es mi mejor amiga y estoy deseando verla».

Rose palmeó su mano. «Ustedes, chicas, pueden ponerse al día con la realeza. Hasta luego, amor».

«Adiós mamá». Rose volvió a subirse a su coche, encendió el motor y condujo con cuidado de regreso a Fulham Banking.

Los teléfonos estuvieron en silencio por el resto de la tarde, dejando a Rose la oportunidad de ponerse al día con algunos archivos. Era casi la hora de ir a casa cuando Liliana entró ruidosamente en la recepción con un montón de papeles.

«¿Serías tan amable de fotocopiar esto antes de irte, Rose? Graham los necesita de inmediato». Graham era uno de los altos directivos. Un hombre afable y ambicioso que se había abierto camino sin piedad en las filas de la estructura bancaria.

Rose se cernía insegura sobre su teléfono. Le habían dicho en numerosas ocasiones que no se levantara de su escritorio. El mostrador de recepción debía estar siempre atendido.

«Yo estaré al pendiente de la recepción». Liliana se dejó caer en el asiento giratorio y comenzó a limarse las uñas. Mientras Rose clasificaba las fotocopias desordenadas en una pila ordenada, Liliana le preguntó cuáles eran sus planes para el fin de semana.

«He organizado una fiesta para mi amiga. Es una fiesta de bienvenida». Rose quitó las grapas del borde de los papeles. «Espera, ¿has organizado una fiesta?», Liliana soltó una carcajada. «¿Es una fiesta de té, por casualidad?». La irritación brotó dentro de Rose. «No. Tenemos comida y alcohol e incluso un DJ. Irán muchos». «Suena emocionante». Las cejas de Liliana se dispararon. «Adivina lo que estaré haciendo». «¿Un recorrido por los bares?», Rose vio con satisfacción que había irritado a su jefe. «En realidad, voy a hacer rappel».

«¿Oh?». «Ya sabes, ¿deslizarte por una pared con solo una cuerda?». «Sé lo que es hacer rappel», respondió Rose. «No pensé que fueras del tipo deportivo». Rose estaba complacida de haber logrado meterse un poco. «Absolutamente lo soy». Liliana sacudió su cabello. «El instructor es muy atractivo. De hecho, estoy bastante segura de que le gusto». «Cuidado con las uñas». Rose miró las largas garras escarlatas de Liliana. «No importan. Valdrá la pena si me consigo una cita». Hubo una pausa silenciosa.

«Por supuesto que prefieres los pasatiempos más sedentarios, ¿no es así, Rose?». El labio de Liliana se curvó. «Escuché que te uniste al club de "Tejer y Charlar"». «¿Cómo ...?».

Liliana levantó la mano. «Mi abuela va. Me dijo que allí había un nuevo miembro que trabajaba en Fulham Banking. Sabía que solo podías ser tú».

Rose sintió que se sonrojaba y apartó la mirada.

«Solo ten cuidado de ser demasiado amigable con ese guardia de seguridad. ¿Cual es su nombre?».

«Su nombre es Ron y voy con su esposa».

«Pero aún así, no deberías fraternizar con el personal inferior. He oído que es un tipo extraño. Recuerda, la confidencialidad es primordial en Fulham Banking».

«Ron es encantador», protestó Rose, «y me gusta tratar a todos aquí con el mismo respeto. Ya sean gerentes o empleados con salarios más bajos. Y obviamente no hablaría de asuntos de negocios fuera del trabajo».

«Eso es bueno entonces», Liliana olió y miró hacia abajo al tablero parpadeante. «Supongo que debería responder eso, entonces».

«Y yo debería fotocopiar esto». Rose recogió los papeles y apretó el botón del ascensor que la llevaría al cuarto piso.

El hermano de Rose, Marty, se había ofrecido como voluntario para supervisar la música de la fiesta de bienvenida de Shelly. Bajó dos bocinas de su habitación y pasó la mayor parte de la mañana jugando con su i-Pod. Mientras Rose, Fran y Faith se apresuraban, él se sentó con Rod en el sofá, comió cacahuetes y discutió las opciones musicales.

«¿Qué tipo de música le gusta realmente a Shelly?». Quería causar una buena impresión en la chica de sus deseos adolescentes.

«Em... ¿música de fiesta?». Rose estaba balanceándose en una escalera de tijera sujetando una pancarta brillante sobre la chimenea.

«Bueno, eso lo reduce». Marty negó con la cabeza y señaló

una nuez salada a su hermana. «Por lo que puedo recordar, Shelly era toda una bailarina. Bueno agitando los brazos y rotando las caderas... me recordó a J-Lo, mientras que tú, Rose... eh...», se detuvo cuando Rose le lanzó una mirada de muerte.

«¡Puedo bailar!».

«Claro que puedes, amor», le guiñó un ojo Rod, «siempre que sea con música o melodías cursis de los ochenta».

Marty pensó que era gracioso y echó la cabeza hacia atrás con una carcajada.

«Tal vez tomaré lecciones», respondió Rose secamente.

«¿Otro club al que planeas unirte?», la abuela Faith entró apresuradamente, golpeando los pies de los hombres de la mesa de café. «Bailar es una forma de arte. O tienes un ritmo natural o no lo tienes». Para sorpresa de los demás, levantó los brazos y giró las caderas. «¿Puedes asegurarte de que haya algo de Tom Jones en esa lista de música tuya?».

Martí resopló. «Oh, sí, abuela, cuéntanos de nuevo cómo le arrojaste las bragas mientras estaba en el escenario».

Faith asintió. «Lo hice y déjame decirte que tampoco fui la única que lo hizo. Allí estaba él, sudando y cantando con todo su corazón galés, rodeado de todas esas bragas. Al menos las mías estaban limpias, eso sí».

«Te vas a comportar, ¿verdad, abuela?», Rose tragó mientras los posibles escenarios pasaban por su mente. La abuela Faith siempre había sido impredecible, amante de la diversión, salvaje a veces. Recordó una víspera de Año Nuevo cuando Faith había consumido demasiado Prosecco. Pasó a trompicones frente a la casa del vicario cantando una grosera versión de *O Come All Ye Faithful*, y luego vomitó en el seto de ligustro de la señora Bowler. Rose no había podido mirar a los ojos a ninguno de los dos durante algunas semanas después.

«Probablemente no», fue la alegre respuesta de Faith. «No te preocupes por mí. Tú solo concéntrate en pasar un buen rato. Ha pasado mucho tiempo desde que hicimos una fiesta en casa, de hecho, creo que la última fue cuando Marty tenía diez años. ¿Te acuerdas, Rose?».

«¡Oh sí!», Rose se rió entre dientes mientras retrocedía por los escalones. «¿Fue entonces cuando mamá contrató a un payaso y Marty estaba tan asustado que corrió y se escondió en la despensa?».

«No recuerdo eso», frunció el ceño Marty.

«Seguramente lo haces, hermanito. No salías hasta que el payaso se había ido y luego te enfadaste porque se había comido toda la gelatina de lima».

Marty le lanzó una mirada fulminante. «Yo era un niño».

«Entonces, ¿no querrás nada de la gelatina de lima de mamá?».

Los ojos de Marty se iluminaron. «Supongo que podría comer algo».

«Ustedes dos, terminen con eso», se quejó Rod, «Estoy tratando de ver la tele».

«Rose, ve y ayuda a tu mamá con la comida, yo terminaré con la decoración». Faith la empujó suavemente hacia la puerta. Cuando Rose salió de la habitación, le hizo una mueca a su hermano, feliz de haber ganado la ventaja por una vez.

«¿Cómo puedo ayudar?», Rose fue a colocar la cinta adhesiva y las tijeras en el cajón y se giró para mirar a su madre de aspecto agotado.

«¡Puedes empezar por lavar los platos!». Fran se pasó un

mechón de cabello detrás de las orejas antes de vaciar una olla de berros en un tazón. «Pásame la mayonesa, por favor». Echó un chorro grande encima de una docena de puré de huevos y lo revolvió bien.

«¿Todo bajo control aquí?», Rose se arremangó y abrió el grifo de agua caliente.

«Creo que sí». Fran sonaba decidida. «La comida está lista. Solo falta preparar los sándwiches y luego podemos poner la mesa. ¿Que hora es?». Ambas miraron el reloj cromado de pared. «¡Oh, solo quedan un par de horas para que los invitados comiencen a llegar!».

«Un montón de tiempo». Rose sonaba tranquila, pero por dentro su estómago estaba revuelto. Por favor, que esto sea un éxito, se inquietó en silencio, por favor, que todo salga bien entre Shelly y yo. Exteriormente, ella sonrió brillantemente y comenzó a dedicarse a la montaña de lavado.

Una hora más tarde, la comida estaba puesta sobre la mesa: rollos de salchicha, pizza, vol-au-vents, queso y piña, quiche y muslos de pollo. Un surtido de diferentes tipos de sándwiches, ensaladas y postres de aspecto pecaminoso. Rose esparció confeti de estrellas alrededor de los platos y colocó los globos de helio alrededor del borde de la mesa.

«Se ve bien», comentó Fran mientras se frotaba los pies cansados.

«¿Pero es suficiente?», Rose se preguntó en voz alta.

«En esta casa parece que es Navidad. ¡Es suficiente!». Fran asintió con la cabeza ante las luces colgadas por todas partes, los globos y las pancartas. «¿No deberías estar preparándote?».

«¡Sí! Gracias de nuevo, mamá, eres una estrella». Rose le dio un rápido abrazo y luego salió de la cocina y subió las escaleras. Rápidamente, se duchó, se cepilló los dientes, se secó el cabello, se aplicó una ligera capa de maquillaje y se paró frente a su armario abierto preguntándose qué podría ponerse. Sus dedos recorrieron su ropa: jeans negros, pantalones negros, faldas negras. La mayor parte de su guardarropa consistía en ropa de trabajo; vestimenta sencilla, plana, práctica y no adecuada para una fiesta. Aplastados justo en la parte de atrás colgaban algunos vestidos de verano. Rose sacó un vestido rojo, vaporoso, de algodón, con escote de corazón y tirantes finos; era perfecto. Lo combinó con bailarinas planas color crema y un bonito collar y pendientes de perlas. Un chorro de perfume y estaba lista.

El padre de Rose se quedó boquiabierto cuando la vio bajar las escaleras. «¡Pero que encantadora te ves!». Él le sonrió. «Shelly no te reconocerá».

Rose tuvo que estar de acuerdo. La última vez que Shelly la había visto, llevaba aparatos ortopédicos, estaba cubierta de acné y su cabello era un desastre rojizo encrespado. Afortunadamente, los años habían sido amables y Rose había madurado hasta convertirse en una hermosa joven.

Siguió a su padre al salón.

«¿Puedo ya poner la música?», Marty la miró expectante.

«Por supuesto». Rose sonrió al ver a su hermano con sus mejores jeans y camisa, con una gorra de béisbol aplastada hacia atrás en su cabeza. «¿Es este tu look de DJ?».

«Es mi apariencia de fin de semana de 'aquí estoy para las damas'», guiñó Marty. «Solo espero que tu amiga siga soltera».

«¿Y la señora Mason?», Rose susurró, mirando furtivamente a su padre que estaba de espaldas a ellos, inclinado sobre el Bombay Mix. [*Nota de la T.: Bombay Mix es una mezcla de botanas*]

Marty hizo una mueca. «Volvió con el esposo, desafortunadamente. La buena noticia es que todavía estoy disponible. Por ahora, comencemos esta fiesta». Jugueteó con los botones de su i-Pod y lo conectó a las bocinas. Momentos después, la música pop de los ochenta llenó el aire. Rose asintió con aprobación y golpeteó los pies al ritmo de la música.

«Parece que tu primera invitada está llegando», Rod estaba mirando a través de la ventana con malla, «y es alguien a quien no reconozco».

«Claro», Rose se alisó el vestido y se apresuró a abrir la puerta principal. Una mujer de aspecto molesto subía con dificultad por el camino, tirando de una maleta.

Guau, pensó Rose, Shelly realmente ha cambiado. Entrecerró los ojos a través de la luz tenue y se dio cuenta de que no era Shelly en absoluto. Shelly era, había sido, rubia y menuda. Esta mujer era alta, de complexión atlética y cabello corto negro azabache que le caía justo debajo de la línea de la mandíbula.

«Hola», dijo Rose cálidamente, «¿has venido a la fiesta de Shelly?».

«Pues sí, claro». La mujer tiró de su maleta con demasiada fuerza, lo que provocó que la manija se deslizara hacia abajo y se enganchara en sus costosas medias. «¡Mierda!», la mujer gritó, «¿Puede este día ser peor?».

«¿Puedo ayudarte?», Rose dio un paso hacia ella, pero la mujer levantó la mano.

«Por favor. Yo me encargo». Tiró de su maleta a través de la puerta y evaluó a Rose con las manos en las caderas. «¿No me reconoces?».

Rose parpadeó. «¿Eres una amiga de la escuela?».

La mujer resopló. «Soy su hermana, Rose Archer».

· · ·

«¿Marian? ¡Has venido!», Rose sonrió a la hermana mayor de Shelly.

«Sí, regresé... aquí». Marian miró por encima del hombro. «¡Este lugar no ha cambiado, sigue tan muerto y sin vida como siempre! Casi salté directamente al próximo tren de regreso a Londres».

«¿Entonces te las arreglaste para tener tiempo libre en el trabajo, después de todo?», Rose tomó el abrigo de Marian y lo colgó de la barandilla de la escalera.

«Les dije que era una emergencia familiar». Marian miró a Rose de arriba abajo. «Te ves diferente... diferente positivo».

«Gracias», Rose tocó su cabello. «Supongo que todos hemos crecido».

«¿No es esa la verdad?», respondió Marian. «¿Pero por qué sigues aquí? ¿Nunca has querido vivir en un lugar diferente?».

«Me encanta estar aquí», respondió Rose simplemente, «nunca he querido vivir en otro lugar».

Marian la miró fijamente, horrorizada.

Ven a la cocina. Rose la condujo por el pasillo. «¿Qué te gustaría beber?».

«¿G y T?», preguntó Marian esperanzada. [*Nota de la T.: G y T, se refiere a Gin and Tonic*]

«Lo siento, hay vino, cerveza o refrescos».

«Supongo que puedo arreglármelas con el vino, pero dime, ¿tienes rosado?».

«Sí hay». Con una sonrisa feliz, Rose vertió un poco en un vaso. Marian se lo bebió de un trago y se lo devolvió para volver a llenarlo.

«Es tan extraño estar de vuelta aquí». Marian sacó un puñado de Doritos de un bol y empezó a mordisquearlos. «¿Quién viene exactamente esta noche?».

«Amigos del colegio y vecinos, principalmente. Incluso vendrán algunos maestros».

«Cristo», Marian puso los ojos en blanco, «¡esto va a ser como una reunión escolar!». Ella entrecerró los ojos. «Michael Kent no vendrá, ¿verdad?».

Lentamente, Rose asintió. «Sí. De hecho, me paró en la calle el otro día para preguntarme si podía venir. ¿Es eso un problema?».

Marian se tiró en una silla. «Sí, es un problema. Él es una de las razones por las que me fui de aquí, Rose. Rompió mi corazón. Eligió a Victoria Clemens sobre mí».

Rose frunció el ceño. «Se separaron hace años. Creo que ahora está soltero. Es de los amigos de Marty, ¿quieres que le pregunte por ti?».

«¡No!», chilló Marian. «Eso sería tan vergonzoso». Ella negó con la cabeza, «Soy una mujer de negocios exitosa, Rose y estoy totalmente por encima de Michael Kent. Solo me preguntaba si todavía estaba aquí, eso es todo».

«Como tú», sonrió Rose, justo cuando sonó el timbre. «Probablemente sean más invitados. ¿Estarás bien si te dejo?».

«Por supuesto que sí», dijo Marian con ligereza. «Tu personalidad no ha cambiado, ¿verdad? Todavía amable Rose. Ahora, ¿a qué hora llega mi hermana?».

Rose consultó su reloj. «En aproximadamente una hora. Siéntete como en casa, sírvete tú misma... eh... más vino y siéntete libre de mezclarte».

«Lo haré», contestó Marian mientras Rose corría por el pasillo, lista para recibir a más invitados.

seis

Rose pasó la siguiente hora abriendo la puerta principal y dando a la gente un rápido recorrido por la casa. Como la tarde era cálida, Fran había abierto las ventanas francesas y los invitados salían al patio. La música sonaba a todo volumen, los invitados charlaban y el ambiente era relajado y alegre.

«Nadie está bailando», se quejó su hermano, «¿y por qué están todos afuera?».

«Porque es una linda noche», Rose le dio un codazo, «y probablemente bailarán más tarde».

«Sí», sonrió, «cuando estén todos borrachos».

La abuela Faith apareció en la puerta, con un plato de comida buffet en la mano.

«Abuela, la comida no está abierta hasta que llegue Shelly». Rose la miró consternada.

Faith cogió un queso y una piña encogiéndose de hombros. «Seguro que parece haber mucha gente aquí. ¿Pensé que solo habías invitado a veinte?».

«Lo hice», murmuró Rose, «se debe haber corrido la voz. Había olvidado lo popular que era Shelly».

. . .

Marty se hizo crujir los dedos, un hábito molesto que había progresado desde la infancia hasta la edad adulta. «Pero cuando ella me vea, nadie más importará».

«Qué gracioso», dijo Rose con una sonrisa. «¿Cuánto más joven que ella eres?».

Parecía ofendido. «¡Oye! Los chicos-juguete están de moda, ¿no?». Miró a su abuela en busca de confirmación.

«¿Cómo diablos debería saberlo?», Faith replicó. «Hoy en día, sería feliz con cualquier hombre, joven, viejo, rico, pobre, siempre que esté disponible...». Se calló cuando Rose le dio un empujón amistoso.

«¡Ve y supervisa el buffet y deja de soñar despierta con hombres!».

Faith giró sobre sus talones y se alejó cojeando, canturreando.

«Estoy seguro de que ella inventa esa cojera». Rose la vio irse con ojos suspicaces.

«Claro que sí», coincidió Marty, busca un poco de simpatía, eso es todo. «Déjala en paz, Rose. Dentro de una hora, ella estará saltando sin preocupaciones en el mundo». Hizo una pausa para respirar. «Jeremy viene esta noche?».

«No», Rose tomó un cojín. «Él no fue a nuestra escuela y no conoce a Shelly».

«Oh, lo olvidé. Fue a la escuela primaria, ¿no?». Marty se ajustó ligeramente la gorra. «Tal vez sea bueno que no venga, papá está muy molesto por la forma en que te trató. ¿Quieres que lo asuste, Rose, que le rompa un brazo o una pierna? Mis compañeros y yo podríamos tener unas palabras tranquilas con él».

«¡No seas ridículo!», Rose lo miró con ojos divertidos. «Estoy bien y verdaderamente he superado a Jeremy Payne. Sabrina es bienvenida para él».

«Ese es el espíritu», Marty asintió con la cabeza en parte con aprobación y en parte con el tempo de la canción que se estaba reproduciendo en ese momento. «Entonces, ¿qué música quieres que ponga cuando finalmente llegue Shelly?».

«*Dancing Queen*», respondió Rose sin dudarlo. «Esa era nuestra melodía cuando éramos niñas».

Marty hojeó su lista de reproducción. «Sí. Tengo esa. Entonces, ¿no debería estar Shelly aquí ahora?».

Debería haber estado aquí hace media hora. Rose corrió las cortinas de terciopelo y miró hacia la calle iluminada, «Tal vez le envíe un mensaje de texto, para saber dónde está».

Sus dedos volaron ágilmente sobre la pantalla del teléfono. Unos minutos más tarde, una respuesta sonó en su bandeja de entrada.

"En camino, cariño. No demoraré".

«¡Uf!», Rose sintió una sensación de pánico dentro de ella. «Corta la música, Marty, ya casi está aquí». Se precipitó a la cocina y les explicó a los invitados que Shelly llegaría muy pronto y que tenían que ir al salón para sorprenderla. Luego repitió las palabras para las personas en el jardín.

Después de apretar a todos, el salón estaba abarrotado de gente. Rose se llevó el dedo a los labios para indicar que todo el mundo debería guardar silencio y luego Marty se subió al sofá para apagar las luces. La oscuridad cayó como un sudario. Rose podía escuchar los sonidos de la respiración de la gente y una mujer quejándose de que alguien le pisaba los dedos de los pies. Luego el chirrido de una puerta y la voz de una mujer llamando a Rose. Esa es ella, pensó Rose, con el corazón acelerado, esa es Shelly.

· · ·

51

«¿Por qué está abierta la puerta principal?». El sonido de las palabras flotaba por el pasillo. Rose pudo escuchar otras voces apagadas. Parecían de hombre. Rose maldijo a quienquiera que estuviera ahí afuera, estropeando la sorpresa.

«Sr. y Sra. Archer... ¿Rose?». Lentamente, la puerta del salón se abrió y, mientras lo hacía, Marty encendió las luces y hubo un coro de gritos desiguales de "¡Sorpresa!".

Shelly estaba bañada por la luz, rodeada por tres de los hombres más guapos que Rose había visto jamás.

Rose estaba vagamente consciente de que la gente aplaudía y avanzaba. Surgieron detrás de ella, empujándola hacia los brazos abiertos de su mejor amiga.

«¡Rose!», Shelly lloró. «¿Eres realmente tú?».

«Sí», chilló Rose, luego la emoción la superó y las lágrimas brillaron en sus ojos. La envolvieron en un fuerte abrazo que olía a laca para el cabello y a un fuerte perfume.

«Es tan bueno verte», articuló contra el oído de su amiga, «es tan bueno tenerte en casa».

«Déjame mirarte». Shelly retrocedió y miró a Rose de arriba abajo. «Te ves tan bonita».

«¡Y te ves impresionante!», Rose sonrió al ver a Shelly con su ceñido vestido color crema que acentuaba un bronceado resplandeciente. «¿Cómo estuvo tu vuelo?».

«No importa su vuelo», gritó Marty, «¡comencemos esta fiesta!».

Los primeros latidos de *Dancing Queen* se desvanecieron por la sala y Shelly fue llevada para ser acosada con exuberantes abrazos y cálidos besos. Rose observó cómo Billy Baxter levantaba a su amiga y la hacía girar. Con la cabeza echada hacia atrás, riendo a carcajadas, así la recordaba Rose. Como una estrella brillante disparando rayos de hermosura a su alrededor. Los invitados competían por su atención y Rose titubeaba nerviosamente en el borde, esperando algún tiempo a solas con su mejor amiga.

«Creo que es hora de abrir el buffet». Rose le hizo señas a su madre para que la ayudara a organizarlo. Entraron en la cocina vacía y empezaron a quitar papel de aluminio y film transparente de los platos de comida. Rose estaba vagamente consciente de que un hombre pelirrojo estaba parado en la entrada observándolas. Ella se giró para sonreírle y le ofreció un trago.

«¿Puedo tomar una cerveza?». Su profundo acento australiano resonó en la cocina.

«Por supuesto. ¿Está bien la cerveza?».

«Perfecto».

Rose rompió una lata de un paquete de cuatro y se la entregó al hombre de hombros anchos.

«¿Viniste con Shelly?», preguntó Rose, ocupándose de acomodar palitos de apio en un vaso.

«Ciertamente». Su sonrisa revelaba un par de dientes parejos que eran tan blancos que casi parecían brillantes. «¿Así que eres la legendaria Rose? He oído hablar mucho de ti. Finalmente puedo conocerte».

Rose se sonrojó. «Todo bueno, espero».

El hombre cruzó la habitación y la atrajo en un abrazo que la levantó de sus pies, diciendo: «Cualquier amigo de Shelly es un amigo mío».

«G.... gracias». Rose se escapó de su agarre. «Esta es mi madre, Fran».

«Ahora sé de dónde sacas tu apariencia». El hombre levantó también a una sorprendida Fran, depositando un beso en su mejilla.

«Oh, es muy amable de tu parte decirlo», Fran le acarició el cabello, «¿y tú eres...?».

«Harry», respondió, sonriendo, «pero dejaré que Shelly explique quién soy».

Fue en ese momento que el papá de Rose entró a la cocina. «¿Qué está pasando aquí, entonces?», dijo con buen humor. «Le doy la espalda durante cinco minutos y otro hombre se apoderó de mi Fran».

Harry soltó una carcajada. «Disculpe, compañero. Así es como saludamos a una mujer bonita en Australia».

Rose notó que su madre estaba roja y sin palabras.

«¿Hace mucho que conoces a Shelly?», Rose tomó una bolsa de basura negra del rollo y comenzó a vaciar la basura en ella.

«Hace un par de años», dijo arrastrando las palabras, «éramos amigos antes...». Se detuvo cuando la puerta se abrió y un hombre rubio entró a la cocina. «Este es mi hermano, Boyd».

Rose miró al hombre musculoso y bronceado.

«Llámame Fin». Sonrió y se sentó a horcajadas en uno de los taburetes de la cocina.

«Tuvo un encuentro cercano con un tiburón hace mucho tiempo», explicó Harry. «Fin es su apodo». [*Nota de la T.: Fin, significa y la autora hace alusión a la aleta dorsal del pez*]

«¿Un tiburón?», jadeó Rose. «¿Qué sucedió?».

Fin cogió una rama de apio y le dio un gran mordisco. «Tenía doce años. Surfeaba con amigos en Bondi cuando este gran tiburón blanco apareció de la nada. Se llevó un trozo de mi tabla, falló mi pierna por unos cinco centímetros».

«Eso debió haber sido aterrador», dijo Rose. «¿Qué pasó después?».

«Nadé tan rápido como pude, sin mirar atrás», Fin se encogió de hombros. «Soy un nadador rápido y supongo que tuve suerte.

El tiburón se había alejado nadando. Sin embargo, despejó el mar durante un par de horas».

«¿Quieres decir que la gente volvió a entrar, sabiendo que podría haber un tiburón al acecho?», Rose estaba asustada solo de escucharlo.

«Los australianos somos duros», Fin sonrió. «Prosperamos en el peligro».

«Ya lo creo», intervino Harry. «Pero no todos somos adictos a la adrenalina».

Rose sonrió. «Así que te gusta surfear. ¿Alguna otra actividad peligrosa?».

«Oh, sí, regularmente salto de aviones, salto bungee, snowboard en invierno, rafting en aguas bravas...».

«¿Lo dices en serio?». Una Rose con los ojos muy abiertos miró a Harry.

«Me temo que sí».

Fran se rió entre dientes. «A nuestra Rose ni siquiera le gustan las montañas rusas para niños. El juego de las tazas son más lo suyo».

«¡Mamá!», Rose se sonrojó. «Tengo miedo a las alturas».

«Ella nunca ha volado», intervino su padre. «Todos los años vamos a la misma caravana de vacaciones en Weymouth y, aun así, a ella no le gusta viajar por la autopista».

Rose notó que Harry y Fin intercambiaban una mirada. Rose decidió cambiar de tema.

«¿Había otro hombre con ustedes?».

«Oh, sí», Harry sacó una rodaja de pimienta de la ensaladera, «ese s nuestro Tom».

«Tom es el más tranquilo de la familia», explicó Fin.

«¿Quieres decir que él también es tu hermano?», Rose estaba

encontrando esto intrigante y se preguntó cómo Shelly había conocido al enigmático trío.

«Sí. Harry es el cerebro mayor, Tom es el del medio y yo soy el hermano menor amante de la diversión. Y hablando de diversión, ¿vendrás a bailar conmigo, Rose?».

«Oh, yo...», Rose se sonrojó aún más.

«Por supuesto que lo hará». Fran le dio un pequeño empujón. «Ve y diviértete. Papá y yo podemos terminar aquí».

Fin tomó su mano y sacó a Rose de la cocina antes de que pudiera negarse.

El pasillo estaba lleno de gente saltando.

«El Bufet está abierto», articuló, señalando en la dirección que acababa de salir.

Hubo una estampida hacia la cocina, Rose y Fin se apretaron contra la pared mientras los invitados pasaban corriendo.

«Vamos, ángel inglés, muéstrame tus pasos de baile». Fin la hizo girar a través de la puerta del salón y hacia la improvisada pista de baile. Marty sonrió mientras la veía girar en los brazos de Fin.

«Vamos a reducir la velocidad un poco, ¿de acuerdo?». Abruptamente cambió de pista a un número de amor suave.

«Esto es perfecto, ¿eh?», Fin le sonrió.

«Soy una bailarína empedernida». Ella le sonrió tímidamente.

«Por Dios, ustedes los ingleses son tan humildes». Fin la hizo girar suavemente. «¿Hay algo en lo que seas buena?».

«¿Lectura?», Rose respondió sin convicción.

«Debería haberlo sabido», respondió Fin. «Yo, por supuesto, no puedo quedarme quieto el tiempo suficiente para leer».

Él presionó su barbilla en la parte superior de su cabeza. «¿Que tipo de libros te gusta?».

«Me encantan los clásicos. ¿Jane Austen, las hermanas Brontë?

Desconcertado, Fin alzó una ceja. «¿Son libros eróticos? ¿Como *Cincuenta sombras de Grey*?».

«Eh... no», se rió Rose, «son obras maestras de la literatura. Muy inteligente. No puedo creer que nunca hayas oído hablar de Jane Austen».

«Y no puedo creer que nunca hayas subido a un avión». Él la miró. «¿Por qué te escondes, Rose? ¿De qué tienes miedo?».

Rose se salvó de responder gracias a Shelly, quien la apartó de Fin y la rodeó con sus brazos. «¡No puedo creer que hayas hecho todo esto por mí! Muchas gracias, Rose». Plantó un beso descuidado en la mejilla de Rose. «Es tan bueno verte de nuevo. Te he extrañado».

Yo te he echado de menos. Rose apretó el estómago de su amiga. «¿Cómo se siente estar de vuelta en casa?».

Shelly miró a su alrededor. «Se siente bien, se siente seguro y familiar», bajó el tono, «y no puedo creer que consiguieras que Marian viniera aquí. Mi hermana, la que vuela alto que dijo que nunca volvería».

«Hay muchas personas que querían volver a verte, Shelly. Se te extrañaba y te amaban mucho».

Los ojos de Shelly se llenaron de lágrimas. «Sigues siendo tan encantadora como siempre. Mi Rose, mi mejor amiga». Se abrazaron de nuevo y luego Rose escuchó a Shelly suspirar.

«¿Qué ocurre?», preguntó Rose.

«Tom es lo que está mal». Hizo un gesto subrepticio al hermano de cabello oscuro, que estaba sentado en el sofá jugando con su gorra de béisbol.

«¿Él está bien?», Rose susurró.

«Él no es exactamente un espíritu de fiesta». Ella le guiñó un ojo juguetonamente. «Hola Tom, ven a bailar».

Tom levantó la mano y sacó un teléfono de su bolsillo.

«Creo que eso es un no». Rose lo miró con interés. Vestía jeans oscuros y una camisa blanca ajustada. Su cabello oscuro estaba peinado hacia atrás, y su barbilla y mejillas estaban llenas de vello.

Shelly soltó a Rose y se movió hacia él. En un instante, ella le arrebató el teléfono y lo sostuvo en alto, fuera de su alcance.

«Vamos, Shelly», dijo, «devuélvemelo».

No hasta que hayas tenido un baile.

Tom puso los ojos en blanco. «Bien». Se puso de pie, elevándose sobre Shelly.

«Conmigo no», protestó Shelly, «con Rose».

Los ojos de Tom relampaguearon sobre ella y Rose sintió que su piel se erizaba incómodamente. «Está bien». Ella dio un paso atrás. «A mí tampoco me gusta mucho bailar».

«¿Desde cuándo?», Shelly se rió. «Solía gustarte».

«Probablemente cuando tenía ocho años», murmuró Rose.

Sintiéndose avergonzada, se dio la vuelta, pero Shelly la agarró de la mano y la atrajo hacia Tom.

Él le dio una sonrisa torcida. «Ella no se rendirá».

«Lo sé». Rose le devolvió la sonrisa, sintiendo que su estómago se contraía por la emoción. De cerca, este chico era bastante guapo. Cuando la tomó en sus brazos, ella estuvo vagamente consciente de los silbidos de lobo de Marty.

Rose se sonrojó. «Ignóralo, solo es mi hermano pequeño».

«Sé todo sobre hermanos molestos». Lentamente, le dio la vuelta a Rose. «Soy Tom, por cierto, encantado de conocerte».

Miró hacia los ojos verdes más sorprendentes que jamás había visto. Eran de un verde intenso, como la hierba después de un largo período de lluvia de verano.

«Soy Rose».

Tom se aclaró la garganta. «Entonces, ¿cómo conociste a Shelly?».

Rose estaba distraída por la cercanía de su cálido cuerpo y el embriagador olor de su loción para después del afeitado. «¿Qu... qué?».

Parecía divertido; una sonrisa jugando en sus labios. «¿Eres la mejor amiga de Shelly?».

Rose negó con la cabeza aturdida. «Sí. Nos conocimos en la escuela primaria y hemos sido mejores amigas desde entonces».

Tom emitió un silbido bajo. «Eso es un largo tiempo. Ella ha estado hablando de ti sin parar en el vuelo hacia aquí».

«¿Lo ha hecho?». La piel de gallina apareció en los brazos de Rose cuando él enganchó una mano alrededor de su cintura y la atrajo hacia sí. «Quiero decir, eso es encantador. ¿Cómo estuvo tu vuelo, por cierto?».

«Extremadamente agotador». Tom reprimió un bostezo. «Lo siento, no soy buena compañía. El jet lag está haciendo efecto».

«No necesitas disculparte». Rose le sonrió. «¿Has comido? Hay una mesa llena de comida buffet en la cocina y me di cuenta de que tampoco tienes una bebida».

«¿Siempre estás tan preocupada por tus invitados?».

Rose parpadeó. ¿Se está burlando de mí? Se preguntó.

«Supongo que me gusta atender a la gente», respondió ella, retrocediendo un poco.

Dejaron de moverse y Tom la miró fijamente, con el rostro serio. Abrió la boca para hablar, pero fue interrumpido por un grito de Shelly, que se había subido al sofá y agitaba los brazos para llamar la atención de todos. Lentamente, la gente volvió a entrar en la habitación, curiosa por ver qué estaba ocurriendo. Sintiéndose cohibida, Rose se soltó de los brazos de Tom y se volvió para mirar a su amiga.

Shelly aplaudió. «Atención, por favor. En primer lugar, me gustaría dar las gracias a todos los que han venido aquí esta noche para darme la bienvenida de vuelta a casa». Hubo una ronda de aplausos. «Y a mi mejor amiga», apuntó con su flauta de vino gaseoso a Rose, «quien organizó todo esto, gracias, gracias, gracias. ¡Te amo, Rose!».

Rose sonrió y le dio un pequeño saludo.

«Como todos saben, he estado viajando por todo el mundo divirtiéndome. Pero finalmente, finalmente me calmé, amigos», Shelly tomó un largo trago de su vino. «Conocí a un hombre en Australia, un hombre perfecto y hermoso y nos enamoramos locamente y me propuso matrimonio hace seis meses. ¡Sí, gente, la fiestera Shelly se está asentando y va a casarse!».

Estalló una serie de aplausos y Shelly estaba rodeada de personas que competían por besarla y felicitarla.

«La suerte de Shelly». Fran puso una mano en el hombro de Rose. «Qué hermosa noticia. Pero estoy realmente sorprendida de que esté comprometida, y también de un hermoso australiano».

«Sí, pero mamá, ¿con qué hermano se va a casar?».

siete

«¿Dónde esta él?», Shelly se puso de puntillas, casi cayendo del sofá en el proceso. «¿Dónde está mi futuro esposo?».

Rose miró a Tom que estaba sentado en el sillón. ¿Por qué de repente se sintió aliviada de que no fuera él? ¡Fin! Tenía que ser Fin, el amante de la diversión.

Entonces apareció Harry entre la multitud, con su mata de cabello rojizo brillando como un faro en la penumbra. Harry levantó a Shelly en sus brazos y ella chilló de alegría, envolviendo sus piernas alrededor de su cintura.

«La convertiré en una mujer honorable», gritó. La multitud aplaudió y alguien gritó que ya era hora.

Cuando Shelly y Harry terminaron su sensual baile, le hicieron señas a Rose.

«¡Felicidades!», Rose los abrazó a ambos. «Hacen una pareja encantadora. ¿Cómo se conocieron?».

«En Urgencias». Shelly colocó una mano sobre el estómago de Harry. «Es médico, Rose. Me trató por una mordedura de perro y luego me dio su número, junto con una vacuna contra el tétanos».

«¡Quieres decir que me arrancaste mi número!», Harry le mordisqueó la oreja.

«Y, ¿puedo ver el anillo?».

Shelly extendió su mano izquierda para que la inspeccionaran. En el tercer dedo brillaba un hermoso grupo de diamantes engastados en una placa de oro. «Me propuso matrimonio en París, en lo alto de la Torre Eiffel».

Rose sonrió ante la felicidad que emanaba de su amiga. «Eso es tan romántico. Estoy tan emocionada por ti».

Shelly la agarró del brazo. «Necesitamos ponernos al día. Solo nosotras dos solas. Una reunión de mejores amigas».

«Suena un buen plan». Los ojos de Rose se deslizaron hacia Tom, que estaba recargado en la silla, con los ojos cerrados y su gorra de béisbol encajada firmemente en la parte superior de su cabeza. Miró de él a Marty, quien también lucía una gorra similar, aunque la usaba al revés. ¿Era esta una nueva moda para los hombres? Ella se preguntó.

«¿Qué tal mañana?». Los ojos de Shelly brillaban de emoción. Podríamos ir a almorzar el domingo. ¡Ay, cómo he echado de menos el rosbif y el pudín de Yorkshire!».

«De acuerdo». Rose asintió. «Te recogeré a las doce. ¿Dónde te alojas, por cierto? Sus ojos se abrieron cuando escuchó que Shelly, Harry, Fin y Tom tenían una reservación en el Belmont Hotel de cinco estrellas, en las afueras del pueblo.

Es un hotel elegante.

«Supongo que está bien», Shelly puso los ojos en blanco, «aparte de un par de trabajadores felices con taladros neumáticos que hacen un montón de ruido justo afuera de nuestra ventana».

«Tu hermana nos está mirando». Harry asintió en dirección a la puerta, donde Marian los observaba con los brazos cruzados y una expresión de desaprobación en el rostro.

«Supongo que debería ir a pasar un tiempo con ella, ¿eh?», le susurró a Rose.

«Por supuesto». Rose se hizo a un lado. «Deberías estar mezclándote. Podemos ponernos al día mañana».

«Gracias, cariño», Shelly la atrajo hacia otro abrazo, «y gracias de nuevo por organizar este increíble regreso a casa».

Rose se despertó temprano a la mañana siguiente. La luz del sol se filtraba a través de las persianas de la ventana, bañando la habitación con un tono dorado y calentando su cara y brazos expuestos. Se puso de lado y miró el despertador. Oh, qué alegría estar bien despierto a las siete de la mañana de un domingo. Rose tomó sus anteojos, se los puso y recogió su libro de la cómoda. Tenía la boca seca y la cabeza le dolía. Rara vez bebía, pero la noche anterior había bebido cuatro copas grandes de vino seguidas de un coctel de dudosa calidad que Shelly le había preparado. El resultado fue que Rose se sintió mal. Más de lo que se había sentido la semana pasada cuando estuvo postrada en cama con influenza. No sirvió de nada, no podía concentrarse en su último romance, así que con un suspiro apartó las sábanas y se puso de pie aturdida. Por un momento, la habitación dio vueltas y Rose se apoyó en los muebles del dormitorio para ayudarse en sus desplazamientos.

La casa estaba en silencio. Rose bajó las escaleras, haciendo una mueca ante los escombros esparcidos por el suelo. Tenía un vago recuerdo de la gente que se dispersó anoche, y su madre insistió en que la limpieza podía esperar hasta la mañana. La cocina era la habitación más desordenada; vajilla amontonada en el fregadero y comida a medio comer que se encrespaba por el calor y que se había dejado afuera durante la noche. Rose encendió la tetera y vertió una generosa cantidad de café granulado en su taza. Se sentó en un taburete y hojeó el carrete de la cámara en su teléfono. Sonrió ante una foto de su abuela, con los brazos en jarras mientras bailaba, y uno de sus padres abrazados amorosamente mientras se besaban al ritmo de una canción lenta. Había numerosas *selfies* de ella y Shelly y una hermosa fotografía de Shelly, Harry y Fin en un abrazo grupal. No había ninguna de Tom; ella lo recordaba rehuyendo de la cámara. No había vuelto a bailar y Rose se había sentido demasiado tímida para tratar de entablar una conversación con él. Marian había monopolizado la atención de Shelly durante el resto de la noche. Tuvo un flashback de ella reprendiendo a su hermana menor por no advertirle de su compromiso. Sin embargo, había sido una gran noche, pensó Rose; un éxito rotundo.

Mientras llenaba su taza con agua caliente, la puerta chirrió al abrirse y Fran entró sigilosamente en la habitación, agarrándose la frente.

«¿Quieres algo de beber?», preguntó Rose, con una mirada en su dirección. «Te ves tan mal como yo me siento».

«Peor», se quejó Fran. «Nunca volveré a beber». Abrió uno de los armarios superiores y se tragó dos paracetamol.

«¿Por qué no vuelves a la cama, mamá? Yo puedo empezar a limpiar aquí abajo».

Fran negó con la cabeza. «He venido a ayudar. No se debe dejar que tú lo hagas todo».

«Nos prepararé un sándwich de tocino y luego podemos comenzar».

Cinco bolsas de basura llenas más tarde, la casa volvía a la normalidad.

«Debería sacarlas». Rose recogió todas las pancartas de la pared y las arrojó a la basura. «¿Te divertiste anoche?».

«¡Oh, Rose, fue fantástico!». Fran se limpió el líquido lavavajillas de las manos. «Lo hiciste bien. Todos parecían estar divirtiéndose, especialmente Shelly».

«Vamos a vernos para almorzar, así que no necesitaré cenar».

«Está bien, amor», Fran bostezó. «Creo que hoy podría ser algo fácil de preparar. No estoy de humor para cocinar».

Rose asintió. «¿Qué piensas de los invitados de Shelly?».

«Muy guapos», se rió Fran, «y Fin es muy divertido. Ha pasado mucho tiempo desde que un joven me ha hecho disfrutar tanto».

«Ciertamente te tomó cariño». Rose le dio un codazo a su mamá. «Creo que papá tiene competencia».

«¡Imagina eso!». Los ojos de Fran estaban muy abiertos de alegría. «El prometido de Shelly parece agradable, bastante aterrizado. Será bueno para ella, ¿no crees?».

«Sí. Él la calmará», Rose tomó un paño de cocina y comenzó a secar los platos y cubiertos, «¿y qué piensas del hermano del medio?».

«Guapísimo», fue el veredicto de Fran, «pero dolorosamente tímido. Apenas podía mirarme cuando le pregunté si quería una rebanada de pastel de queso».

«Tal vez fue el *jet lag*», sugirió Rose. «El vuelo desde Australia es terriblemente largo».

«Sí, me moriría de aburrimiento». Fran se echó hacia atrás un mechón de cabello. «Así que la cocina ya quedó impecable. ¿Vamos a arreglar el salón?».

Más tarde en la mañana, Rose fue a buscar a Shelly al hotel. Se detuvo en un estacionamiento y le envió un mensaje para decirle que estaba allí. Shelly salió rebotando del hotel diez minutos después, luciendo un rostro fresco y feliz, vestida con un vestido blanco de verano y un maquillaje inmaculado. Rose se sentía desaliñada en comparación, con sus vaqueros descoloridos y su sudadera con capucha y su cara sin maquillaje.

«Pasé el mejor momento anoche». Shelly se abrochó el cinturón de seguridad y sonrió a Rose. «Todos lo hicimos».

«¿Incluso Tom?», Rose tragó saliva. «Mamá mencionó lo callado que es».

«Oh, él siempre es así». Shelly guiñó un ojo. «Ya sabes, el tipo inquietante y angustiado. Sin embargo, tengo que admitir que está en forma, ¿eh?».

«Supongo que sí». Rose se aclaró la garganta. «¿Pensé que podríamos ir a 'El Cisne Blanco' a almorzar?».

«Suena bien. ¿Roger y Sue todavía lo administran?».

«Sí, sólidos. Lo renovaron hace unos cinco años, pero todavía tienen las noches de concursos los lunes».

«¿Lo siguen haciendo?», Shelly rebotó en su asiento con entusiasmo. «Deberíamos ir».

«Tengo un coro folclórico los lunes», respondió Rose, «pero podría reunirme contigo allí después».

«Entonces es una cita». Shelly deslizó una mirada a su amiga. «¿Todavía vas a la iglesia?».

«Sí. Aunque me la perdí esta mañana. La casa estaba en caos, ayudé a limpiar».

«Sigues siendo tan dulce como siempre», Shelly le pasó a Rose un chicle, «incluso Tom lo notó».

«¿Lo hizo? Quiero decir... ¿qué dijo?».

Shelly alzó una ceja burlona. «Me preguntó por ti, eso es todo. Dijo que parecías una chica agradable, lo cual es un gran elogio de parte de nuestro Tom».

El corazón de Rose se hundió. ¿Agradable? Los cachorros eran agradables, las dulces ancianas eran agradables, el pastel era agradable. ¿No se le ocurrió un adjetivo más interesante?

«¡Cuidado!», Shelly señaló a través de la pantalla de la

ventana a un autobús que de repente había pisado los frenos. Rose hizo lo mismo, arrojándolas a ambas hacia adelante.

Durante el resto del viaje, Rose alejó los pensamientos del inquietante Tom y se concentró en el camino. Escucharon música y charlaron sobre los amigos de la escuela que se habían presentado anoche. Shelly le habló de las manos errantes de Billy Baxter y de la severa reprimenda que le había dado.

«¿No tenían algo tú y Billy Baxter?», Rose bromeó.

«Cuando tenía quince años», resopló Shelly. «Ahora prefiero los hombres a los niños y seamos sinceras, Billy Baxter no ha madurado mucho».

Rose tuvo que estar de acuerdo con eso. Disminuyó la velocidad cuando la entrada al 'Cisne Blanco' apareció frente a ellas. El estacionamiento estaba casi lleno, pero se las arregló para encontrar un espacio debajo de un roble imponente.

«Está lleno», comentó Rose, «espero que podamos conseguir una mesa».

Shelly tiró de su brazo. «Vamos a sentarnos en la taberna al aire libre. ¿Todavía tienen los inflables?».

«Sí. Todavía tienen el castillo inflable para niños». Rose se rió. «Ve a tomar asiento y yo traeré bebidas».

Siguió a un hombre en un scooter averiado a través de la puerta arqueada y entró en el pub. Como era de esperar, estaba lleno. Todas las mesas interiores estaban ocupadas y había una fila de dos personas en el bar. Rose estaba de pie detrás de un hombre vestido con cuero, que olía a incienso y humo de cigarrillo. Rebuscó en su bolso y sacó un billete, luego esperó a que la sirvieran.

· · ·

El 'Cisne Blanco' era el pub más antiguo de Twineham. Antes de su remodelación, había sido un auténtico bar a la antigua, con una barra que albergaba un tablero de dardos y un salón con paneles de roble completo con una mesa de billar y una gramola. El padre de Rose había jugado para el equipo de dominó y antes de su jubilación, la abuela Faith había trabajado aquí durante años como aseadora. Luego, una gran cervecería lo compró y lo transformó por completo. El bar y el salón se habían fusionado y se había rebautizado como un restaurante familiar. Hoy en día, la decoración era moderna y fresca. La vieja madera oscura había sido reemplazada por paneles blancos y cuadros elegantes. La máquina de discos había sido reemplazada por parlantes de pared, y la mesa de billar ahora era una mesa de comedor para ocho. Para colmo, el dominó y los dardos fueron cancelados, reemplazados por noches de música temática y karaoke. Sue, la gerente del bar, estaba recogiendo vasos y se detuvo cuando vio a Rose.

«Hola amor». Sue estaba balanceando numerosos vasos en sus dedos; años de experiencia trabajando en un pub. «No te he visto aquí por un tiempo». Preguntó cómo estaban su papá y su abuela, mientras se abría paso entre la multitud para depositar los vasos en la barra.

«Ambos están bien, gracias». Rose sonrió a la diminuta mujer galesa. «Shelly ha vuelto de sus viajes».

«¿Lo ha hecho?», Sue se puso las manos en las caderas. «Será mejor que vaya a saludar entonces y Rose, dile a Roger que tus bebidas van por la casa».

«¡Ella está afuera!», Rose llamó a Sue mientras se alejaba.

Apareció un espacio en la barra y Rose rápidamente se coló.

Roger y dos mujeres jóvenes estaban ocupados detrás de las bombas de bebidas. Rose esperó a que el propietario terminara de servir a una pareja de mediana edad antes de pedir dos coca-colas.

«Escuché que Shelly ha vuelto». Roger se apoyó en el dispensador de gaseosas y se secó la frente sudorosa con un pañuelo. «Ella ha traído el calor de vuelta con ella».

«Y el glorioso sol». Rose miró por la ventana polvorienta, donde el sol del mediodía brillaba en un cielo sin nubes.

Pasó las bebidas. «Es bueno verte de vuelta aquí, Rose. No te vuelvas una extraña ahora».

«Estaré aquí mañana por la noche también. Eso es si... ¿la noche de concursos sigue en pie?».

«Seguro que sigue», confirmó Roger, «y el premio de esta semana es un desayuno inglés completamente gratis, así como una botella de vinagre... me refiero a vino. Así que asegúrate de venir, te estaré vigilando ahora».

«Lo haré». Rose le dedicó una brillante sonrisa y luego se giró para abrirse camino entre la multitud y regresar con Shelly.

ocho

Shelly miraba a los niños correr alrededor del aparato de juego con una mirada melancólica en su rostro. «¿Qué rápido ha pasado el tiempo?», le sonrió a Rose mientras dejaba las bebidas. «¿Recuerdas cuando acampamos en mi jardín durante la noche cuando teníamos ocho años?». «Lo recuerdo», respondió Rose. «Tu tienda era enorme, casi tan grande como todo el césped». «Papá nos trajo perros calientes y papas fritas y un pastel tamaño familiar para compartir. Algunos días, olvido que ya no está aquí». Shelly dio un gran resoplido. «Daría cualquier cosa por volver a hablar con él».

Rose se inclinó para darle un masaje consolador al brazo de Shelly. «Él estaría orgulloso de ti. ¿No había querido él mismo vivir en Australia?».

«Nueva Zelanda», corrigió Shelly, «pero mamá no quiso dejar Inglaterra y ahora no sabe dónde está. Pobre mamá...», Shelly se apagó.

«Puedo llevarte si quieres ir a verla», ofreció Rose, sorbiendo su bebida con una pajita de papel doblada.

«Iré más tarde con Harry, pero gracias, Rose». Shelly cogió un menú. «¿Pedimos comida? Estoy famélica».

«¿Dos almuerzos dominicales, con toda la guarnición?», Rose sonrió.

«Suena divino», Shelly se humedeció los labios, «pero, ¿qué vamos a pedir de postre?».

❧

«Esto está tan bueno como lo recuerdo». Shelly estaba comiendo su almuerzo. «Mmm, no hay nada mejor que la comida de un pub británico».

Rose untó mostaza a un lado de su plato. «¿Cómo es?».

«¿Mmm? La carne está divina».

«Me refiero a Australia», dijo Rose con una sonrisa.

«Caliente. Enorme. Hermosa».

«¿Qué hay con las arañas?», preguntó Rose, con un escalofrío.

«Nunca te encuentras con el tipo venenoso. Serpientes, por otro lado, sí. Bruce ha atrapado algunas».

«¿Bruce?».

«Es nuestro perro, Rose. Harry lo compró cuando nos mudamos juntos». Buscó en su bolso su teléfono. «Todavía es un cachorro, un poco travieso pero adorable. Aquí está él». Volteó su teléfono a un lado.

«¡Ah!», Rose arrulló la imagen en la pantalla de un primer plano de un perro blanco y negro. «¿Es un dálmata?».

«Sí. Se quedó con amigos hasta que descubramos cuál será nuestro próximo movimiento».

Rose tragó saliva. «¿Tu próximo movimiento?».

Shelly la miró fijamente. «Quiero decir, cuando hayamos descubierto dónde está nuestro futuro: Harry y yo».

«Quieres decir... supuse que regresarías a Australia. Pensé que esto era solo una visita fugaz, Shelly».

«Bueno», Shelly dejó su tenedor, «no estamos absolutamente seguros de dónde vamos a vivir. Cuando estemos casados, quiero decir».

«¿Estás considerando regresar a Gran Bretaña de forma permanente?». Los ojos de Rose estaban muy abiertos.

«Sí, quizás. La verdad es que tengo nostalgia. Quiero establecerme en un lugar. Viajar por el mundo ha perdido su atractivo».

Rose asintió. «Sería fantástico que volvieras aquí». Ella pensó por un momento. «Harry conseguiría un trabajo como médico aquí sin problemas. ¿No hay escasez de médicos? ¡E imagina trabajar para una estación de radio del Reino Unido!».

«También podría diversificarme en la televisión», estuvo de acuerdo Shelly, «hay muchas oportunidades para los dos aquí. Pero primero debo organizar mi boda. Y eso es lo que quería discutir contigo, Rose».

Rose levantó la vista de su brócoli y de repente se imaginó a Shelly con un vestido blanco con volantes de princesa, en una casa señorial a la antigua, o, mejor aún, en un castillo. Tendría un carruaje tirado por caballos, por supuesto, y un suntuoso almuerzo de bodas de cinco platos, y fuegos artificiales que podrían verse y oírse a kilómetros de distancia. No se repararía en gastos, Shelly sería reconocida como la novia más hermosa de la historia. Una revista de moda para mujeres podría hacer las fotografías y Harry coordinaría un avión para volar por encima, resoplando sus nombres y corazones en el cielo azul brillante. "Romántico" sería un eufemismo. Rose suspiró, con una mirada soñadora en su rostro.

«Mmmh, Rose, ¿no me vas a preguntar qué he organizado?», Shelly había terminado su comida y observaba a Rose con una mirada desconcertada en su rostro.

«Lo siento», Rose sonrió. «Cuéntame sobre la boda del siglo entonces».

«Vaya, necesitas controlar tu imaginación, niña», se rió entre dientes Shelly. «En realidad, no soporto la idea de una gran aventura formal».

«¿En serio?», Rose estaba sorprendida. «No pensé que serías capaz de algo pequeño y tranquilo».

«Esa era la vieja Shelly. Me he calmado mucho desde que conocí a Harry. Me ha aterrizado».

«¿Te ha aterrizado?», Rose repitió las palabras. «Ya antes eras encantadora, Shelly».

«Me siento segura con él», Shelly giró su cabello alrededor de su dedo, «contenta, completa. Demonios, sé que suena cursi, pero lo amo tanto, Rose».

«Puedo ver eso», Rose sonrió. Entonces cuéntame sobre la boda. ¿Vas a preguntarle al Sr. French si puedes celebrarla en su iglesia? Es tan hermosa... tan pintoresca y romántica. El coro folclórico podría cantar para ti, sería perfecto...».

«No me voy a casar en la iglesia del señor French». Shelly se agarró al borde de la mesa. «En ninguna iglesia, de hecho». Ella dejó escapar un largo suspiro. «Me caso en el extranjero, Rose, en la playa y te quiero como mi dama de honor. Pero, Harry y yo no nos casaremos en Inglaterra o Australia. Nos casaremos en Mallorca.

«¿Mallorca? ¿En una playa?», Rose dejó caer sus cubiertos con un ruido.

«Sí, Mallorca», sonrió Shelly, «ya sabes, esa isla balear en el

Mediterráneo».

«He oído hablar de eso, por supuesto». Rose se secó la boca con una servilleta. «Aunque no sabía que hubieras estado allí. Nunca me enviaste una postal».

«Lo siento cariño. Allí trabajé un tiempo, en un restaurante junto al mar. Quería mejorar mi español».

Rose tenía un vago recuerdo de Shelly tomando lecciones de español en la universidad nocturna, justo antes de partir para su viaje alrededor del mundo.

«Eso es encantador», dijo Rose, tirando de un hilo suelto de algodón en su manga, «pero... pero ¿qué pasará con tus invitados?».

«Irán», respondió Shelly alegremente. «Al menos los importantes lo harán».

¿Volar? Rose tragó saliva. Tengo miedo de volar.

«Por favor, di que vendrás». Shelly se inclinó hacia ella. «Quiero que seas mi madrina de honor, Rose. Por eso vine a casa. Por ti».

«¿Por mi?». Los ojos de Rose se abrieron y una sensación de temor se arremolinó en su estómago. «¿Es solo por el fin de semana?».

«¿El fin de semana? ¡Por supuesto que no! Son diez días de vacaciones».

«Pero mi trabajo... no sé si puedo tener tiempo libre». Rose palideció ante la mirada de decepción en los ojos de Shelly. «¿Cuándo exactamente te vas a casar?», añadió apresuradamente.

«A mediados de junio».

Rose hizo un cálculo rápido. «¡Faltan tres semanas!».

«Sí. Todo fue muy de última hora. Sé que no te he avisado antes, pero Harry y yo... no queremos esperar más. Vas a venir, ¿verdad, Rose?».

Imágenes de ella y Shelly pasaron por la mente de Rose. Jugando a disfrazarse como niños. Experimentar con el maquillaje en la adolescencia. Riendo en la escuela juntas. Compartir enamoramientos secretos entre ellas. Por supuesto que iría. Por supuesto que estaría allí para Shelly. Después de todo, era su mejor amiga y no había forma de que se perdiera el día más feliz de su vida.

«Si, voy a ir». Rose limitó los nervios y las reservas. Ahora cuéntamelo todo.

~

El lunes por la mañana, Rose llegó al trabajo casi treinta minutos antes. Fulham Banking todavía estaba a oscuras cuando tecleó el código de entrada.

«Buenos días», Ron caminó hacia ella. «Ansiosa, chica».

«Necesito hablar con la gerencia». Rose metió su bolso debajo de su escritorio. «Derecho a vacaciones».

«Bien por ti», Ron se apoyó en el escritorio. «Betsy y yo vamos a Cornualles de nuevo. St. Ives. Nos encanta ahí abajo. ¿Adónde vas tú?».

«Al extranjero, Ron, por primera vez».

«¿Quieres decir que nunca has volado?».

«No», Rose se mordió el labio. «¿Es... tú sí?».

«Oh sí». Ron tiró de la punta de su bigote. «Hemos estado en Tailandia...», levantó siete dígitos para indicar cuántas veces.

«Me voy a Mallorca, que son solo dos horas de vuelo, gracias a Dios».

«La última vez que fuimos, la turbulencia era terrible». Ron negó con la cabeza.

Rose se estremeció al pensar en ello, pero puso cara de valiente. «Estoy pensando en positivo».

. . .

«Lo pasarás genial». Apoyó un brazo en el escritorio. «El equipo de administración ya está adentro. Una especie de reunión de poder. Enviaron por una entrega de desayuno de McDonalds, ¿puedes creer eso, los cabrones perezosos?».

Rose tomó un sorbo de agua antes de alisarse la falda. «Bueno, deséame suerte».

«¡Ve a decirles!», Ron la acompañó hasta el ascensor. Las puertas se abrieron y Rose lo saludó con la mano antes de presionar el botón del cuarto piso. Se estremeció y saltó hacia arriba y Rose recordó por qué solía subir las escaleras.

Finalmente, gimió hasta detenerse en la parte superior de Fulham Banking y ella salió disparada a través de las puertas que se abrían hacia la oficina abierta. Siguió un camino más allá de las fotocopiadoras, en dirección a los ruidos que emanaban de la cocina. El olor acre del café flotaba en el aire. Rose se quedó atrás para dejar pasar a las señoras de la limpieza. Parecían aliviadas de que sus turnos casi habían terminado y le sonrieron amistosamente mientras pasaban sus aspiradoras y baldes.

La puerta de la cocina se abrió de repente y Graham, el gerente senior, salió, saludando a Rose con la cabeza al pasar junto a ella. Otros comenzaron a filtrarse, potenciando sus computadoras y charlando entre ellos. La cocina ahora estaba casi vacía, aparte de Liliana y el gerente de cuentas. Estaban recogiendo envoltorios de comida vacíos, canturreando mientras lo hacían.

«¡Ay, Rose!», gritó Liliana. «¿Podrías echarnos una mano con la limpieza?».

«Necesito hablar contigo», respondió Rose, mirando la vajilla sucia.

«Hablaremos y trabajaremos», dijo Liliana alegremente.

«De acuerdo». Rose tomó un par de guantes de goma. «Necesito presentar una solicitud de vacaciones».

. . .

La sonrisa de Liliana se congeló. «¿Para cuándo, exactamente?». «Para mediados de junio. Tengo las fechas anotadas en mi bolso». La boca de Liliana se abrió. «Pero eso es solo en unas pocas semanas. Pensé que ibas a pedirlas para el próximo año, Rose».

«Es una cosa de último minuto», Rose se aclaró la garganta, tratando de sonar asertiva, «una boda y soy la madr...».

Liliana levantó la mano. «Lo siento, es un aviso demasiado corto. Ya hay seis miembros del personal ese mes y reservaron hace meses».

«¡Pero es la boda de mi mejor amiga!».

Liliana frunció el ceño. «Lo siento, Rose. No se puede».

Rose suspiró profundamente, con los hombros caídos con resignación. Liliana sonrió triunfante y luego ató la bolsa negra de basura en un nudo limpio. «Estaré en mi escritorio. Algunos de nosotros debemos apresurarnos». Salió de la cocina, con el aroma de su fuerte perfume flotando en el aire.

«¿Vas a aceptar eso?». La gerente de cuentas, Amanda, colocó una mano en el hombro de Rose. «Ve por encima de ella. Pídelo a Graham».

Rose se mordió el labio. «Él se pondrá del lado de ella».

«Entonces no le digas que has hablado con ella». Amanda le dio un empujón amistoso. «A veces en la vida tienes que luchar por las cosas que quieres. Vamos, niña, puedes hacerlo».

Rose le sonrió a Amanda con gratitud. «Me aterra volar», confesó. «Si hubiera sido en algún lugar de Gran Bretaña, habría sido más insistente».

«¿Así que vas a defraudar a tu amiga?».

«No». El tono de Rose se volvió firme. «No la voy a defraudar. ¿Qué tan malo puede ser realmente un vuelo de dos horas?».

«Exactamente». Amanda la envolvió en un rápido abrazo. «¡Ahora muévete! ¡Y no aceptes un no por respuesta!».

~

Llamó suavemente a la puerta de Graham. Él indicó que entrara y ella se paró torpemente en la entrada, jugueteando con sus dedos. La secretaria de Graham levantó la vista de su cuaderno y le sonrió a Rose.

«Es todo tuyo», dijo, deslizando su pluma detrás de su oreja y poniéndose de pie.

«¿Qué puedo hacer por ti, Rose?», preguntó Graham, cuando su secretaria hubo cerrado la puerta suavemente detrás de ella.

Rose tomó aliento y dio un paso adelante. «Quería presentar una solicitud de vacaciones de última hora». Le explicó brevemente los planes de Shelly y le dijo las fechas.

Graham la miró a través de su mesa. Sus manos se unieron para hacer un pequeño campanario. Era uno de los empleados más antiguos y a Rose siempre le había gustado. Sus modales eran impecables y era alegre y profesional.

«Sé que es un aviso corto y normalmente no lo solicitaría, pero...».

«Está bien, Rose». Su rostro se arrugó en la sonrisa más cálida. «Eres una empleada muy trabajadora, una de las mejores aquí en Fulham. Por supuesto que puedes tener el tiempo libre».

«¡Oh gracias!», Rose sintió como si le hubieran quitado un gran peso de los hombros.

Saldremos adelante sin ti. Graham tomó su teléfono que había comenzado a sonar. Rose se volvió para irse.

«Y Rose», dijo, «¡ve y diviértete!».

NUEVE

Más tarde esa noche, Rose fue la primera en llegar a 'El Cisne Blanco'. Se sentó en un taburete en el bar, charlando con Roger y Sue y observando cómo el encargado del concurso preparaba su aparato.

«¿Cómo está tu abuela?», preguntó Sue, mientras limpiaba las bandejas de goteo con un paño húmedo.

«Tan traviesa como siempre». Rose buscó en su bolso su teléfono. «Esta era ella en la fiesta de bienvenida de Shelly».

Sue y Roger se rieron de la toma. «Nunca creerías que tiene noventa años».

«Noventa y dos, para ser exactos. Todavía en forma y vivaz, aparte de un poco de artritis en las rodillas y los dedos».

«Extraño a Faith», suspiró Sue. «El personal de limpieza que tenemos aquí ahora no es un parche de ella».

«Ella trabajó duro», dijo Roger, «y agregó un toque de diversión al lugar. Siempre alegre, esa era nuestra Faith».

«Y su nieta igual». Sue miró a Rose. «¿Qué vas a beber, amor? Y no me digas lo que sea».

Rose se movió en su asiento. «En realidad, no voy a conducir, entonces, ¿qué me recomiendas?».

Roger le pasó una carta de bebidas. «Aquí. Prueba uno de estos».

«¿Cocteles?», Rose examinó la lista. «No tengo idea de cuál elegir».

«¿Qué tal comenzar con algo sabroso y simple?», Sue pasó el dedo índice por la lista. «Ah, sí, un Bellini. Perfecto».

Sue caminó hasta el otro extremo de la barra y rebuscó entre las diversas botellas de licor, dejando que Rose enviara un mensaje de texto informándole a Shelly que estaba aquí y que no llegara tarde. Pasó una pierna sobre la otra rodilla y esperó a que Sue añadiera una rodaja de fresa a la copa de vino.

«¡Disfrútalo!». La bebida le fue presentada con una sombrillita y un guiño.

Rose tomó un sorbo; el vino gaseoso y el jarabe de fresa hormiguearon en su lengua. «Esto está delicioso». Ella asintió con aprobación.

«Y tendrás muchos más de esos». Una voz detrás de ella la sobresaltó. Era Shelly, luciendo realmente glamorosa en un pequeño vestido negro de encaje.

«¡Llegas a tiempo!». Rose se bajó del taburete y abrazó a su amiga.

«Y tú llegas temprano para variar». Shelly golpeó su bolso de embrague en la barra. Tomaré lo que esté bebiendo Rose».

Sue asintió. «Te ves bien, Shelly... y muy elegante para una noche de concursos».

«Olvidé mis jeans», dijo Shelly con los ojos en blanco. «Afortunadamente para mí, Inglaterra parece estar en una ola de calor».

«Nos aclimataremos para Mallorca». Rose sonrió. «Me las he arreglado para tener tiempo libre en el trabajo».

«¡Fantástico!», chilló Shelly. «Otra que puedo tachar de mi lista».

Recogieron sus bebidas y fueron a buscar una mesa. Rose fue a dejar su bolso en un biplaza, pero Shelly la detuvo emocionada. «Los chicos vienen», reveló.

Rose tragó saliva. «¿Los tres?».

«Sí». Shelly sacudió su gloriosa melena de cabello. «Harry, Fin y Tom, por supuesto. Esperan con ansias su primer concurso de pub británico».

«Hubiera hecho un mayor esfuerzo...», Rose se detuvo, avergonzada de haber expresado sus pensamientos internos.

«¿Qué quieres decir?», Shelly la evaluó. «Te ves tan hermosa como siempre».

«¿En serio?», Rose miró sus jeans descoloridos con incredulidad.

«Es verdad», Shelly tocó el cabello de Rose, «podrías verte aún más hermosa, ¿sabes?».

«Me gusta cómo me veo», protestó Rose.

«Por supuesto que sí», Shelly le dedicó una cálida sonrisa. «Nunca fuiste vanidosa», incluso cuando éramos adolescentes ensimismadas».

Se reclinaron en sus asientos y vieron a un gran grupo entrar al bar.

«Yo, en cambio, siempre he sido vanidosa. Voy a hacerme un cambio de imagen», anunció Shelly, «lista para mi boda. Cabello, bronceado falso, uñas. Quiero estar perfecta para Mallorca».

«Ya eres hermosa», dijo Rose con firmeza.

«Y tú podrías verte deslumbrante». Shelly abrió el navegador de Internet en su teléfono. «Aquí es donde voy a reservar».

Rose miró inexpresivamente la imagen en la pantalla. «No tengo idea de dónde o qué es eso».

«Es la Casa Candleswick». Shelly le dio un codazo a su amiga.

«¿Una casa señorial?» Rose agarró el teléfono. «Me encantan los lugares históricos. ¿Crees que podrían tener una de esas bibliotecas arcaicas llenas de primeras ediciones?».

Shelly deslizó una mirada hacia ella. «Eh... ¿quizás? Pensé que podríamos ir juntas. Un lugar para mimarse antes de la boda y hay un gran centro comercial cerca».

Le contó a Rose los detalles más finos; dónde estaba ubicado y cuándo exactamente quería ir.

«Además...», Shelly agitó sus largas pestañas, «necesitamos nuestros vestidos».

«¿Quieres decir que aún no tienes tu vestido de novia?», Rose tosió sorprendida.

«No. Tampoco los vestidos de dama de honor, obviamente».

«Shelly», comenzó Rose lentamente, «¿exactamente cuántas damas de honor vas a tener?».

«Solo ustedes dos», Shelly suspiró. «Creo que Marian estaba un poco molesta porque no es la dama de honor, así que inventé esta perorata emocional acerca de que ella es la mejor hermana del mundo y que podría organizar la despedida de soltera, o debería decir la semana de la despedida». Ella se rió entre dientes y extendió su mano izquierda. «He estado practicando mi firma. Va a ser genial ser una Sinclair».

Rose tomó un gran trago de su bebida. «Ciertamente que estás relajada con todo el asunto. ¿No se supone que las futuras novias son puro estrés?».

«Es por eso que me voy a casar en el extranjero. Sin estrés. Solo sol, mar, arena y cocteles. Sin familias que se quejen de las que tenga uno que preocuparse. No hay planes de asientos incómodos para organizar. Solo diversión y relajación. Va a ser increíble, ¿no estás de acuerdo?».

«Supongo que sí». Rose de repente se vio abrumada por el miedo. Miedo a volar y estar fuera de casa. Miedo a lo desconocido.

Shelly la miró entrecerrando los ojos. «Mira, cariño. Sé que no es el tipo de boda que organizarías. Pero créeme, nos lo vamos a pasar genial».

Rose asintió con fervor para mostrar su lealtad. «Es tu elección, Shelly y lo que sea que organices, lo apoyaré por completo».

«Gracias». El rostro de Shelly se suavizó. «¿Has estado en la iglesia?».

«Sí, voy regularmente y ahora estoy en el coro folclórico...». Se detuvo cuando la puerta se abrió y entraron Harry, Fin y Tom. Tom las notó primero y levantó la mano a modo de saludo. Rose saludó y le dirigió una sonrisa mientras su estómago comenzaba a dar vueltas por la emoción y la atracción. Esa era la palabra que Rose estaba buscando. Tom Sinclair era el hombre más guapo que Rose había conocido y parecía que todas las demás mujeres en el pub también lo habían notado. Sue, la dueña, se apresuró a atenderlo, empujando a Roger fuera del camino en el proceso.

«¡Harry!», Shelly gritó de emoción, saltó de su silla y se elevó a los brazos de su futuro esposo. Rose observó con una sonrisa mientras se besaban, ajena a las miradas que atraían.

«Hola, Rose». Fin se agachó en un taburete junto a ella. «¿Quieres besarme?».

Rose sonrió. «¡Bromista! Casi ni te conozco».

«Bueno», dijo arrastrando las palabras, inclinándose más cerca, «mientras estamos de vacaciones, podemos llegar a conocernos mucho mejor. ¿Qué crees?».

Rose sintió que sus mejillas ardían de vergüenza, pero Tom la salvó de responder y le preguntó qué quería beber.

«Prueba un coctel diferente», instó Shelly. «Ordenaré y te sorprenderé». Ella se pavoneó hacia el bar, siguiendo a su futuro esposo y a un Tom que parecía molesto.

Rose se aclaró la garganta y le sonrió a Fin. «¿Cómo ha ido tu día?».

Apartó una sección de cabello dorado que se le había caído sobre los ojos y le dedicó una sonrisa blanca y brillante. «Fuimos a carreras de karts. Nos compramos algunos trajes para la boda... eso no tomó mucho tiempo. ¿Qué has estado haciendo?».

Rose se removió en su asiento. «Simplemente trabajando. Mi jefe me dio tiempo libre para la boda».

«Eso es bueno», dijo Fin arrastrando las palabras, «porque sin ti allí, no creo que Shelly continuaría con esta boda».

«¿Ah, de verdad?», Rose miró a su amiga, cuyas extremidades todavía estaban envueltas alrededor de Harry. «Han pasado años desde que vi a Shelly. Pensé que se había olvidado de mí, para ser honesta».

«¿Me estás tomando el pelo?», Fin volcó su taburete sobre dos patas. «Ha estado hablando de ti durante meses. Decía a todos en Australia que quería volver a casa y verte. Cuando Harry le propuso matrimonio, todos estábamos anticipando una boda en la playa de Oz. Pensaron en establecerse allí, tener un par de retoños. Vivir felices para siempre».

«¿Por qué Mallorca?», preguntó Rose. «Australia debe ser hermosa. ¿Por qué viajar por el mundo para casarse en una pequeña isla del Mediterráneo?».

«Porque mi hermana está loca, por eso». Una voz desde atrás sobresaltó a Rose y se dio la vuelta para mirar a Marian. «¡Haz que sean tres cocteles!». Marian gritó en dirección al bar y luego se dejó caer junto a Fin. Comenzó a quejarse de un empleado grosero en la estación de servicio y de la falta de variedad de chocolate disponible en los supermercados aquí.

«¡No venden Toblerone!». Su voz estaba indignada. «Aparentemente es un dulce de temporada, junto con After Eights y Matchmakers. En Londres, puedes conseguirlos durante todo el año. ¿Cómo lo soportan?». Miró a Rose con desconcierto.

Rose se encogió de hombros. «Nunca me ha molestado».

«Por supuesto que no». Fin enganchó un brazo sobre los

hombros de Rose. «Rose tiene mejores cosas que hacer con su vida que preocuparse por la elección del chocolate».

Marian frunció los labios hacia Fin. «Son las pequeñas cosas las que hacen la vida soportable. Por suerte para mí, ya no vivo aquí». «Creo que Twineham es un poco pintoresco», sonrió Fin, «un auténtico pueblo rural inglés».

«Me encanta estar aquí», respondió Rose, con una sonrisa. Marian resopló en desacuerdo.

«Aquí tienen», Shelly dejó una bandeja de bebidas. «Así que Harry compró papas fritas, nueces y raspaduras, sírvanse ustedes».

Rose se quedó mirando la selección de bocadillos frente a ella. Optando por una bolsa de patatas fritas simples, abrió el paquete y las ofreció. Fin metió la mano, pero todos los demás declinaron cortésmente.

«Mmm, esto es celestial». Marian chupó el coctel con una pajita.

«¿Qué es?», Rose miró dudosa la bebida verde turbia.

«Se llama Margarita. Pruébala», instó Shelly.

Rose se inclinó hacia adelante y tomó un sorbo tentativo. Después de un momento, ella sonrió. «Sabe a soda».

«Agradable, ¿no?», Shelly se acomodó en el regazo de Harry, dejando el único taburete vacío al lado de Rose. Tom revoloteó por un segundo con su pinta de cerveza y luego se hundió con un silencioso «Hola».

«Cuando trabajé en Mallorca, preparé cientos de estos». Shelly señaló su bebida. «Son muy populares allí».

Marian comenzó a interrogar a su hermana sobre los preparativos de la boda y Rose sintió que su atención se desviaba. Estaba muy consciente del muslo de Tom descansando ligeramente contra el suyo e instintivamente se volvió hacia él.

«¿Has tenido un buen día?».

Se limpió una gota de espuma de su labio superior. «Genial, gracias».

Rose esperó a que él diera más detalles, pero como él permaneció en silencio, comenzó a parlotear sobre su día en el trabajo.

«¿A qué te dedicas?», preguntó, cuando ella hizo una pausa para respirar.

«Soy recepcionista en un centro telefónico financiero. Fulham Banking. ¿Has oído de esto?».

Tom se quedó en blanco. Por supuesto que él no ha oído hablar de eso, sus pensamientos se burlaron, ni siquiera era británico.

«Es extremadamente aburrido», continuó, «pero paga las cuentas, supongo».

«¿Por qué lo haces entonces?». Él la miró con sus ojos inusuales. Rose nunca antes había visto unos ojos de un verde tan oscuro.

«¿Usas lentes de contacto?», soltó ella.

«No», respondió, luciendo levemente divertido, «son naturales».

«Vaya». Rose miró hacia su regazo. ¿Qué le había preguntado? Ella se preguntó.

«¿Ibas a decirme por qué trabajas en un trabajo que odias?», le recordó.

«Odiar es una palabra un poco fuerte», explicó. «Aburrido sería más apropiado».

«Entonces, ¿por qué hacerlo?». Tomó otro sorbo de su cerveza. «¿Qué querías hacer en la escuela?».

Rose miró hacia arriba e inmediatamente fue atrapada por sus ojos extrañamente hipnóticos. «Quería trabajar con animales», tragó saliva, «con un veterinario o en un zoológico».

«Entonces, ¿por qué no lo hiciste?».

«Porque yo...», intentó de nuevo. «Supongo que tomé la opción segura. Fulham Banking vino a nuestra escuela. Dio este discurso inspirador sobre su empresa y todos los aspectos positivos de trabajar allí. Necesitaba el dinero y pensé, ¿por qué no...?», Rose se apagó, de repente consciente de que todos los demás habían dejado de hablar y la estaban escuchando.

«Si hubiera estado aquí, te habría detenido». Shelly la miró con dureza. «Renunciaste a tu sueño, Rose».

«Eso es todo lo que era: un sueño». Rose emitió una risa aguda. «Estoy ganando buen dinero. Mi trabajo es... seguro y estoy... feliz».

Shelly frunció los labios y le lanzó una mirada de incredulidad, pero luego Fin la distrajo y le preguntó si quería otro coctel.

«¿A qué te dedicas?», Rose miró a Tom, ansiosa por quitarse el foco de atención.

Abrió la boca y luego la volvió a cerrar. Apartó la mirada y jugueteó con su gorra.

«Tom es electricista», dijo Harry con firmeza, «y muy bueno».

«Eso es fabuloso». Rose le dedicó una sonrisa alentadora.

Tom calzó su gorra de béisbol en su cabeza y miró malhumorado hacia la mesa. Rose esperó a que él diera más detalles sobre su carrera, pero cuando no recibió información, se alejó un poco y le sonrió brillantemente a Marian.

«¿Cómo es la vida en Londres?».

«Una locura», espetó Marian, «trabajo sin parar, trabajo, trabajo». Se echó el cabello hacia atrás. «Por fin soy gerente y estoy orgullosa de decir que estoy viviendo el sueño».

. . .

«Pero, ¿qué pasa personalmente, hermana?», Shelly jugueteó con su pinza para el cabello. «¿Hay un señor Marian que deberíamos conocer?».

«No, y así es como me gusta». Marian se levantó bruscamente. «¿Dónde está el baño de damas?».

Rose señaló en dirección a los baños. Cuando se fue, Shelly puso los ojos en blanco. «Ella nunca cambia. Todavía sigue tan tensa como siempre».

«Es un poco difícil creer que son hermanas», dijo Harry y Rose tuvo que estar de acuerdo con él. Recordaba a Marian como una persona que siempre había sido seria y ambiciosa, incluso cuando era adolescente. Shelly, en comparación, era todo lo contrario; amante de la diversión, con un gran sentido del humor y un carácter excitable y relajado.

«Estas vacaciones le harán mucho bien, la vamos a pasar muy bien. Mi querida hermana no tendrá más remedio que alocarse y divertirse». Shelly levantó su copa. «Aquí están los cocteles, las campanas nupciales y la locura de verano».

El líquido se derramó de su vaso cuando lo chocó contra los demás. Rose sintió una oleada de nervios en su interior. Ya era demasiado tarde, no había vuelta atrás. Esta fiesta estaba sucediendo le gustara o no. Se sintió obligada a agregar sus propias esperanzas para las vacaciones. «Aquí, por la amistad y la relajación». Debajo de la mesa, sus dedos cruzados en una súplica de «por favor, que resulte bien».

diez

«La primera parada es la peluquería». Shelly estaba sentada en la cama de Rose, pintándose las uñas de los pies de un romántico tono rosado.

Rose miró a su amiga por encima de su última novela para chicas. «¿Qué estabas planeando?».

«Para mí, un corte y reflejos», sonrió Shelly, «y para ti, pensé que un cambio de color completo sería bueno».

«¡Espera un minuto!», Rose insertó un marcador y cerró su novela. «Mi cabello siempre ha sido de este color y resulta que me gusta».

«¡En serio!». El tono de Shelly era irrisorio. Siempre me dijiste que odiabas tu cabello.

«Es naturalmente rizado», Rose sacó un tirabuzón, «no hay mucho que pueda hacer con él. Intenté alisarlo una vez, ¿recuerdas? Fue un desastre».

«No estoy criticando tus gloriosos rizos. Me refiero al color y al largo. Realmente te vendría bien un buen corte, cariño, me refiero a que simplemente cuelga allí, luciendo como siempre.

Hay una gran peluquera en el spa. El estilista principal es galardonado, aparentemente. Que le eche un vistazo».

Llamaron a la puerta y luego Fran asomó la cabeza. «Te traje comida y bebida». Dejó una bandeja de sándwiches y calabaza en el tocador de Rose. «¿Están bien, chicas?».

«Estamos muy bien, gracias, señora Archer».

«Llámame Fran», fue la respuesta. «Señora Archer me hace parecer miembro de un geriátrico».

«Fran», Shelly saltó de la cama, «¿qué piensas de que Rose tenga una transformación de cabello? Estoy pensando en un color completamente nuevo, un corte moderno. Ya es hora de que ella tuviera un cambio. ¿No estás de acuerdo?».

Fran se puso las manos en las caderas y examinó a su hija que sacudía la cabeza.

«Sí. Pienso que eso sería una buena idea. Su abuela y yo le hemos estado insistiendo durante años para que cambie. Hazlo, Rose».

«¿Tengo alguna opción en el asunto?», Rose se quejó.

«No». Shelly le dedicó una sonrisa feliz. «Vas a estar absolutamente hermosa cuando termine contigo. ¿Qué piensa de estos vestidos, señora... eh, Fran?». Dejó una revista brillante y Rose se escapó al baño mientras musitaban y hacían expresiones sobre los vestidos de novia. Cuando regresó, su madre y su mejor amiga estaban recordando.

«¿Recuerdas esa vez cuando hicimos pasteles de roca en tu cocina y casi prendimos fuego a toda la casa?».

«¿Como podría olvidarlo?», Fran chasqueó la lengua. «El vecino llamó a los bomberos después de ver nubes de humo en el jardín y ustedes dos estaban arriba, jugando con mi maquillaje».

Shelly echó la cabeza hacia atrás y se rió. «Estuve castigada durante semanas por eso».

Rose se sentó con cautela en la cama. «Nunca he cocinado un pastel de roca desde entonces», dijo con una sonrisa.

Fran cruzó los brazos sobre el pecho. «Vi a Jeremy Payne en el supermercado ayer. Tan adulador como siempre». Ella imitó un acento elegante. "Señora Archer, ¡qué alegría verla! Y debo decir que se ve hermosa hoy".

«¿Él dijo eso?», Rose preguntó.

«Oh Rose, deja de ser tan amable. Has tenido suerte de escapar de allí. ¡Jeremy Payne es un asqueroso premio!».

Shelly miró de Rose a su madre. «¿Y quién es este tipo? ¿Un antiguo novio, Rose?».

«¡No!». Rose lanzó una mirada furtiva a la fotografía de ella y Jeremy abrazados después del concierto folclórico de Navidad. «Es solo un amigo».

«¿Es este él?», Shelly caminó por el suelo y recogió el marco. «Bonita camiseta sin mangas».

Rose la siguió, le quitó la fotografía a su amiga y la colocó boca abajo en el cajón de los calcetines. «Listo, se ha ido».

«Bien». Fran asintió con aprobación. «Bueno, dejaré que las chicas continúen con su velada». Se dio la vuelta y caminó hacia la puerta, «Oh, Rose, tu amiga con la que vas al club de tejer y charlar llamó antes, cuando estabas en la ducha. Solo para recordarte que comenzarán una hora antes mañana por la noche». Fran hizo una pausa. «¿Tal vez podrías llevarte a Shelly?».

«¿Un club de punto y charlas?». La boca de Shelly se torció con alegría reprimida. «Eso es algo en lo que nunca he estado. Cuenta conmigo, cariño».

Rose pasó por Betsy después del té del martes por la noche. Shelly la miró con curiosidad desde la parte trasera del auto y esperó a que Rose las presentara. Hoy, Betsy llevaba un gorro multicolor, un artículo que había comenzado la semana pasada en la clase de tejido.

«¡Lo has terminado!», Rose comentó.

«¿Te gusta?», Betsy bajó su espejo e inspeccionó su reflejo. «Ron lo llamó psicodélico».

«Está muy colorido», dijo Rose amablemente, «y se ve cálido. Perfecto para el invierno».

«Er... ¿no es casi verano?», Shelly expresó desde atrás.

La cabeza de Betsy giró bruscamente. «Siento frío y sufro de migrañas. Espero que esto mantenga mi cabeza caliente todo el año».

Rose miró en su espejo e hizo una mueca ante la mirada de incredulidad en el rostro de Shelly. Encendió la radio y las tres cantaron *Rhapsodia Bohemia* de Queen mientras se dirigían al centro comunitario.

«¿Te conté sobre los bares de karaoke en Mallorca, Rose?». La cara de Shelly se abrió en una enorme sonrisa. «El bar en el que trabajaba solía tenerlos. Hordas de turistas borrachos chillando entre Madonna y Whitney Houston. Y cuando cerrábamos, el personal se encerraba y continuaba hasta la madrugada».

«¿Alguna vez dormiste?», preguntó Rose. Podía imaginarse a Shelly en el escenario con un micrófono y la imagen mental la hizo sonreír.

Shelly se rió entre dientes. «Sí, normalmente hasta la hora de comer y luego me pasaba las tardes en la playa, retomando mi bronceado. Oh, me encantó allí». Ella emitió un suspiro y presionó un botón para abrir su ventana. El aire fresco entró en el auto, alborotando el cabello de Rose.

«¿Y en qué parte de Mallorca te quedaste?», preguntó Betsy, mientras abría una bolsa de mentas y las repartía.

«Sa Coma. Un hermoso centro turístico».

Betsy asintió. «Ron y yo hemos estado en Alcúdia. Fue encantador. La playa de allí es increíble».

«Es una isla increíble». Shelly asintió con entusiasmo. «Hay tanto que ver y hacer. Nos vamos a divertir mucho». Se inclinó hacia adelante para palmear el hombro de Rose.

Rose se aclaró la garganta y se detuvo en el estacionamiento del centro comunitario. «Aquí estamos, no olvides tus agujas de tejer».

«No tengo ninguna», protestó Shelly desde atrás. «¿Voy a ser expulsada por no tener los utensilios correctos?».

«¡Por supuesto que no!», Rose se rió. «Estoy segura de que tendrán un par de repuesto. Vamos, llegaremos tarde».

«¿Es esta tu idea de diversión?», susurró Shelly veinte minutos después. «¡Quién diría que tejer era tan complicado!».

«No las estás sosteniendo bien. Mira», Rose le hizo una demostración, «no es una competencia, Shelly. Relájate».

Shelly miró a su alrededor, a las agujas que tintineaban frenéticamente. «Todas las demás son tan buenas. ¿Qué estás haciendo, por cierto?».

«Una bufanda para el centro de personas sin hogar». Miró la creación de Shelly con las cejas levantadas. «¿Qué es eso?».

«¿Un pañuelo?», Shelley se encogió de hombros.

«¿Un pañuelo de lana con agujeros?», Rose se rió. «Así que tal vez tejer no sea tu mayor habilidad en este momento, pero estoy segura de que con el tiempo y la práctica serás buena».

Shelly hizo una mueca cuando la risa de Rose se intensificó. «Cállate, Archer, no puedo ser buena en todo».

La señora Edwards, que organizaba y dirigía la clase, se detuvo junto a ellas. «Oh, querida», dijo, mirando hacia abajo a su obra, «bueno, se trata de participar, supongo».

Betsy había ido a buscar bebidas y ahora regresaba con una bandeja de té. «Aquí vamos, chicas». Tomaron las tazas ofrecidas, sorbiendo la bebida lechosa.

«Entonces», Shelly hizo una mueca cuando la bebida le quemó el labio inferior, «además de este grupo de tejido, ¿qué más haces, Archer?».

«Coro folclórico un lunes. Club de lectura un jueves». Rose pensó por un momento. «Ah, y también voy a nadar dos noches».

«Tu vida social está llena, entonces, ¿por qué sigues soltera? Y no me digas que nunca has tenido la oportunidad de conocer a ningún hombre. Apuesto a que el complejo de natación está lleno de ellos, posando con sus minúsculos shorts».

Betsy levantó una ceja, pero siguió trabajando en silencio en la chaqueta de punto de sus bebés.

«Tal vez no he conocido a la persona adecuada», respondió Rose, golpeando sus agujas con más vigor. «Además, soy feliz como estoy. Mi vida es genial, Shelly. No todas las mujeres necesitan un hombre para realizarse. Hay otras formas de obtener, eh... satisfacción».

Shelly soltó una carcajada. «¡Cuéntame más!».

Rose le deslizó una mirada fulminante. «Quiero decir, a través de una carrera, por ejemplo».

«Odias tu trabajo», señaló Shelly. «Entonces, ¿qué más te satisface?».

«Mmm... oh, no me presiones», espetó Rose, sintiéndose a la defensiva. «Así que tal vez no estoy viviendo el sueño. No todos podemos ser como tú, Shelly, y algunos de nosotros no queremos ser...». Se calló. «Lo siento, eso sonó feo. Por supuesto que estoy feliz de que estés viviendo esta increíble vida en Australia y hayas conocido al hombre perfecto. Verdaderamente lo estoy».

Las manos de Shelly dejaron de moverse. «Sé que lo estás», dijo suavemente, «pero no siempre fue así para mí. Ha sido duro estar sola todos estos años. Pero felizmente puedo decir que estoy completa y extremadamente feliz. Toda esa mierda positiva, sí, esa soy yo». Miró a Rose. «Y ahora es tu turno, cariño». «¿Qué quieres decir?», Rose levantó la vista de su tejido. «Estoy aquí para ayudar, Rose. «Eres mi próximo proyecto. Soy tu hada madrina y voy a transformar tu vida».

El viernes por la noche, después de otro día aburrido en el trabajo, Rose hizo una maleta para el fin de semana y se despidió de su familia.

«Diviértete», dijo Fran, mientras besaba tiernamente la suave mejilla de su hija.

«No puedo creer que realmente vayas a un spa». La abuela Faith observó a Rose subirse a su auto. «¿Qué harás sin tus libros?».

«Llevo uno», Rose palmeó su bolso, «y tengo la intención de terminarlo».

«Bueno, adiós entonces, amor». Fran deslizó un brazo alrededor del hombro encorvado de Faith y se despidió con el otro. Rose los vio desaparecer en el espejo retrovisor y luego presionó el pie del acelerador para recoger a Shelly.

Shelly subió al auto llena de alegría y felicidad. Olía a flores silvestres y a la frescura de la juventud.

«Hemos estado comprando anillos de boda», reveló, mientras se abrochaba el cinturón de seguridad. «Todo se siente tan real ahora».

Rose se concentró en el camino frente a ella. Había una larga cola de tráfico formándose en el cruce de la autopista y un cartel de neón que advertía de grandes retrasos.

«¿Tienes indicaciones para llegar a este lugar?», ella preguntó.

«Aún mejor», Shelly agitó su teléfono, «tengo el código postal, y esto tiene un navegador por satélite incorporado».

«Entonces salgamos de aquí y sigamos la opción 'B'». Rose indicó a la derecha y luego ejecutó un giro en U perfecto.

El campo pasó como un borrón; setos y árboles, flores silvestres mecidas por la brisa. Rose siguió las sinuosas carreteras, tarareando junto a la radio.

Con las ventanas abiertas, el olor del aire tonificante llenó el vehículo.

«Entonces, ¿cómo es tu anillo de bodas?».

«Solo una simple banda de oro de dieciocho quilates», respondió Shelly. «Los anillos de boda son bastante estándar, ¿no?».

«Sí», confirmó Rose con un asentimiento, «¿y quién será el padrino de Harry?».

Shelly apoyó los pies en el salpicadero. «Eventualmente le preguntará a Tom. Le ha llevado años decidirse. Le preocupaba ofender al otro, pero definitivamente creo que tomó la decisión correcta. Tom es muy capaz y Fin... bueno, no es la persona más confiable», se mordió el labio, «pero va a ser su ujier, así que no se quedará fuera».

«Estoy segura de que todo saldrá bien». Rose redujo la velocidad para maniobrar su coche en una curva cerrada. «Los chicos no parecen hacer tanto alboroto en las bodas, ¿verdad?».

«No mis hermanos Sinclair. Harry es tan relajado que está casi inmóvil. Fin está preocupado por divertirse y Tom siempre ha sido el solitario, no le gustan los alborotos. La organización de esta boda se me ha dejado a mí y así es como me gusta».

Un destello blanco cruzó el camino y Rose pisó los frenos. El coche se detuvo con un chirrido. «Es solo un conejo», dijo sin aliento. La criatura salvaje se detuvo para observarlas por un segundo, antes de saltar a la maleza.

«En realidad, ¿está bien si estiro las piernas? Me siento un poco enferma. Deben ser las carreteras con curvas». Shelly señaló una zanja fuera de la carretera y Rose se detuvo lentamente.

«¿Estás bien?», preguntó, notando el semblante pálido de Shelly. «Toma, toma un poco de agua». Le pasó la botella a Shelly para que le diera un largo trago.

«Eso es mejor». Shelly se limpió la boca. «Ahora, según mi teléfono, Candleswick House está cerca».

«¿No vas a enfermarte en mi auto?», Rose estaba buscando bolsas de repuesto. Shelly todavía parecía mareada.

«Ya está pasando». Los pies de Shelly crujieron sobre la grava. «Mantendré mi ventana baja».

«Y yo lo tomaré con calma». Rose volvió a poner en marcha el motor y encendió las salidas de aire frío.

Circularon lentamente por el camino rural. «Esto es espeluznante», comentó Rose, mirando hacia los árboles que bloqueaban la luz del sol.

«Es hermoso», suspiró Shelly. «Echaba de menos la campiña inglesa».

«¿Todavía no estás suspirando por Australia?».

«Un poquito». El cabello cayó sobre los ojos de Shelly. «Tengo muchos amigos allí, un gran trabajo, un perro adorable. Te encantaría, Rose. Australia es...».

«Muy lejos», intervino Rose, «y un vuelo de avión muy largo».

«Iba a decir increíble», Shelly negó con la cabeza, «y el vuelo es el comienzo de la diversión».

Rose le deslizó una mirada de incredulidad. «El abuelo siempre decía que el cielo era solo para los pájaros».

. . .

Shelly se rió entre dientes. «De ahí debe ser de donde sacas tu fobia. Leí en alguna parte que volar es el método de transporte más seguro. No te preocupes, cariño, el viaje a Mallorca terminará muy rápido y es posible que incluso lo disfrutes».

Rose sintió un nudo de miedo endurecerse en su estómago. «Me reservaré el juicio sobre eso. ¿Dónde debo dar el giro?». Ella se movió en su asiento.

«¡Ahí!». Shelly señaló un claro en los árboles, lo que le impidió a Rose encender su indicador. Por suerte, no había coches detrás, ni delante, ni cerca. Giró su coche a la izquierda, chocando contra un camino de tierra hacia una carretera que atravesaba una extensión de exuberante campo verde. «Guau, este es realmente un retiro lejos de todo».

«Fabuloso, ¿no?», Shelly estiró el cuello. «Pero, ¿dónde está la casa?».

«Supongo que simplemente continuamos». Rose presionó el acelerador, removiendo tierra y guijarros incrustados. Pronto, llegaron a una bifurcación en el camino y un letrero medio cubierto de hiedra que se arrastraba que decía Candleswick House.

«Esto parece como algo de una novela de Dickens», dijo Rose con entusiasmo. Comenzaron a ascender, el coche se tambaleaba sobre los baches. Luego, en la cima de la colina, a lo lejos, pudieron distinguir un gran edificio de fachada blanca rodeado de potreros y cercas.

«¡Oh, tienen caballos!». Shelly estaba radiante de alegría.

Uf, pensó Rose, otra cosa que me asusta.

Rose siguió el camino de entrada en forma de herradura y dio marcha atrás en un espacio de estacionamiento.

«Ya estamos aquí», dijo simplemente, mirando hacia la imponente casa de aspecto arcaico donde los pájaros anidaban en los aleros y un cartel de bienvenida aleteaba suavemente con la brisa.

«Vamos», Shelly tomó su mano, «relájate y descansa, Rosie. De eso se trata este fin de semana de mujeres».

once

«Hola y bienvenidas». La recepcionista de aspecto inteligente se echó el cabello hacia atrás y sonrió brillantemente al otro lado del escritorio. «Están en el segundo piso, habitación veintiuno. ¿Les gustaría que las ayudaran con tus maletas?».

«Estaremos bien», dijo Rose, levantando la correa de su bolsa de viaje sobre su hombro y tomando la llave magnética ofrecida. «Gracias».

«Entonces, una vez que se hayan instalado, siéntanse libres de echar un vistazo y reservar los tratamientos que deseen. La piscina está abierta hasta las diez de la noche, pueden recoger toallas limpias para usar si es necesario. Una lista de todas las instalaciones está aquí». Les entregó una tarjeta plastificada. El teléfono detrás del escritorio sonó estridentemente y la recepcionista se dio la vuelta, prestándole toda su atención.

Cruzaron el vestíbulo de mármol y subieron un tramo de escaleras de caracol, deteniéndose a mitad de camino para apreciar una brillante lámpara de araña en el techo.

«Buenos días». Una dama con ojos brillantes y una cola de caballo alta asintió cortésmente.

«Buenos días», dijeron Shelly y Rose al unísono, pasando junto a ella.

«Esto es elegante», susurró Rose. «Estoy pagando la mitad por ello».

«No, no lo harás», el tono de Shelly era firme, «este es mi regalo para ti por ser mi dama de honor».

«¡Pero yo no he hecho nada!», Rose protestó. «Ya lo has organizado todo».

«Entonces puedes lucir bonita en la playa y divertirte. ¿Sí?».

«Estoy feliz con eso». Rose sonrió. «Aquí estamos nosotras». Buscó a tientas la tarjeta llave, esperando que la luz intermitente se pusiera verde y la puerta se abriera.

«¡Oh!, ¡qué hermoso!», expresó Shelly mientras entraban en una habitación rosa y crema. La luz del sol brillaba a través de las ventanas abiertas, destacando dos camas decoradas con toallas de cisne y pétalos de rosa.

«Siento que estoy de luna de miel». Rose giró en círculos, observando el enorme televisor de pared y los bonitos muebles del dormitorio.

«Mira esa vista». Shelly estaba mirando por la ventana. Rose dejó su bolso y fue a unirse a ella. Su habitación daba a un enorme jardín resplandeciente de flores de verano y llamativas estatuas de mármol. Había un laberinto en el medio y una fuente de la que brotaba un chorro constante de agua. Más allá había un bosque y, a lo lejos, altas colinas con ovejas pastando.

«Es hermoso». Rose inhaló profundamente, aspirando una bocanada de aire fresco y tonificante del campo.

«Tenemos un mini bar». Shelly había visto el frigorífico y estaba mirando dentro. «Sin cocteles, pero con mucho vino».

«Y una selección de bocadillos." Rose asintió ante las patatas fritas variadas y las nueces.

«Así que pensé que podríamos ir al gimnasio, nadar, almorzar y luego consentirnos por la tarde».

«Parece un buen plan». Rose se mordió el labio. «Nunca antes había ido a un gimnasio».

«¿Qué pasa con el centro de recreación del que eres miembro? ¡Seguro que tienen un gimnasio allí!».

«Lo tienen», Rose se encogió de hombros, «siempre me he limitado a nadar».

«Bueno, hoy te vas a poner sudorosa». Shelly abrió la cremallera de su bolso. «Hagámoslo».

«¿Es esta tu idea de diversión?», Rose, sin aliento, estaba en una bicicleta estacionaria, escalando una montaña vertiginosa en los Andes nevados o en alguna otra región montañosa del mundo.

«¡Demonios, sí!», Shelly estaba encorvada, pedaleando rápido, con el rostro resbaladizo por el sudor. «Es mejor que tejer y charlar, ¿eh?».

En ese mismo momento, Rose no estaba de acuerdo con vehemencia. Afortunadamente, su pantalla parpadeaba cuando quedaban tres minutos.

«Vamos», instó Shelly, «haz un poco de esfuerzo. Apenas estás sudando».

Rose aumentó su velocidad; su frente estaba cada vez más húmeda por segundos. «Mis palmas están sudando», respondió ella.

«Necesitas un entrenamiento de todo el cuerpo». Shelly saltó de la bicicleta enérgicamente. «Eso servirá como calentamiento».

«Llevamos aquí veinte minutos», protestó Rose. «¿No podemos ir a nadar?».

«No». Shelly señaló una fila de máquinas de aspecto aterrador. «Ahora haremos diez minutos en ellas».

Rose dejó de pedalear y, con las piernas temblorosas, se bajó torpemente de la bicicleta. Le dolían los muslos y le dolían las nalgas.

«Estos se llaman entrenamientos cruzados, son geniales como entrenamiento cardiovascular». Shelly la arrastró por el suelo del gimnasio y pasó junto a dos señoras que se balanceaban sobre pelotas de ejercicio. Rose se subió a la máquina, dejando que Shelly se inclinara y jugara con su teclado de programa. «Creo que podrías empezar en el nivel cinco. Ahí, vamos». Rose movió los pies y se tambaleó por un segundo, antes de agarrar las manijas de los brazos.

«¿Vas mucho al gimnasio?», le preguntó a Shelly, que pedaleaba furiosamente a su lado.

«Cada hora del almuerzo», anunció Shelly, «pero tengo los fines de semana libres. Solemos ir a la playa».

«¿Ustedes tres?», jadeó Rose.

Fin suele estar allí con sus compañeros de surf.

«¿Qué pasa con Tom?», Rose lo dijo tan a la ligera como pudo bajo la presión de un intenso ejercicio aeróbico.

Shelly frunció el ceño, «Tom suele estar ocupado... eh... trabajando».

«¿Harry dijo que es electricista?».

Shelly tosió. «Eh... sí. Entonces, vestidos de dama de honor. ¿Qué color prefieres?».

«No me importa», respondió Rose, deseando interrogar a su amiga sobre el enigmático Tom. «El azul iría con el mar, supongo».

«Estaba pensando en ponerte volantes naranja para combinar con el sol», respondió Shelly, con una sonrisa.

«¿Te imaginas a Marian?», Rose resopló de la risa. «¿Ha vuelto a Londres?».

«Sí y me dejó una lista de tareas tan larga como mi brazo. Cualquiera pensaría que es su boda».

«¿Debe ser agradable volver a verla después de todos estos años?».

«Supongo que sí», Shelly se secó la frente con un pañuelo.

«Ella es tan mandona. Siempre tiene que estar a cargo».

«Tal vez es una cuestión de trabajo», dijo Rose con simpatía.

«Seguro que cuando estemos en Mallorca se relajará».

«Y tú te estás relajando demasiado», la reprendió Shelly. «Mueve ese trasero, Archer».

Y sorprendentemente, Rose hizo exactamente eso.

«¿Disfrutaste eso?». Estaban en los vestuarios, luchando por ponerse sus trajes de baño.

«No estuvo tan mal». Rose emitió un suspiro feliz, secretamente contenta de que la sesión de gimnasia hubiera terminado. «Ahora puedes hacer algo que me encanta».

Pasaron por delante de las cabinas de ducha y de una señora de la limpieza que estaba limpiando el inodoro para discapacitados con un trapeador untado con antiséptico.

«Siempre fuiste brillante en la natación». Shelly escupió su chicle en un contenedor. «Te juro que podrías haber representado a Gran Bretaña en los Juegos Olímpicos».

Rose negó con la cabeza. «Lo dudo. ¿Recuerdas todas las infecciones oculares y verrugas que sufrí? Sin mencionar los miles de otros nadadores más rápidos y mejores que yo. No, nadar es solo un pasatiempo muy agradable».

Shelly arrugó la nariz. «Mamá me mostró sus pies cuando fui a visitarla el otro día. Plagado de juanetes y uñas de los pies infectadas de levadura».

«¿Están cuidando de ella?», Rose sumergió en una piscina tibia sus dedos de los pies con las uñas pintadas.

«Tan bien como se puede esperar, considerando que odia a

todos en el hogar de ancianos», dijo Shelly con cansancio. «Seguía llamándome tía Teresa, pidiéndome repetidamente que le horneara un pastel de frutas para Navidad».

Rose tocó el hombro de su amiga consoladoramente. «Tu madre es una dama encantadora, lamento que no esté bien».

«Gracias», olfateó Shelly. «Al menos no tengo que lidiar con una boda y una madre entrometida, ¿eh?». Con eso, empujó a una desprevenida Rose directamente al fondo.

Rose nadó durante media hora, con la cabeza hacia abajo, las gafas bien ajustadas, atravesando el agua en el carril rápido. Después de una combinación de crol frontal y de espalda, se detuvo, salió del agua y se sentó en el borde de la piscina, inhaló profundamente y se escurrió el exceso de agua de su cabello empapado. Observó a Shelly realizar una delicada brazada a lo largo del carril lento y saludó con la mano cuando llegó al final. Shelly le indicó que volviera a entrar.

«Somos las únicas adentro», dijo, cuando Rose estaba flotando a su lado.

«Genial, ¿no? Donde voy a nadar, luchamos por mantenernos en los carriles, y siempre hay adolescentes alborotadores, ocupando el espacio». Rose levantó una elegante pierna puntiaguda fuera del agua. «Esto es celestial».

«Espera a que veas el Mediterráneo». Shelly se frotó el agua de los ojos. «Creerás que estás en el cielo».

Rose miró a su alrededor; estaban solas aparte de un socorrista de aspecto aburrido. «¿Te apetece un chapuzón en el jacuzzi?».

«Pensé que nunca lo preguntarías». Shelly se sumergió, pateando las piernas hacia atrás con tanta fuerza que creó una ola y una espuma de agua que golpeó a Rose de lleno en la cara.

«¡A ver quién gana!» gritó Shelly mientras agitaba los brazos hacia adelante.

Rose se rió, se volvió a poner las gafas y se deslizó sin esfuerzo en el agua, empujando su cuerpo ágil debajo del de Shelly y pellizcándola en la cintura al pasar. Esperó en lo alto de los escalones a que Shelly saliera sin aliento. «Te dejé ganar», dijo Shelly con una sonrisa. «Ahora, vamos a relajarnos antes de disfrutar de un merecido almuerzo».

La relajación incluía un tiempo en el jacuzzi y la sala de vapor. Rose yacía en el banco inferior inhalando el aceite de eucalipto que había sido dispersado generosamente.

«Esto es tan agradable». Shelly suspiró de felicidad. «¿No fue una gran idea?».

«Sí, pero ¿no te extrañará Harry?».

«¿Estás bromeando? Han ido a Alton Towers». Shelly rodó sobre su frente, balanceando la parte inferior de sus piernas en el aire. «Idea de Fin. La última vez que supe de él, habían estado en todas las nuevas montañas rusas y estaban haciendo un segundo circuito».

Rose se estremeció ante la idea de ser lanzada por los aires. «¿Así que Harry y Tom también son adictos a la adrenalina?».

«En realidad no», dijo Shelly, con un suspiro soñador, «Harry simplemente lo acepta. Sin embargo, es valiente, Rose, muy valiente. Hizo un salto bungee para niños con cáncer, corrió media maratón para personas con Alzheimer. ¿Te dije que rescató a un vecino de una casa en llamas?».

«Suena perfecto». Rose inhaló profundamente, anhelando preguntarle sobre Tom.

«Lo es», respondió Shelly, pero luego frunció el ceño. «Quiero decir, para ser un chico. Todavía me vuelve loca: deja sus pantalones por todo el piso, nunca baja el asiento del inodoro y, por Dios, ronca».

Rose comenzó a reír. «Estoy segura de que lo resolverás».

«Es un trabajo en progreso», admitió Shelly, justo cuando su estómago dejó escapar un gruñido todopoderoso.

«Vamos». Rose se tambaleó sobre sus pies. «Démonos una ducha y vayamos a almorzar».

El almuerzo consistió en una experiencia a la carta de tres platos que comenzó con una copa de champán seguida de rodajas finas de salmón, queso crema y cebollino. Mientras comían, Rose miró alrededor del restaurante. Era un salón acogedor, y el pequeño espacio se había aprovechado bien. Había una docena de mesas dispuestas, los manteles blancos hacían juego con las paredes y el techo. Repartidos por la habitación había agradables pinturas de flores y paisajes. La pared más cercana a ellas tenía una magnífica toma de la Torre Eiffel, junto a numerosos galardones de la empresa en marcos con bordes dorados.

«A la abuela Faith le encantaría estar aquí», reflexionó Rose, «ha estado tratando de llevarme a uno de estos lugares durante años».

«¿No lo estás disfrutando?», preguntó Shelly, inclinándose para tomar una rebanada de pan de la canasta de cortesía.

«Sorprendentemente, lo hago», respondió Rose. «Ya sabes que nunca me gustó mucho el cabello y la belleza».

«Siempre preferiste vivir dentro de un libro, por eso». Shelly puso los ojos en blanco. «Es hora de empezar a vivir en el mundo real, Rosie». Señaló su pan a Rose. «Dime la verdad, ¿cuántos novios has tenido realmente?».

Rose tragó saliva y se removió en su asiento. «Nadie serio». Hizo una mueca ante la mirada de incredulidad en el rostro de su amiga. «Quiero decir que he tenido citas, por supuesto... pero no progresaron en relaciones».

Shelly se inclinó más cerca y bajó la voz. «¿Quieres decir que nunca... has besado a un chico?».

«¡Claro que lo he hecho!», Rose miró alrededor del restaurante, asegurándose de que los demás invitados y el personal no pudieran oírlas. «No es que no haya querido tener... es solo que nunca ha surgido la oportunidad correcta. Debería ser con alguien especial, alguien que te importe, alguien a quien ames... ¿No estás de acuerdo?».

Los labios de Shelly se deslizaron hacia arriba en una sonrisa traviesa. «Ay, no lo sé. Hay algo liberador en las aventuras de una noche y no me juzgues, Archer, este es el siglo XXI en el que vivimos y las mujeres pueden actuar tan lascivamente como los hombres».

Rose agachó la cabeza. «Por supuesto que no te juzgaría. Es tu vida, Shelly y eres una adulta...»

«Rose, detente». Suavemente, Shelly le dio unas palmaditas en la mano. «También iba a agregar que es diferente cuando conoces a esa persona especial. El sexo puede ser mágico, incluso alucinante».

«¿Lo es?». La boca de Rose se abrió.

Lentamente, Shelly asintió. «Eres tan dulce e ingenua. Tan encantadora y amable. No todos los hombres buscan una cosa. ¿A qué le temes?».

«Solo otra fobia para agregar a la lista», dijo Rose alegremente.

«¿Cuál? ¿Hombres?», Shelly se rió entre dientes.

«No los hombres per se». Rose gesticuló con las manos, tratando de encontrar las palabras para explicar cómo se sentía. «Me gustan los hombres. Supongo que solo me asustan las relaciones, el compromiso, ese tipo de cosas».

«Tienes miedo de la intimidad», dijo Shelly a sabiendas. «Tienes miedo de enamorarte y bajar la guardia y comprometerte con alguien. ¿Tengo razón?».

Sin hacer ruido, Rose asintió.

«Bueno, eso va a cambiar». El rostro de Shelly estalló en una sonrisa que se extendía de oreja a oreja. «Te voy a mostrar lo maravilloso que puede ser el amor».

«¿En diez días?», Rose dijo dudosa.

«Sí». El tono de Shelly era determinante. «Apuesto mi último dólar a que volverás de Mallorca como una mujer cambiada».

Le tendió la mano a Rose, quien la tomó con cautela. «Creo que perderás la apuesta, Shelly, pero estoy dispuesta a seguirte el juego».

«Hagámoslo», Shelly golpeó la mesa. «¡Adelante!».

doce

La tarde consistió en un viaje a la esteticista. Dos asistentes sonrientes, Julie y Jane, las envolvieron en un exfoliante de sal marina y luego les realizaron un masaje de cuerpo completo. Rose se esforzó por contener la risa mientras le frotaban los pies. Se tumbó boca abajo y miró el reloj dar vueltas mientras le golpeaban la espalda y los muslos.

«¿Qué hace esto exactamente?», le susurró a Shelly, quien tenía los ojos cerrados y una mirada de inmenso placer en su rostro.

«¿Qué?», Shelly abrió un ojo.

Julie, de cara fresca, respondió por ella. «El exfoliante abre los poros y extrae las impurezas profundas, dejando la piel súper limpia y radiante».

Jane se echó una gota de aceite translúcido en la palma de la mano. «Y el masaje relaja todos tus músculos y mejora la circulación y el tono de la piel, creando una sensación de serenidad y bienestar».

«Estoy tan relajada que podría caer en un sueño profundo», dijo Shelly, con una sonrisa de satisfacción.

Rose, siendo súper cosquilluda, se sentía tensa en comparación. Su cuerpo estaba muy consciente de los dedos ligeros como plumas de Jane y estaba cubierto de piel de gallina.

«¿Tienes frío?», preguntó Jane, alejándose para comprobar el termostato de pared.

«No», dijo Rose con vergüenza, «solo súper sensible».

«Te estás perdiendo el toque de un hombre», bromeó Shelly.

«Echo de menos mi ropa», dijo Rose con los dientes apretados mientras los dedos expertos de Jane continuaban con su tormento. «Oh, por favor no me toques el cuello, esa es la peor parte».

Las manos de Jane revolotearon hasta sus pies. «Y mis pies son muy, muy cosquillosos». Rose dejó escapar un repentino estallido de risa.

«Está bien», dijo Jane, con gran profesionalismo, «sé cómo manejar esto». Con un solo movimiento, volvió a levantar los dos brazos de Rose y tiró con fuerza. Hubo un crujido resonante, que hizo que Rose gritara de sorpresa. El rostro de Shelly estaba presionado contra la cama, sus hombros temblaban de alegría.

«¿Crees que la abuela Faith disfrutaría esto?», logró preguntar, en medio de las risas.

«Probablemente». Rose hizo una mueca cuando Jane comenzó a golpearla con impactos de kárate en la espalda. «Ella siempre ha sido un poco masoquista».

Luego, para su horror, a Rose le dio un fuerte hipo. «Necesito sentarme», dijo, poniéndose de rodillas y balanceándose precariamente en la cama acolchada.

«¿Quieres agua?», preguntó Jane, que sacudía la cabeza con desaprobación.

«Sí, por favor». Rose se tapó la boca temblorosa con una mano.»

· · ·

«Eres tan penosa, Archer», dijo Shelly, dándose la vuelta para revelar un pezón erecto. «¿Tal vez deberíamos parar?».

«Sí, por favor», dijo Rose agradecida, tomando un largo sorbo de agua. «¿Podemos ir y relajarnos en nuestra habitación ahora?».

«No tan rápido», respondió Shelly. «Primero nos vamos a hacer la manicura y la pedicura».

Vaya, pensó Rose, más tortura corporal.

Se encogió de hombros y se puso la bata y esperó a que Shelly se uniera a ella en la habitación contigua; una estructura en forma de L con filas de botellas de esmalte de uñas en una miríada de colores, un ruidoso ventilador de techo y una fila de lavabos de mármol.

Rose notó con alivio que Jane y Julie habían decidido intercambiar clientes. Julie era la más pequeña de las dos y la más amigable. Tenía una sonrisa encantadora y un acento norteño sensato. Prácticamente empujó a Rose hacia el asiento, diciéndole que estirara las manos y que las «mantuviera quietas, muchacha».

Una vez cómodamente enfrente, Rose miró a la esteticista perfectamente maquillada con una expresión siniestra. «Nunca me he hecho una manicura», reveló.

Shelly soltó una carcajada. «Ella es una virgen de la manicura».

Rose le lanzó una mirada de advertencia. Una mirada que decía 'no te atrevas a empezar con mi estado de virginidad'.

Julie inspeccionó sus uñas. «Están en buenas condiciones y son bastante largas. ¿Querías extensiones?».

«¡No! Solo color estará bien».

«Yo tendré extensiones, por favor». Shelly sonrió. «Las quiero de color rosa pálido con cristales: todo el trabajo completo».

Julie encendió la radio y extrajo una lima de su muy bien

distribuido organizador de uñas. «Esto no será doloroso, lo prometo». Se puso a trabajar con entusiasmo y Rose agradeció que hubiera al menos una parte de su cuerpo que no se retorciera en desafío.

～

«Oh, se ven encantadoras». La cabeza de Shelly estaba sobre el hombro de Rose mientras miraba las uñas de su amiga. «Muy natural».

Rose levantó sus dedos ligeramente pintados y con las puntas blancas. «Me gusta».

«Las manicuras francesas son mis favoritas». Julie estaba guardando sus herramientas. «¿Quieres lo mismo en tus pies?».

«¿Por qué no?», Rose se sentía feliz y relajada y se acomodó en la silla giratoria negra. Julie se puso a trabajar en sus pies, limpiando y puliendo; sus manos eran firmes y Rose logró reprimir las risitas.

Tiene unos ojos preciosos, señora.

«Oh, gracias y por favor, llámame Rose».

«Mejor sin tus anteojos», gritó Shelly desde el otro lado de la habitación. «Por favor, dime que usarás lentes de contacto cuando salgamos».

«¿Alguna vez has considerado hacerte una cera para las cejas?», Julie dijo mientras limpiaba los pies de Rose. «Realmente te abriría los ojos; hacer que se vean más grandes».

Rose se mordió el labio. «Nunca he considerado depilarme con cera en ningún lado, suena tan... doloroso».

Julia sonrió. «No es tan malo. Soy muy rápida».

«Hazlo, Rose», la alentó Shelly.

«Bueno lo haré». Rose observó cómo Julie se aplicaba con cuidado el esmalte de uñas en los pies.

. . .

Cuando terminó y el color se asentó, Rose la siguió a la otra habitación.

«Súbete», Julie palmeó la cama, «esto solo tomará unos minutos».

Rose se preparó para la tira de cera, pero no fue ni la mitad de doloroso de lo que había anticipado.

«¿Hago tu labio superior también? Tienes algunos fragmentos tenues».

«Oh, oh». Rose puso su boca en una línea tensa. En dos fluidos movimientos, el vello no deseado había desaparecido.

«Hermoso», Julie le preguntó adónde iba y Rose le contó brevemente los planes de la boda.

«Parece que te vas a divertir». Julie bajó la cama con el pie para que Rose pudiera saltar.

«¡Apuesto a que lo haremos!», Shelly estaba de pie en la puerta. «¿Qué tal si pedimos el servicio de habitaciones para el té, vemos algunas películas lloronas y atacamos el mini bar?».

«Perfecto». Rose apretó el cinturón de su bata y siguió a su mejor amiga fuera de la esteticista y de vuelta a su opulenta habitación.

Estaba lloviendo a la mañana siguiente, pero eso no impidió que Shelly saltara de emoción en su cama.

«¿Adivina lo que tengo planeado para nosotras hoy?».

Rose gimió, se dio la vuelta y hundió la cabeza en la almohada de plumas y plumón.

«¿No más ejercicio?».

«No», respondió Shelly, deslizando su boca en una enorme sonrisa. «Bueno, supongo que podría clasificarse como ejercicio... pero del tipo divertido y lindo».

«¿Qué has hecho?» Rose levantó una cabeza despeinada.

«¡Vamos a montar a caballo!».

«Pero», la boca de Rose se abrió, «el clima es horrible».

«No importa». Shelly miró la lluvia que golpeaba contra el cristal de la ventana. «Un poco de lluvia no nos hará daño».

«¿Puedo volver a dormir primero?», Rose rodó sobre su costado y se acurrucó debajo del edredón. «Solo por diez minutos mientras me ducho». Shelly se quitó el pijama, lo arrojó al aire y gritó mientras se lanzaba hacia el baño.

El pony de Rose era una potranca negra llamada Moonbeam. Después de una montura temblorosa, el instructor de equitación, Andy, la condujo lentamente por el potrero, alentándola a sentarse erguida con la espalda recta. Rose se aferró con fuerza a las riendas y cerró los ojos cuando Andy puso al caballo al trote. Shelly, una jinete experimentada, se había quedado sola y galopaba adelante. Rose tuvo visiones de su amiga arrojada al aire y pisoteada, arruinando así sus planes de boda y su futuro con Harry, pero Shelly parecía estar en su elemento.

«Esto es genial, ¿no?», dijo Shelly, el cabello volando detrás de ella.

Rose tiró del sombrero de montar que le estaba cortando la barbilla. «¿Cuánto tiempo más nos queda?», le preguntó a Andy.

Él la miró con ojos divertidos. «Es solo una sesión de media hora, pronto terminará».

Rose respiró aliviada cuando Moonbeam se detuvo para masticar una mata de hierba.

«¿Tienes miedo a los caballos?».

«Un poco», respondió Rose. «Me mordió en el hombro uno cuando era niña».

«Ella no te hará daño», dijo Andy con una sonrisa, «es una chica gentil. Puedes ayudar a alimentarla después si te apetece».

Andy tiró de la brida y Moonbeam se dio la vuelta y caminó lentamente hacia los establos.

«Estoy empapada», se quejó Rose mientras se bajaba del pony. La parte inferior de sus piernas estaba cubierta de barro.

«¿Tuviste suficiente?», Shelly ahuecó las manos y gritó por encima del ruido del viento.

«Voy a darle de comer», gritó Rose en respuesta. Siguió a Andy a través de un arco empedrado y entró en un establo que apestaba a estiércol.

«Ella necesita una limpieza», dijo Andy disculpándose, «pero no te pediré que ayudes con eso».

«En primer lugar, llenamos su abrevadero». Andy le pasó un balde. «El grifo está ahí».

Rose llenó el balde con agua fresca y luego lo vertió en el abrevadero.

«¿Qué les das de comer?», le preguntó a Andy.

«Heno principalmente, junto con el suplemento diario. Aquí está». Le pasó una caja de manzanas y zanahorias y se puso a trabajar poniendo heno en el contenedor.

Rose le tendió una zanahoria doblada. Moonbeam se acercó a ella, le olió la mano y luego devoró la verdura. La boca del animal tenía bigotes y estaba fresca en la palma de su mano; sus ojos color chocolate la miraban mientras masticaba la comida. Rose buscó en la caja una manzana y escuchó mientras Andy explicaba cómo había llegado a trabajar en un spa de belleza cuidando caballos.

«Yo solía ser un peón de granja, ayudaba en los campos por el camino. Cuando compraron este lugar y anunciaron que pedían ayuda, supuse que una existencia más relajada estaría en mi calle».

«Me encantan los animales», divulgó Rose. «Quería ser asistente de veterinaria durante mis años en la escuela».

«Entonces, ¿por qué no lo hiciste?», Andy hizo una pausa y se apoyó en su horca.

«Realmente no lo sé», dijo Rose en voz baja. «Necesitaba un trabajo en ese momento, quería ganar mi propio dinero y no me apetecía pasar más años atrapada en los estudios. Supongo que renuncié a mi sueño».

«No es demasiado tarde», dijo remilgadamente, echando más heno. «Hay un excelente curso de administración del cuidado de los animales en la universidad local. Creo que serías buena con los animales».

Rose palmeó a la potranca. «A veces los prefiero a los humanos».

«Ahí tienes entonces. Sigue ese sueño, amor. Tienes toda la vida por delante. Sería una lástima llevarla con arrepentimiento». Andy comenzó a silbar, una melodía alegre que levantó el ánimo de Rose y le hizo sonreír. Afuera, podía escuchar a Shelly gritando de júbilo e imaginó a su amiga libre como un pájaro, viviendo la vida al máximo, furiosa contra lo mundano y la opción segura. Tomando riesgos y siguiendo su corazón.

«Tal vez lo haga», susurró Rose, «tal vez lo haga».

trece

Después de otra ducha para quitarse la suciedad de una empapada mañana de sábado, Rose y Shelly se dirigieron a la peluquería de la casa. El salón estaba ocupado, lleno de mujeres que leían revistas de celebridades sentadas debajo de lámparas de calor, atendidas por jóvenes aprendices de fin de semana que se apresuraban a barrer el cabello cortado del piso y preparar copiosas tazas de té fuerte. Frederick, el estilista jefe, exclamó su alegría al ver a Shelly. Parecía que se conocían de sus viajes, Frederick había pasado un verano en la isla vecina de Mallorca, Ibiza. Se habían conocido en una fiesta en un barco. Frederick y su socio, Stephan, quedaron encantados con la personalidad divertida de Shelly y su afición por los cocteles. Se habían unido gracias a las Margaritas y los chismes y habían sido buenos amigos desde entonces.

«¡Shelly!». Él tiró de ella en un enorme abrazo que duró mucho tiempo. Rose estaba colgando detrás de ellos sintiéndose como una pieza de repuesto y aclarándose la garganta para llamar su atención.

«¿Y quien es esta?», Su mirada se deslizó sobre el pequeño cuerpo de Rose.

«Esta es mi mejor amiga». No había duda del orgullo evidente en el tono de Shelly. Acercó a Rose hacia ella, deslizando un brazo alrededor de su cintura. «¿No es hermosa?».

Frederick le besó el pulgar y el índice y exclamó que estaba deslumbrante.

«¡Escuché que estás sentando cabeza!», gritó Frederick, sacando dos sillas giratorias negras. «¿Qué le ha pasado a la chica fiestera Shelly?».

«Ya no existe», suspiró Shelly y levantó su anillo de compromiso para inspeccionarlo. «Conocí al hombre más maravilloso, Freddy. Él es médico y yo estoy perdidamente enamorada».

«Mi querida niña, estás positivamente radiante». Freddy aplaudió. «Esto requiere una celebración. Yvonne, abre el burbujeante».

Yvonne dejó de barrer para mirar sorprendida a su jefe. «¿El burbujeante elegante que has estado guardando hasta que ganes el premio al peluquero del año?».

«No importa eso», sonrió Freddy, mostrando un conjunto de lindos hoyuelos, «esto requiere una celebración. El té no servirá, no para la futura novia».

Yvonne le pasó el champán, que abrió con un sonoro pop.

«Me temo que no tengo flautas de cristal».

«Las tazas funcionarán bien». Shelly se revolvió en su silla.

«Entonces, princesa», le ahuecó el cabello y le sonrió en el espejo, «¿qué puedo hacer por ti?».

«Teje tu magia, cariño y no solo en mí. Rose también».

«¡Magnífico!». Los ojos de Frederick brillaron de emoción. «Comenzaré contigo mientras tu amiga decide lo que se va a hacer. Yvonne, da a las chicas las revistas de peluquería, todas».

. . .

Rose tomó un sorbo de champán y miró con los ojos muy abiertos cómo Frederick se disponía a trabajar con Shelly.

«Creo que mechas y un buen corte son lo que necesitas».

Luego procedió a enviar a uno de sus subalternos para mezclar el color y recoger las tiras de aluminio.

Frederick luego se paró detrás de Rose, hundiendo sus manos en sus gruesos rizos. «¿Esto es natural?».

«Sí», chilló Rose, «realmente no puedo hacer mucho con eso».

«Es hermoso», respondió, sacándose un tirabuzón. «La gente paga una fortuna por los rizos naturales. Y está en buenas condiciones, también. A menudo, el cabello rizado puede estar muy seco».

Rose sonrió, sintiéndose complacida por el cumplido inesperado.

«¿Eres una pelirroja natural?». Ladeó la cabeza hacia un lado. «Quiero decir, ¿eres ardiente por naturaleza?».

«Mmm... en realidad no...», se desvaneció sin convicción.

«Ella no lo es en absoluto», interrumpió Shelly. «En todo caso, es todo lo contrario».

«Entonces esto», le sopló en la cabeza, «debe irse».

Rose tragó saliva. «¿En qué... mmm... color estabas pensando?».

Frederick giró en el sitio y extendió los brazos. «Es obvio, cariño. Debes ponerte rubia».

Rose se llevó las manos al pecho y se sentó como un conejo asustado mientras le aplicaban un color completo en el cabello.

«Vamos, cariño», uno de los jóvenes le habló como si fuera una niña pequeña, «vamos a ponerte debajo de la lámpara de calor. ¿Más champán?».

Rose asintió agradecida y le tendió su vaso. Shelly se reía a carcajadas con Frederick, recordando los momentos divertidos que pasaron juntos. Rose rebuscó en su bolso, sacó su móvil y revisó sus mensajes. Había dos de su madre, preguntándole si estaba bien y diciéndole que Marty había sido atrapado en un abrazo amoroso con una mujer casada.

Rose hizo clic en el icono del teléfono y después de unos cuantos timbres se conectó con Fran.

«Hola amor». Su madre sonaba sin aliento. «Acabo de terminar de pasar la aspiradora, ¿te estás divirtiendo?».

«Hola mamá. Me lo estoy pasando genial, gracias. ¿Qué está pasando con Marty?».

Oyó un suspiro audible. «Ha estado jugando con la mujer del carnicero. ¿Sabías algo al respecto?».

Rose tragó saliva. «Mmm... no. Quiero decir, sabía que le gustaba, pero...».

«Tu padre ha tratado de tener una conversación sincera con él, pero creo que ha caído en saco roto». Hubo una pausa. «¿Podrías hablar con él, amor? Él te escucha y siempre has estado cerca».

«No sé qué puedo hacer al respecto», respondió Rose. «Es un adulto, mamá».

«A veces me pregunto sobre eso. ¿Qué estás haciendo, por cierto?».

«Estoy en la peluquería». Rose bajó la voz. «Me han obligado a hacerme un cambio de imagen».

«¡Guau! Mi niña se verá aún más hermosa».

«Eso espero, mamá, realmente lo espero».

«Envíame una foto cuando hayas terminado. Tu abuela estará feliz, al menos».

«Lo haré», prometió Rose. «Te veré más tarde esta noche y mamá, no te preocupes por Marty».

«Siempre me preocuparé por mis hijos». El tono de Fran

adquirió una calidad suave y caprichosa. «Siempre serán mis bebés. Un día, cuando tengas tus propios hijos, lo entenderás, Rose».

«Adiós mamá». Rose cortó la llamada con los ojos en blanco.

Durante la siguiente media hora, Rose hojeó un par de revistas, deseando haber traído su libro. ¿La gente paga por leer esta basura? pensó, mirando con desagrado a una celebridad mostrando su ropa interior. Algunas de las mujeres mayores se fueron, contentas con su cabello peinado. Rose tuvo que admitir que Frederick era un peluquero brillante. Observó sus dedos manejar hábilmente las tijeras para crear hermosos estilos en sus clientes. Actualmente estaba terminando el de Shelly, pero antes de comenzar a secar el cabello de su amiga, se acercó para inspeccionar la cabeza de Rose.

«Yvonne», aplaudió, «láva esto ahora, por favor».

Yvonne, que estaba mordiendo una jugosa manzana roja, llevó a Rose al lavabo.

«¿Esto es lo suficientemente caliente para ti?», preguntó, rociando agua en el cuero cabelludo de Rose.

«Sí, gracias». Rose se mordió el labio. «¿Se ve... mmm... bien?».

«Muy agradable. Te espera una gran sorpresa».

El estómago de Rose dio un vuelco de aprensión.

Shelly le estaba haciendo un gran gesto con el pulgar hacia arriba mientras Frederick enchufaba su secador de cabello y le echaba polvo al cabello. Entonces Yvonne estaba masajeando la cabeza de Rose y olvidó toda su inquietud y se relajó en la silla.

«Todo listo». Yvonne pasó el peine enérgicamente por el cabello acondicionado de Rose. Olía dulce como las manzanas y era suave como una pluma al tacto. «Si te acercas a Frederick, parece que está listo para ti».

Rose agarró su capa alrededor de su cuello y fue a sentarse en la silla de peluquería.

«¿Qué opinas?». Shelly se estaba inspeccionando en el espejo, inclinando la cabeza en diferentes ángulos. La luz atrapó su cabello terminado. Rose pensó que se veía hermosa.

«Impresionante».

«¿Crees que a Harry le gustará?».

«Creo que a Harry le encantará». Rose se alejó de Shelly y miró su propio reflejo. Atrás quedaron sus rizos rojos. Oh Dios, era claro, rubio y recto. Rose no podía decidir si le gustaba el color, era tan diferente.

Frederick caminó hacia ella, tijeras y cepillo en mano. «Estoy sintiendo una vibra de Marilyn Monroe aquí». Él inclinó su cabeza, «Creo que una sacudida se vería divina en ti».

«¿Qué piensas, Rose?», Shelly preguntó, con los ojos brillantes.

Rose tragó saliva. «Estoy de acuerdo con Frederick. He tenido mi cabello en el mismo estilo de longitud media durante años. Quiero algo totalmente diferente».

«¡Fantástico!». Frederick lloró de emoción. «Cuando termine, te verás como una estrella». Presionó con entusiasmo el pedal y Rose se deslizó hacia abajo con una sacudida.

A su lado, Shelly sonrió. «No te arrepentirás de esto, Rose. Lo prometo».

«¿Estás segura de que se ve bien?». Rose y Shelly estaban sentadas en el auto, después de cargar sus maletas de fin de semana en el maletero.

«¿Me estás tomando el pelo?», Shelly hizo estallar su chicle. «Te ves preciosa».

Rose bajó su espejo y se quedó mirando los grandes rizos

rubios que enmarcaban su rostro. «Creo que estoy en shock. Me veo tan diferente».

Shelly le deslizó una mirada exasperada. «¿No te gusta?».

Rose tocó su cabello con asombro. «Sí», dijo, «creo que realmente me encanta».

«Te pareces a Marilyn Monroe», señaló Shelly. «¿Cómo te llamó Freddy? Una rubia explosiva, sexy como...». Se detuvo cuando Rose le dirigió una mirada mordaz.

«No quiero desarrollar una reputación de ser tonta».

«Eso es solo un viejo estereotipo tonto». Shelly se abrochó el cinturón de seguridad en su lugar. «Aunque probablemente sea cierto que las rubias se divierten más y ciertamente te vendría bien más de eso. Tomemos una selfie». Shelly colocó su teléfono en posición horizontal y acercó a Rose. «Esto va a estar en mi muro de Facebook».

«¿Para que todos lo vean?». El tono de Rose se elevó en protesta.

«¡Por supuesto!». Shelly se rió entre dientes. «¿Sigues albergando una aversión a las redes sociales?».

«No es lo mío», respondió Rose enfáticamente. «Prefiero leer un libro».

«Bueno, durante las próximas dos semanas puedes olvidarte de tus libros, porque nos vamos a divertir con una D mayúscula».

Rose encendió el motor y le dio a su amiga una sonrisa irónica. «¿No crees que deberíamos conseguir los vestidos de novia primero?».

«Absolutamente», Shelley asintió. «Dirígete hacia la tienda de novias».

Magical Moments era la única tienda de vestidos de novia en Twineham. Era un pequeño establecimiento situado al final de la calle High, junto a una floristería y frente a la pintoresca librería que amaba Rose. La miró con nostalgia mientras se detenía en una plaza de estacionamiento. Shelly salió del auto, arrullando teatralmente el brillante vestido de novia en la ventana. «¿No es lo más lindo?». Señaló el traje de paje acompañante. «Un poco demasiado pequeño para Harry», bromeó Rose. «Por cierto, ¿ya cuenta con su atuendo?». «Sí y le tomó media hora, aparentemente». Rose frunció el ceño. «¿No querías combinar su atuendo con el de las damas de honor?». «No», dijo Shelly a la ligera, empujando la puerta de la tienda. «Es su elección».

Rose sacudió la cabeza con asombro. «Estás tan relajada acerca de esta boda». «Te lo dije, Rose, no estoy estresada. Esta boda va a ser sencilla y divertida». «Alegra oírlo». Rose miró las filas de vestidos de novia. La tienda olía deliciosamente dulce; jarrones de fresias y lirios estaban repartidos por la habitación y cuencos de popurrí se sumaban al ambiente. Una dama impecablemente arreglada dejó su pluma y papel y se dirigió hacia ellos; la tela de su traje pantalón se agitaba sobre unos tacones altos y brillantes que repiqueteaban sobre el suelo de madera.

«Hola, soy Samantha». Su sonrisa era amplia y mostraba una dentadura blanca y perfecta. «Bienvenidas a Magical Moments. Siéntanse libres de mirar alrededor y avísenme si puedo ayudar de alguna manera».

Se volvió para ahuecar la falda de tul del vestido de dama de honor de una niña pequeña. «¿Quién es la futura novia?». «Esa seré yo». Shelly levantó la mano. «Y esta es mi amiga, es mi dama de honor». «Los vestidos de las damas de honor están en la parte de atrás», les informó la dependienta, mientras sacaba una calculadora del cajón de su escritorio. «Hay mucho para elegir, así que tómese su tiempo para mirar y simplemente cuelgue cualquiera que quiera probar».

«Ve y echa un vistazo», susurró Shelly. «Creo que vamos a estar aquí un tiempo».

Shelly empezó a mirar los vestidos de novia y Rose entró en la trastienda.

Había vestidos de todo tipo de formas y colores. Rose comenzó a revisarlos, haciendo una mueca ante los chillones de color rosa y naranja.

«¿Tienes un tema de color en mente?», llamó, sosteniendo un bonito vestido de raso lila contra ella.

«Tú decides», gritó Shelly. «Solo recuerda que también estás comprando para Marian».

«Ella realmente debería estar aquí», murmuró Rose. «En este momento, estoy sintiendo la presión».

Cogió un vestido azul claro de los rieles y fue a colgarlo con el lila.

Rose sostuvo la manga de uno amarillo contra su brazo. «Demasiado pálido», decidió.

«Estos vestidos son hermosos». La voz de Rose llegó a la otra habitación. «¿Estás teniendo suerte?».

«Probándome uno en este momento».

Cielos, pensó Rose, tengo que darme prisa. Agarrando unos cuantos más, Rose se introdujo en el vestuario.

Descorrió la cortina y luchó por quitarse la ropa, decidiendo probarse primero el lila.

Mmm, bien. Miró críticamente su reflejo. ¿Pero le vendría bien a Marian?

«¡Shelly!», ella gritó. «¿Cuál es el color favorito de tu hermana?».

«Azul», gritó Shelly. «No has elegido uno rosa, ¿verdad? Marian odia el rosa».

«¡No!», Rose se rió entre dientes ante el inflado de satén rosa claro que había agarrado inicialmente. Se imaginó a la ambiciosa, adicta al trabajo y elegante Marian saltando por la playa con el atuendo abiertamente femenino y la imagen mental la hizo reír más fuerte.

«¿Estás bien ahí dentro?», preguntó la dependienta.

Rose dejó de reír abruptamente. «Me vendría bien una mano para subir esta cremallera».

Descorrió la cortina, permitiendo que la dama remilgada la abrochara.

«Se ve muy bien», dijo la asistente.

Rose salió del vestidor y fue a mirarse en uno de los muchos espejos de cuerpo entero. Había cambiado del color lila al azul. Era un vestido sencillo; satén largo con tirantes finos y escote corazón. Se adhería a su cuerpo, acentuando las curvas que Rose no sabía que tenía.

«Guau, Archer, ese es el indicado».

Rose se dio la vuelta para mirar atónita a Shelly, que vestía el vestido, el velo y la tiara más exquisitos.

«Ese es», repitió, con lágrimas en los ojos mientras se apresuraba a envolver a su mejor amiga en un fuerte abrazo.

catorce

Rose se paró frente a su guardarropa, con una mano en la cadera mientras con la otra rebuscaba entre su ropa. «Sí». Arrojó un vestido de tirantes con estampado de margaritas sobre la cama.

«No», decidió, pasando rozando dos pares de pantalones de trabajo azul marino y una colección de blusas sencillas.

«¿Necesitas ayuda?». La cabeza de Fran asomó por la puerta abierta.

«No estoy segura de qué llevar, mamá. Tu consejo sería muy apreciado».

Fran sonrió. «¿Por qué haces todo tan complicado, amor? Es simple. Necesitas llevar ropa ligera de verano y no eso». Levantó las cejas al ver los jeans de gamuza favoritos de Rose, que habían sido cuidadosamente doblados y colocados en el fondo de su maleta. «Necesitas pantalones de algodón. Va a hacer calor en Mallorca. Revisé la aplicación meteorológica y está subiendo hasta los treinta grados allá.

Rose miró por la ventana el cielo azul pálido y la racha de tenues nubes blancas.

«¿Realmente voy a subir allí?».

«Seguro que lo harás». Fran se hundió en la cama blanda. «¿Por qué no fuiste al médico, amor? Estoy segura de que podría haberte dado algo para...».

«¿Mis nervios?». Rose sacó una camiseta de la percha. «No tomaré pastillas, mamá».

«Está bien, pero tal vez podría haberte ayudado de otra manera». La cama chirrió cuando Fran cruzó las piernas. «Me refiero a todas esas cosas de la nueva era que tu padre sigue llamando tonterías. Meditación, respiración profunda, métodos de distracción, cantos...». Ambas se rieron de eso.

«Estaré bien». Rose recogió su sombrero de paja y lo tiró en su estuche.

«Es bastante común, ¿sabes?».

«¿Qué?». Rose comenzó a contar sus bragas.

«Aviofobia», dijo Fran en voz baja. «Tu tía Lesley era una terrible voladora. Al final, se hizo un curso de hipnoterapia y ahora vuela a Benidorm dos veces al año».

«Es un vuelo de dos horas», dijo Rose secamente, «y habrá niños a bordo y... y personas mayores. ¿Qué tan malo puede ser?».

«No está mal. ¡Ese es el espíritu!». Fran se puso de pie. «Incluso podrías disfrutarlo, especialmente con los deliciosos hermanos Sinclair a cuestas».

Rose tragó saliva. «Quizás».

Fran colocó una mano reconfortante en el hombro de Rose. «¿Cómo se las arreglará el coro folclórico sin ti?».

«Tendrán que cantar a capella, o tal vez Sabrina pueda intervenir y tomar mi lugar». Rose sonrió. «Así que pantalones cortos, vestidos de sol, ropa interior, crema solar, chanclas...».

«Bikinis». Fran le dio un guiño descarado.

«Trajes de baño», corrigió Rose. «Y, por supuesto, mi vestido de dama de honor. ¿Cómo pude haberlo olvidado?».

. . .

Cuando Rose terminó, arrastró su maleta al baño y la colocó sobre la balanza.

«¿Ves? Mucho espacio», dijo Fran por encima del hombro. «¿Crees que podrías traerme un poco de perfume libre de impuestos?».

«Sí, por supuesto». Rose llevó su maleta por las escaleras, depositándola debajo del perchero, luego caminó hacia el salón. «¿Alguien más quiere algo de Mallorca?».

«Cigarros». Marty tenía los pies sobre la mesa de café y estaba jugando en su teléfono.

«Whisky». Su papá apartó la mirada de la pantalla del televisor, dándole una gran sonrisa.

La abuela Faith se despertó de su siesta vespertina y le lanzó a Rose una sonrisa gomosa. «Sangría».

«Bueno, eso es fácil de recordar: perfume, alcohol y tabaco». Rose se hundió en el sofá, empujando las largas piernas de Marty fuera del camino.

«¿A qué hora es tu vuelo otra vez, amor?», dijo Rod, rascándose la cabeza.

«A las siete de la mañana», bostezó Rose, «lo que significa que me voy a dormir temprano».

Fran se rió entre dientes. «No vas a dormir, amor, con toda la emoción».

«Sí», interrumpió Faith, «estará vomitando».

Marty emitió un sonido de arcadas.

«Voy a estar absolutamente bien». Ella tomó una respiración profunda y tranquilizadora. «Ahora, ¿podemos hablar de otra cosa?».

. . .

«¿Qué tal ese nuevo peinado tuyo? Estarás luchando contra los hombres ahora que eres una rubia platinada».

«No es por eso que me lo hice», espetó Rose. «Solo quería un cambio».

«Ciertamente has cambiado, amor». Faith abrió su barra de frutas y nueces tamaño grande. «Una pequeña bomba adecuada». Todos murmuraron con acuerdo.

Rose se tocó la cabeza. «¿No creen que es demasiado exagerado?».

«¡No!», su familia lloró al unísono.

«Se ve hermoso», dijo Fran cálidamente.

Marty agitó el control remoto en el aire. «Solo mira a Fin. Noté que te miraba fijamente en la fiesta de Shelly. Parece un tipo salvaje».

«Tal vez eso es lo que ella necesita». Faith se limpió las migas de chocolate de la boca. «Alguien que pueda sacarla de su caparazón, y con suerte perderá su virgi...».

«¡Mamá!», Fran dijo con un tono cruzado. «¿Por qué no vas y pones la tetera al fuego?».

Faith se puso de pie y salió de la habitación con la ayuda de su bastón.

«Entonces», Rose se cruzó de brazos y decidió ignorar el comentario personal de su abuela, «¡hablando de locura! ¿Cómo va la vida amorosa de mi hermano pequeño?».

«¿Eh?», Marty le deslizó una mirada de advertencia. «He decidido tomarme un descanso de las mujeres».

«No permanentemente, espero», dijo Rod, con una sonrisa.

«¿Has hecho voto de castidad?», bromeó Fran.

«Ja ja muy gracioso». Marty estiró los brazos por encima de la cabeza. «Paso más tiempo con mis compañeros. Bueno, los pocos sueltos que me quedan. Parece que casi todos los de la escuela se han calmado y están ocupados sacando ratas de alfombra».

«Serás el mismo cuando conozcas a la mujer adecuada». Rod

asintió a su hijo. «Yo era como tú una vez, prometí nunca atarme y ahora mírame. Casado hace más de veinte años, dos hijos, mi propio negocio y viviendo con el monstruo político». Miró a Fran con aire de disculpa. «Y yo soy el tipo más afortunado de la tierra».

«Cuidado, amor», dijo Fran, con una sonrisa, «la próxima vez te acusarán de ser romántica».

«¿Por qué no salimos a tomar el té?», dijo Rod, poniéndose de pie de un salto. «Toda la familia, mi invitación. Llámalo una comida de despedida para nuestra Rose».

«No creo que pueda comer mucho». Rose tocó su estómago revuelto.

«Puedes comer ensalada entonces». Marty apagó la televisión.

«Yo, por otro lado, tomaré el bistec T-bone más grande del menú. Y dado que papá está pagando, creo que también tomaré un pudín».

Rose estaba en el camino temprano a la mañana siguiente. Su papá la llevó al aeropuerto en su polvorienta camioneta blanca, resoplando por el carril lento, esquivando los camiones. Los limpiaparabrisas estaban en la configuración más rápida mientras un torrente de lluvia los seguía por la autopista.

«Típico clima de verano británico, ¿eh?». Él le ofreció un chicle que Rose rechazó cortésmente. «¿Te has acordado de todo? ¿Crema solar, pasaporte, Tarjeta Sanitaria Europea?».

Rose abrió su mochila y miró dentro. Acurrucado debajo de su libro y gafas de sol, solo podía ver su pasaporte y boletos.

«Sí. Tengo todo».

«¿A qué hora te encontrarás con Shelly?».

Rose consultó su reloj. «Dentro de media hora. ¿Cuánto falta?».

«No mucho ahora. No te preocupes». Golpeó el muslo de Rose. «Te llevaré allí con tiempo de sobra. ¡Mira!». Señaló un letrero arriba, que decía AEROPUERTO en grandes letras blancas.

Rose encendió la radio. El meteorólogo hablaba de lluvia ininterrumpida durante las próximas veinticuatro horas. Ella tragó. «Esta lluvia... no afectará nuestro vuelo, ¿verdad?». Rod indicó y pasó al carril central. «Por supuesto que no, amor. Los pilotos están acostumbrados a volar en todo tipo de clima. Es el viento del que hay que tener cuidado».

Una ráfaga de hojas bailaba en el aire frente a ellos y los árboles al borde del camino se balanceaban de un lado a otro. Rose cerró brevemente los ojos.

«¿Así que tú y mamá se van a tomar un mini descanso mientras yo no estoy?».

«Nos vamos a York». Rod sonrió. «Será agradable, solo nosotros dos».

«La abuela estará sola en casa».

«¿Estás bromeando? Ha invitado a la mitad de los ocupantes del centro de día. Dijo que será una tarde tranquila de té y charla, pero creo que en secreto es una fiesta».

«La extrañaré», dijo Rose, con un suspiro.

Rod la miró por el rabillo del ojo. «Estarás demasiado ocupada divirtiéndote y tu abuela te estaría regañando si supiera que ya estás suspirando por ella. ¡Ahora, busca una estación que ponga música y anímate, amor!».

Cuando llegaron, Rod estacionó en el área de estadías cortas y caminó con Rose hacia la entrada principal del aeropuerto.

«Allí están». Señaló al otro lado de la transitada calle, donde Shelly estaba sentada sobre su maleta rodeada por Harry, Fin y Tom. «Adelante entonces, amor, parece que te están esperando».

«Adiós papá». Ella se giró para abrazarlo, aplastando su nariz contra su impermeable. Te enviaré un mensaje de texto cuando llegue allí.

«Diviértete». Se echó hacia atrás ligeramente. «Y no te estreses por nada».

«Trataré de no hacerlo». La risa de Rose fue temblorosa.

«Estaré aquí para recogerte dentro de diez días».

Diez días: a Rose le pareció una cantidad de tiempo tan larga. Levantó el asa de su maleta y saludó a su papá, antes de cruzar la calle y caminar hacia Shelly. El rugido de un avión la detuvo y se quedó un momento observando cómo el avión se elevaba en el aire. Puedo hacer esto, se dijo a sí misma. Sé valiente, Archer.

«¡Rose!», Shelly estaba de pie, saludando como maníaca. «Pensé que habías cambiado de opinión. Pensé que no vendrías».

«Estoy aquí», dijo Rose, con un brillo forzado. Se volvió para saludar a Harry, Fin y Tom.

«¿Estás lista para el viaje de tu vida?», Fin enganchó su brazo alrededor del hombro de Rose. «No te preocupes, te cuidaré».

Una risa nerviosa involuntaria salió de la boca de Rose. «¿Qué pasa ahora?».

Shelly dio un paso atrás. «¡Sigo olvidando que nunca has volado! Nos deshacemos de nuestras maletas, recogemos las tarjetas de embarque, pasamos por seguridad y luego podemos ir a desayunar. ¿Tienes hambre?».

Rápidamente, Rose negó con la cabeza. «Aunque me vendría bien una taza de té».

Mientras caminaban hacia el aeropuerto, Harry le dijo: «Shelly casi no ha dormido».

«¡Estoy emocionada!», chilló Shelly. «Puedo dormir en el avión. Ahora, ¿dónde está mi querida hermana?».

«Ella está allí», dijo Fin arrastrando las palabras, señalando el final de una larga fila de pasajeros que se registraban. «¿Siempre se ve enojada?».

«Esa es su cara de viajero de la ciudad. Hola Maz».

La mirada de Marian parpadeó sobre todos ellos. «Llegan tarde», espetó ella.

Shelley se encogió de hombros. «La autopista estaba llena».

«Me las arreglé para llegar aquí desde Londres a tiempo...». Los ojos de Marian se rasgaron. «Oh, no importa, están aquí ahora».

Shelly dejó escapar un grito. «¡Vamos a empezar esta fiesta!».

Después de registrarse y pasar por la inspección de equipaje de mano y pasaporte, subieron por una larga escalera mecánica que se bifurcaba en una amplia zona de tiendas, bares y restaurantes. Rose se abrió paso entre la multitud, caminando rápidamente para seguir el ritmo de Marian y Shelly, que se adelantaban.

Tom se puso a caminar a su lado. «¿Estás bien?», preguntó, con una leve sonrisa.

«Creo que sí», respondió Rose. «No esperaba que hubiera tanta gente».

«¿Notaste la línea que hay para Estados Unidos? Esos aviones jumbo tienen muchos asientos. Debe ser hacia donde se dirigen muchos de ellos».

«¿En eso llegaste aquí? ¿Un jumbo?».

Tom asintió. «Nuestro avión era enorme. Afortunadamente, logramos reservar los asientos de las puertas, por lo que tuve espacio adicional para estirar las piernas».

Rose lo miró; él tenía que medir por lo menos un metro ochenta. Debía ser incómodo para su altura.

Tom se encogió de hombros. «Me he acostumbrado».

«¿Vuelas mucho?».

Tom de repente apartó la mirada. «Sí... a lo largo de los años».

Rose notó que llevaba la misma gorra de béisbol. Cada vez que lo había visto, se la había clavado en la cabeza y se preguntó por qué. ¿Era una tendencia de moda en Australia? Tenía una hermosa cabeza de abundante cabello oscuro, por lo que no podía ser que estuviera tratando de ocultar una entrada de cabello.

«¿Shelly dijo que es la primera vez que vuelas?».
«Sí, y podría ser la última». Rose le deslizó una sonrisa tensa.
«Me gusta tener los pies bien plantados en el suelo».
«Estarás bien. ¿Qué número de asiento tienes?».
Rose le mostró su tarjeta de embarque.
«A mi lado», dijo a la ligera. «Tengo el asiento junto a la ventana, pero podemos intercambiarlo si quieres».
Rose negó con la cabeza con firmeza. En cualquier otro momento, se habría alegrado de estar sentada al lado de un hombre tan atractivo durante dos horas, pero ahora mismo, una inminente sensación de miedo estaba aplastando cualquier excitación que pudiera haber sentido.

Más adelante, Shelly y Marian se habían detenido para examinar un menú en la pared. «Vamos a entrar aquí».
Shelly decidió.
Encontraron una mesa y pidieron comida y bebidas. Trajeron cinco desayunos ingleses completos y un plato de tostadas, mermelada y un plátano.
«Realmente no tengo hambre», dijo Rose, mientras quitaba la cáscara de su fruta.
Fin le señaló con un tenedor una salchicha. «Leí en alguna parte que los plátanos son radiactivos cuando están en un avión».
«¿Qué?». La mano de Rose tembló.
«Está jugando», dijo Tom, lanzando a Fin una mirada severa. «Basta, hermano».

. . .

«¿Habrá mosquitos en Mallorca?». Marian se secó la boca escarlata.

«Obligatoriamente», respondió Fin. «Los encontrarás en cualquier lugar donde haga calor y humedad».

Rose se estremeció. «Odio los mosquitos. Una vez me mordieron las piernas en Cornualles. Hacía un calor inusual allá un verano y debo haberles tomado cariño».

«No te preocupes, Rose». Marian se inclinó sobre la mesa para acariciar su mano. «He traído un botiquín médico completo que incluye crema para picaduras de insectos».

«¿Trajiste un sombrero para el sol, Rose? Allí hay unos bonitos. Shelly señaló un puesto cercano que estaba lleno de sombreros y bufandas colgantes.

«Lo traigo», respondió Rose, mirando la gorra de béisbol de Tom. «Es importante, ¿no es así, para proteger la cabeza y la cara?».

«Hablando de cabello, me gusta tu nuevo color, Rose. Te queda muy bien». Marian y los demás miraron su cabeza. Rose sintió que se sonrojaba y murmuró un gracias.

De repente, una voz de mujer emanó desde arriba, diciendo a todo el aeropuerto que la puerta de embarque del vuelo 815 a Mallorca ya estaba abierta.

«Date prisa, Shelly». Harry empujó su plato vacío y se puso de pie.

«¿Qué hay de mi desayuno?», Shelly protestó.

«Déjalo», ordenó Marian. «No queremos perder nuestro vuelo».

Rose recogió su equipaje de mano y, con una respiración profunda, siguió a sus amigos.

quince

Parecía que su carrera improvisada por el aeropuerto era innecesaria, ya que cuando llegaron a la puerta de embarque eran los únicos pasajeros esperando y la puerta que los llevaría a su avión estaba firmemente cerrada. Shelly se quejó de tener que dejar su desayuno con huevos, mientras que Marian se lanzó a una larga perorata ensalzando la profesionalidad de los aeropuertos de Londres en comparación con el "ineficiente" Midland en el que se encontraban actualmente.

Fin y Harry se estiraron en asientos de plástico y compartieron un paquete de mini donas. Rose vaciló detrás de Marian. Su estómago estaba revuelto por los nervios y se sentía bastante enferma. Una señora que empujaba un cochecito se detuvo a su lado. Rose miró al niño pequeño atado y sus pensamientos la atormentaron: mira, hay un bebé que es más valiente que tú. Mientras Rose sonreía tontamente, el bebé sacudió su lengua manchada de chocolate y Rose se alejó, con el estómago revuelto ante la vista.

«Rose», Tom estaba apoyado contra la ventana, llamándola con la mano. Se acercó corriendo, agradecida de estar lejos de Marian y su charla incesante.

«¿Cómo vamos a lidiar con ella durante diez días?», Tom dijo, con un movimiento de cabeza. «Shelly me había advertido que era muy trabajadora, pero por Dios...». «Eres afortunado, yo estaré con ella todo el tiempo. Solo la verás durante un rato de las vacaciones», le recordó Rose. «Suerte la mía». Él le dedicó una encantadora sonrisa que se sumó al movimiento de su estómago revuelto. Solo que este movimiento no fue tan desagradable. «Mira ahí afuera», dijo él, cautivándola con sus hermosos ojos verdes.

Después de un momento, Rose desvió la mirada por la ventana. Allí, en la pista, había una flota de aviones.

«¿Cuál es el nuestro?», preguntó, con los ojos muy abiertos.

«Este de aquí». Señaló uno azul y blanco con las palabras Premier Holidays estampadas en la parte baja de la nave.

Rose tragó saliva. «¿Cómo se mantienen en el aire? Quiero decir, hay tanta gente que va a estar dentro y las maletas... ¿no les pesarán?».

Tom se frotó la barbilla. «No tengo idea, pero oye... déjame buscarlo». Jugueteó con su teléfono. «Entonces, según Google, es una combinación de los asombrosos motores y alas del avión trabajando con el flujo de aire que lo mantiene en sustentación. No hay nada de qué preocuparse, ¿ves?». Le mostró la página web de Internet que lo explicaba con más detalle. Mientras Rose hojeaba el artículo, Shelly saltó hacia ellos.

«Creo que esto requiere una oportunidad para tomar una foto».

Una sombra cayó sobre el rostro de Tom y su sonrisa se desvaneció. «Tomaré a ustedes dos», dijo suavemente, quitándole la cámara de las manos a Shelly.

Shelly acercó a Rose. Ambas estaban riéndose cuando Tom disparó.

«¿Qué tal una selfie, Tom, los tres?». Shelly lo agarró del brazo y trató de acercarlo más, pero él se encogió de hombros. «No», dijo con firmeza.

«Eres un gruñón». La boca de Shelly se convirtió en un puchero. «Tom odia que le tomen fotos».

«¡Déjalo en paz!», gritó Harry.

Rose miró a Tom, que parecía avergonzado y un poco enojado. «Está bien», le dijo, «yo también odio que me tomen fotos». Sus palabras tenían la intención de hacerlo sentir menos incómodo, pero internamente Rose estaba desconcertada de por qué un hombre tan hermoso odiaría que le tomaran una foto.

Shelly había perdido interés en burlarse de Tom y estaba sentada en las rodillas de su prometido, dejando a Rose sintiéndose incómoda.

Creo que me sentaré. Le dedicó a Tom una pequeña sonrisa y se dejó caer en la silla frente a Marian y Fin. Estaban discutiendo sobre quién debería sentarse en el asiento de la ventana.

«He reservado el asiento de la ventana», dijo Fin, con un aire de terquedad. «Lo dice en mi boleto».

«Pero seguramente un caballero renunciaría a su asiento si una dama así lo deseara». Marian hizo un intento de aleteo de pestañas. «Por favor Fin. A diferencia de Rose, me encanta volar y quería tomar algunas fotos de las nubes para ponerlas en mi cuenta de Pinterest».

«Bueno, está bien», cruzó los brazos sobre el pecho, «pero me quedo con el asiento junto a la ventana en el vuelo de regreso».

«Por supuesto que sí», Marian le dio unas palmaditas en la rodilla, «y gracias por ser tan amable».

. . .

Los asientos en la puerta de salida se llenaron lentamente. Rose movió su equipaje de mano para que una pareja de ancianos pudiera sentarse junto a ella.

«¿Has estado en Mallorca antes, amor?», le preguntó el caballero.

«Es la primera vez que vuelo a algún lado», dijo Rose con temor.

«¿Nunca has volado?». Su esposa se inclinó hacia delante para lanzarle una mirada de asombro. «Mi Frank y yo vamos a Mallorca todos los veranos. Es una isla maravillosa».

Frank tenía una abundante cabellera blanca que hacía juego con su tupido bigote. «¿Negocios o placer, amor?», preguntó.

«Una boda». Rose asintió hacia Shelly y Harry, quienes se susurraban palabras dulces al oído.

«Ah, eso es bueno». La esposa de Frank dejó escapar un suspiro. «Es mejor que casarse en la aburrida Gran Bretaña».

«¿Recuerdas nuestra boda, amor?», Frank parloteó y Rose se alegró de la distracción. Pero veinte minutos después el sistema de audio anunciaba que el avión a Mallorca estaba listo para embarcar. Dos asistentes del aeropuerto estaban en el escritorio, revisando pasaportes y boletos. Rose fue empujada por la multitud de viajeros emocionados. Luego iba caminando por un pasillo que los llevó a la apertura del avión, donde un asistente de vuelo la recibió con una sonrisa brillante.

«Está cerca del frente, del lado derecho, señora». Rose miró hacia atrás una vez antes de subirse al avión. Esto es todo, pensó. Voy a volar a Mallorca y estaré absolutamente bien.

El cinturón de seguridad de Rose se abrochó firmemente en su lugar cuando comenzó el repiqueteo de los motores y el avión se deslizó lentamente hacia adelante. Shelly estaba sentada dos filas al frente con Harry. Marian y Fin estaban en algún lugar detrás. Rose se introdujo un chicle en la boca; había leído en una revista que el ascenso podría afectarle los oídos y quería estar preparada. Desde la fila contigua, un bebé lloraba y Rose se agarraba con fuerza a sus reposabrazos. El auxiliar de vuelo se paseaba por el pasillo, cerrando los compartimentos de las bolsas superiores.

«¿Has hecho este vuelo antes?», preguntó Rose, sus dientes castañeteando.

«Oh, cientos de veces». La azafata le pidió a Tom que levantara su bandeja. Movió su Kindle e hizo lo que se le pidió. Rose tomó un sorbo de agua antes de hurgar en su bolso a sus pies. Extrajo un libro de bolsillo, una novela sobre el sol, el romance y la felicidad, y abrió la primera página. Rose trató de concentrarse, pero las palabras nadaban frente a sus ojos y, frustrada por su falta de concentración, cerró el libro de golpe.

«Nos estamos acercando a la pista», dijo Tom suavemente. «¿Quieres mirar?».

Rose negó furtivamente con la cabeza, respiró profundo para calmarse y cerró los ojos.

A medida que el avión avanzaba más rápido, el rugido de los motores ensordecía los sonidos del llanto del bebé. Estaba vagamente consciente de que su mano estaba siendo sujetada ligeramente, los dedos de Tom acariciaban los de ella. Un escalofrío recorrió su espalda. El avión se detuvo por un momento, dando tiempo a la tripulación de cabina para abrocharse los cinturones en sus propios asientos. Rose exhaló un suspiro tembloroso; su corazón estaba acelerado y su frente se sentía húmeda. Su mente estaba acelerada. ¿Por qué acepté esto? Ojalá estuviera de vuelta en Twineham.

«Háblame de Australia», murmuró, girando sus ojos cerrados en dirección a Tom.

. . .

Él entrelazó sus dedos con los de ella y habló en voz baja. Estaba tan cerca que su aliento soplaba contra su oreja; olía a menta y a almizcle para después del afeitado, una combinación embriagadora que a Rose le resultó muy atractiva. Sus palabras pintaron un cuadro de su patria; vasto desierto y océano brillante, serpientes venenosas, camellos y canguros. Mientras el avión avanzaba velozmente por la pista, él le contó que había visto magníficas puestas de sol en las que el cielo iluminaba el mar y lo volvía dorado. El aliento de Rose quedó atrapado en su garganta cuando el avión se elevó en el aire. Se imaginó a sus padres sentados en casa, la abuela Faith en su mecedora y Marty en su teléfono, los cuatro bromeando y charlando. Su familia; sus seres queridos.

«Abre los ojos, Rose», susurró Tom.

Lentamente, Rose los abrió, para ser recibida por una espectacular visión de niebla blanca.

«Estás en las nubes», dijo Tom, apretando su mano.

«Estoy volando», murmuró Rose, «realmente estoy volando».

Una vez que el avión se niveló, se quitaron los carteles de cinturones de seguridad y de inmediato había una fila para los baños. Tom le preguntó si estaba bien y Rose respondió que sorprendentemente lo estaba.

«No fue tan malo como pensé que sería», admitió. «Sin embargo, mis piernas todavía están temblando».

«Lo peor ya pasó». Tom se puso la gorra sobre los ojos. Despiértame cuando lleguemos. Los ojos de Rose se deslizaron subrepticiamente sobre él. Su brazo musculoso estaba tocando el de ella y su muslo estaba presionado contra el de ella. Llevaba una camisa blanca ceñida al cuerpo y unos chinos azul marino que gritaban diseñador. Un rastrojo oscuro se alineaba en su mejilla, agregando un aire de rudeza. ¿Cómo pude haber pensado que Jeremy era atractivo? pensó, lamiendo sus labios secos. Tom Sinclair estaba en una liga diferente.

La azafata se detuvo junto a su asiento con su carrito. «¿Bebidas o bocadillos?», ella preguntó.

«No para mí», respondió Rose, señalando su agua.

«¿Le gustaría algo a tu novio?». La azafata estaba mirando la forma dormida de Tom.

«Oh, él no es mi, eh, novio», susurró Rose. «Creo que está dormido».

«Estoy dormitando», Tom abrió un ojo, «y no quiero nada, gracias».

La azafata agitó sus pestañas postizas antes de continuar.

«¿Quieres un poco de mi agua?». Rose ofreció, queriendo mantenerlo despierto.

«Muchas gracias». Él tomó la botella de ella y cerró sus labios sobre la tapa. Rose miró fijamente su boca mientras tomaba un largo trago, preguntándose cómo se sentiría besarlo. Su atención fue desviada por la voz del capitán presentándose y diciéndoles lo alto que estaban. Las manos de Rose agarraron involuntariamente el respaldo del asiento ante la idea de estar tan lejos del suelo. Los nervios habían regresado y, en un intento por calmarlos, comenzó a parlotear sobre los vestidos de las damas de honor.

«¿Son lindos sus trajes?», preguntó, después de haber estado hablando por un largo tiempo sin interacción de Tom.

«Están bien», respondió, «para una boda, supongo».

Una ráfaga de nubes pasó disparada en su visión periférica. Rose cerró los ojos de golpe. «¿Has estado en Mallorca antes?».

«No», fue la respuesta monosilábica.

Rose sintió un aumento de resentimiento hacia Tom y su enfoque relajado hacia el vuelo. Relájate, se dijo a sí misma. RELÁJATE. Hubo un golpe repentino y el avión se estremeció.

«¿Qué fue eso?», ella frenéticamente interrogó.

«Eso sería una turbulencia, nada de qué preocuparse».

. . .

El avión se sacudió de nuevo y hubo un pitido repentino cuando se encendieron las luces de los cinturones de seguridad. La tripulación de cabina todavía estaba de pie, balanceándose de un lado a otro mientras empujaban sus carritos por el pasillo. Rose jadeó cuando el avión se deslizó hacia abajo y luego todo volvió a la calma. Dejó escapar un suspiro tembloroso y, como Tom dormía a su lado, decidió tratar de distraerse de nuevo con su nueva novela. Esta vez funcionó y pronto se perdió en un mundo ficticio de luchas de poder, amor y lujuria.

El bebé al otro lado del avión finalmente había dejado de llorar y el resto del viaje transcurrió sin incidentes. Según informó el piloto, llegaron a tiempo a Mallorca y pronto iniciaron el descenso. Tom todavía estaba durmiendo, así que Rose se inclinó y abrochó su cinturón de seguridad. Ella mantuvo el suyo firmemente en su lugar durante todo el viaje y, afortunadamente, no sintió la necesidad de hacer cola para ir al baño.

Shelly se dio la vuelta y la saludó con la mano, mientras le preguntaba si estaba bien.

Rose le informó que estaba bien y cuando el avión comenzó a descender, logró pasar por alto al hermoso Tom y dirigir su atención fuera de la ventana. A través de las nubes, pudo distinguir un mar azul brillante y luego aterrizar. Se acercaba cada vez más hasta que finalmente descendieron por la pista de aterrizaje y, con un gran golpe, finalmente estaban en el suelo. Rose dio un gran suspiro de alivio y se felicitó mentalmente por haber sobrevivido psicológicamente al viaje. Ahora podría divertirse, pensó con una sonrisa emocionada.

Tom finalmente se despertó cuando las puertas del avión se abrieron.

«¿Ya llegamos?», preguntó somnoliento.

«Estamos en Mallorca», confirmó Rose. «Mira ese cielo».

Se puso de pie, agarrando su bolso y su chaqueta, esperando a que los pasajeros que iban delante salieran del avión. Mientras Rose bajaba los escalones, el calor la golpeó. Aunque todavía era de mañana, hacía calor. Rose esperó al pie de las escaleras a que Tom, Shelly, Harry, Fin y Marian la alcanzaran.

«¡Ya estamos aquí!», gritó Shelly, apresurándose a abrazarla.

«El vuelo no estuvo tan mal, ¿verdad?».

«No», Rose le dio una sonrisa acuosa, «aparte del despegue y la turbulencia. Creo que mis nervios están bien».

«Deberíamos tomar nuestras maletas y encontrar a nuestro autobús de traslado», dijo Marian, con un aire frío de mandona, «y por favor permanezcan juntos, todos, no queremos que nadie se pierda».

Se subieron al autobús y se apretujaron entre sí mientras otras personas pasaban en tropel. Finalmente, cuando estuvo repleto, el autobús se alejó, pasando otros aviones y hombres españoles que estaban descargando cajas.

Después de un viaje lleno de baches, el autobús se detuvo en la terminal del aeropuerto.

«Preparen sus pasaportes», instruyó Marian, agitando el suyo en alto. La cola de personas se había acumulado hasta detenerse a medida que se acercaban al control de pasaportes.

«*Hola*». Un hombre de piel oscura resguardado detrás de una mampara de vidrio les dio la bienvenida.

«Oh, hola», respondió Rose. Deslizó su pasaporte por la abertura y sonrió cuando él la miró.

«*Que tengas un buen día*». Él le hizo señas para que pasara y Rose tropezó levemente mientras se escabullía por la abertura.

«No tengo idea de lo que acaba de decirme», admitió Rose a Shelly.

«Que tengas un buen día, boba». Shelly la golpeó juguetonamente en el brazo. «Pensé que ibas a invertir en un curso intensivo de español».

«No tuve tiempo», replicó Rose, «con el fin de semana de spa, las compras y el trabajo, he estado muy ocupada».

«No menciones la palabra 'T'», dijo Shelly, con un escalofrío. «Estamos de vacaciones, ¿recuerdas?».

Rose asintió. «Sin embargo, ¿cómo te las arreglaste para conseguir todo este tiempo libre?».

«Tengo un jefe comprensivo». Shelly señaló una cinta transportadora sinuosa. «Australia no es como el Reino Unido, donde todo el mundo está estresado y trabaja hasta la muerte. Es muy relajado en comparación».

Rose suspiró. «Suena celestial».

Marian se abrió paso entre ellos, aplaudiendo. «Bien, oh, amigos, el plan es tomar nuestras maletas lo más rápido posible y encontrar a nuestro autobús turístico, ¿de acuerdo?».

Ella se alejó mientras los demás la seguían.

Shelly gimió. «Por favor, dime que no me parezco en nada a ella».

«Sé cuál es el problema», dijo Fin arrastrando las palabras, mientras colocaba sus brazos sobre los hombros de Rose y Shelly. «Frustración sexual».

Shelly se echó a reír y Rose sonrió con tristeza. Ella no es la única, pensó, con una mirada apreciativa al guapísimo Tom Sinclair.

dieciséis

La cinta transportadora cobró vida y las maletas aparecieron detrás de una capa de plástico. Rose esperó con los otros pasajeros por su maleta. Fin y Harry se pararon al frente de la fila, listos para tomar el equipaje de todos.

«Solo señala la tuya, Rose», instruyó Harry.

Rose abrió la boca para decirle que era bastante capaz de agarrar su propio maletín, pero Shelly la empujó en las costillas.

«¿No es un caballero?». El rostro de su amiga tenía un brillo soñador.

«¡Esa es la mía!». Marian se puso de puntillas, señalando una maleta manchada de azul y blanco que se acercaba a la curva donde estaban Fin y Harry.

Fin la arrastró, urgiéndole a Marian que se quitara del camino. Cinco minutos después, llegó el equipaje de Shelly y Harry, seguido de cerca por el de Rose.

«Solo falta la de Tom y luego nos podemos ir», chilló Shelly con entusiasmo. «No puedo esperar para ponerme el bikini y zambullirme en la piscina».

Tom estaba apoyado casualmente contra un pilar de piedra,

jugueteando con su teléfono, con la gorra de béisbol bien encajada en su lugar.

«¿Por qué siempre usa esa gorra?», le susurró a Shelly.

Shelly lo miró y luego se encogió de hombros. «¿Él? No me había dado cuenta».

«¿Estás bromeando?», Rose miró a su amiga. «La tenía puesta todo el tiempo en Inglaterra. ¿Es una tendencia de moda en Australia?».

«Er... sí, eso ha de ser». Pareciendo furtiva, Shelly se alejó.

«Entonces, ¿por qué Harry no usa una?».

«Harry es un profesional, Rose, no se preocupa por la moda».

"¿Fin, entonces?». Rose puso sus manos en sus caderas. «¿Seguramente Fin, amante de la diversión y a la moda, también tendría una?».

Shelly frunció los labios en una exhalación exasperada de aire. «No sé por qué Fin no usa una también. Es solo una gorra, por el amor de Dios, ¿por qué estás haciendo tanto alboroto al respecto?».

«Parece extraño», respondió Rose, «que siempre la tenga puesta. Parece que se la colocaron quirúrgicamente y mi madre siempre me decía que era de mala educación usar un protector para la cabeza en el interior...».

Se detuvo cuando notó que Tom la miraba.

«Deja a Tom en paz», susurró Shelly acaloradamente, «él es diferente, eso es todo y puede usar lo que quiera. ¿Por qué estás tan interesada, de todos modos?».

«No lo estoy», chilló Rose. «Lo siento, olvida que lo mencioné». Deslizó el pasamanos hacia arriba en su maleta y le dirigió una sonrisa a Tom. Algo estaba pasando con él, pensó, algo que estaba ocultando, y la inquisitiva Rose se comprometió mentalmente a tratar de averiguar exactamente qué era.

«¿Es la tuya, Tom?», Harry llamó a su hermano. «Típico que tu maleta sea la última de la maldita banda».

Marian levantó los brazos. «El autobús se irá sin nosotros. ¡VAMOS!».

Se apresuraron a cruzar las puertas corredizas del aeropuerto. Marian escudriñó la multitud en busca de un representante de Premier Holidays y la encontró reuniendo sus pertenencias, lista para irse.

«Autobús número veintisiete». Señaló a través de las filas de automóviles y ciclomotores, donde esperaba una flota de autocares cubiertos de polvo.

«¿Ya están todos aquí?», preguntó Marian, mientras guiaba el camino a través del estacionamiento.

«Sí, señorita», Shelly puso los ojos en blanco. «Sigan, ustedes dos».

Rose se estaba quedando atrás con Fin. Se sentía cansada. La falta de sueño de la noche anterior la estaba alcanzando y se sentía incómodamente caliente; su piel y su ropa estaban empapadas de sudor.

«Creo que necesito mi inhalador», jadeó, presionando una mano contra su pecho apretado.

«¿Está aquí?», Fin se quitó la mochila del hombro.

Rose asintió.

«¡Espera!», gritó Fin, mientras hurgaba entre sus pertenencias.

«Rose, ¿qué pasa?», Shelly corrió hacia ellos.

«El calor... el asma está aumentando». El pecho de Rose temblaba mientras tosía.

«Aquí, cariño». Shelly sacó un inhalador azul del bolsillo interior y se lo pasó. Después de algunas bocanadas, la opresión en el pecho de Rose se disipó y su respiración volvió a la normalidad.

«No estoy acostumbrada a este calor». Se sintió avergonzada de que Tom hubiera sido testigo de su ataque de asma. «Sé que puede hacer calor en Gran Bretaña, pero el sol se siente diferente aquí. Mas intenso».

«Tendré que vigilarte». Shelly la miró con ojos preocupados. «No quiero que te pongas mal».

«Estaré bien», Rose sonrió. «Parece que este es nuestro autobús y llegamos justo a tiempo».

Rose vio pasar la campiña mallorquina, maravillándose del verdor de la tierra. Había esperado que fuera yermo y seco, pero era exuberante y colorido, con laderas boscosas y montañas imponentes. Los pasajeros del autocar habían estallado en una interpretación de "Todos nos vamos de vacaciones de verano" y el ambiente era feliz y optimista. Junto al amable conductor, un representante de vacaciones habló por un micrófono y relató datos interesantes sobre la mayor de las Islas Baleares.

Rose sacó su teléfono de su bolso y procedió a tomar fotografías del hermoso paisaje por el que pasaban.

«Espera a que veas la playa». Shelly aplicó una gruesa capa de brillo de labios. «Diez días de holgazanear en la piscina y el mar. ¿Ahora puedes ver por qué quería casarme en el extranjero?».

«Sí, ciertamente puedo ver la atracción. Mallorca es preciosa». Rose se volvió hacia su amiga. «Pero me gustaría ver más de la isla que solo la playa».

Shelly volvió a poner la tapa de su lápiz labial. «Si lo que buscas es una aventura, quédate con Fin, él te tendrá haciendo todo tipo. ¿Te gustan los deportes acuáticos?».

Rose sonrió. «Eso no era en lo que estaba pensando. Me refería a hacer turismo, caminar, hacer excursiones en barco».

Hay mucho que hacer aquí. Shelly bajó el tono. «Marian está

planeando un itinerario. Mientras que yo solo quiero relajarme y broncearme bien para mi boda».

«Podemos hacer ambas cosas». Rose suspiró y miró por la ventana. «Es mi primera vez en el extranjero y me gustaría experimentar la cultura mallorquina».

«¿Algo que contarle al club de tejer y charlar?», Shelly sonrió. Rose se rió. «Anécdotas para compartir con todos», palmeó su teléfono, «junto con cientos de fotos».

Shelly se inclinó hacia ella, con los ojos brillantes. «Tengo la sensación de que estas vacaciones son el comienzo de algo nuevo para ti, Rose, algo grande. Tu vida va a cambiar, y para mejor».

Rose se acomodó y disfrutó el resto del viaje. En poco tiempo, estaban saliendo de la carretera principal y entrando en los caminos más pequeños del complejo. Después de algunas paradas, entraron en Sa Coma. El autocar se detuvo frente al Hotel Majestic Palace.

«¿Este es el nuestro?», Rose se quitó los auriculares y miró a través de la ventana el hotel de aspecto opulento.

«Este es nuestro hogar durante las próximas dos semanas, cariño». Shelly metió los dulces que no había comido en su bolso y se puso de pie.

Tom esperó en el pasillo para que ella pudiera seguir a Shelly fuera del autobús. El conductor había saltado delante de ellos y estaba ocupado sacando sus maletas de las entrañas del vehículo.

«Se ve increíble». Rose sonrió al ver los cuidados jardines y una fuente de agua que brotaba.

«Se ve bien, supongo», Marian se apartó el cabello de los ojos. «¿Es cinco estrellas?».

«Sí», suspiró Shelly, «es un hotel de lujo solo para adultos».

«Aun mejor». Marian asintió. «No habrá mocosos gritones que interfieran con mi baño de sol».

. . .

Rose tocó el brazo de Shelly. «Debe haberte costado una fortuna. ¿Puedo darte algo para cubrir el costo?».

«No», dijo Shelly, con un firme movimiento de cabeza.

«Díselo, Harry».

«Todo está arreglado». Harry sonrió. «Todo lo que tienes que hacer es disfrutar».

«Pero...», Rose frunció el ceño.

«Sin peros, Archer». Shelly movió el dedo. «Si me hubiera casado en Blighty y tenido una gran boda por la iglesia, habría costado mucho más que esto. De todos modos, mi amor puede permitírselo».

Harry asintió su acuerdo.

«Ambos son muy generosos. Oh, gracias... quiero decir, gracias». Le quitó la maleta al alegre conductor.

Se tocó el borde de su sombrero para el sol. «Disfruten de su estancia en la hermosa Sa Coma».

Caminaron por un sinuoso sendero y a través de un conjunto de puertas giratorias que los llevaron a una suntuosa área de recepción. Era un gran espacio diáfano salpicado de follaje verde y coloridos cestos de flores. Mármol, paredes encaladas, baldosas pulidas y el suave sonido de la música clásica creaban un ambiente de estilo y clase. Había personal vestido de blanco y negro corriendo de un lado a otro e invitados descansando en cómodos sofás de cuero. Hacia la izquierda del vestíbulo había un mostrador de recepción, donde una fila de turistas esperaba para registrarse.

«Podría asesinar por una cerveza», dijo Fin arrastrando las palabras, secándose la frente sudorosa con el dorso de la mano.

«Primero busquemos nuestras habitaciones», dijo Marian, en un tono autoritario, «y luego realmente deberíamos desempacar».

«Voto que dejemos nuestras maletas y exploremos el hotel». Shelly lanzó a su hermana una mirada rebelde. «Podemos desempacar más tarde cuando esté más fresco».

La mano de todos se disparó excepto la de Marian.

«Decisión democrática tomada». Fin le guiñó un ojo a Marian. «Sin embargo, puedes ayudarme a desempacar más tarde si quieres».

«No soy tu madre», dijo Marian, con un resoplido.

Rose reprimió una risita ante la imagen de Marian clasificando la ropa interior de Fin en una pila ordenada. Se dio cuenta de que Tom se estaba riendo detrás de su puño y su estómago se disparó. Tenía la sonrisa más encantadora que arrugó sus ojos y eliminaba las líneas de expresión de su frente.

La recepcionista les dio una cálida bienvenida y, tras rellenar unos formularios, les entregó las llaves de la habitación.

«Parece que estás compartiendo conmigo». Marian apretó el botón del ascensor.

«Excelente». Rose hizo todo lo posible por inyectar un tono de entusiasmo en sus palabras.

Las puertas del ascensor se abrieron con un silbido y un mozo salió en reversa, empujando un alto carrito de equipaje. Les deseó un buen día y Rose exclamó lo amable que era el personal.

Se apretujaron con sus maletas y pronto estuvieron en el quinto piso.

«Nuestras habitaciones están una al lado de la otra», Shelly se apresuró por el lujoso corredor alfombrado, «521, esta es nuestra, Harry. Así que tiramos las maletas, nos ponemos ropa de baño y nos reunimos en recepción, ¿sí?».

Hubo una serie de gritos de Fin mientras seguía a Tom a su habitación.

Marian jugueteaba con la llave de la puerta. «Bueno, espero que esta habitación esté bien».

Rose esperó a que abriera la puerta. Entraron en una habitación luminosa y espaciosa con dos camas y una variedad de muebles de dormitorio. Mientras Marian fue a inspeccionar el tamaño del guardarropa, Rose se sintió atraída por la puerta corrediza del patio que la llevó a un balcón de buen tamaño y una vista sublime del mar.

«¡Guau!», murmuró, agarrándose a la barandilla y mirando la vasta extensión de azul.

«¿Es agradable?», Marian se acercó a ella.

«Es ... es impresionante». Los ojos de Rose recorrieron la playa dorada y los niños que jugaban en el oleaje burbujeante.

«Es agradable», concedió Marian, «así que supongo que deberíamos desenterrar nuestros trajes de baño e ir a unirnos a los demás».

A regañadientes, Rose se dio la vuelta. «Hagámoslo».

diecisiete

Después de un rápido recorrido por el interior del hotel, salieron a la luz del sol brillante y caliente y a un patio que conducía a una piscina impresionantemente grande. Shelly les agarró todas las toallas mientras los demás buscaban tumbonas libres.

«¿Está caliente, crees?», Marian estaba al borde, metiendo el dedo del pie en la ondulación del agua.

«¿Quieres averiguarlo?», Fin se quitó la camiseta y avanzó hacia Marian con un brillo travieso en los ojos.

«¡No!», Marian levantó las manos, con una mirada de creciente horror en su rostro mientras retrocedía.

«Sí, Marian. Todos pensamos que necesitas refrescarte». Con un rápido movimiento, Fin la tomó sobre su hombro y dio un salto gigante a la piscina. Hubo un chapoteo todopoderoso y ambos desaparecieron bajo el agua. La piscina estalló en risas. Las personas acostadas boca arriba leyendo novelas se sentaron y los miraron con interés. Tom, Harry y Rose se agarraban los costados mientras reían.

«¿Qué me he perdido?», preguntó Shelly, con los brazos llenos de mullidas toallas blancas.

Harry señaló la piscina, donde una Marian empapada había salido a la superficie y estaba nadando como un perro hacia el borde.

«No tiene gracia, Fin», le respondió a Fin, que ahora estaba haciendo el pino en el agua.

Harry la ayudó a salir y ella se sentó a un lado, pateando agua en dirección a Fin.

Shelly se quitó la bata. «¡El último en entrar es un perdedor!». Corrió a un lado, metiendo las piernas en alto y se tiró como una bala de cañón a la piscina.

Rose se desabrochó los pantalones cortos y se los quitó, tratando de no quedarse boquiabierta al ver el bronceado y musculoso pecho de Tom. Ejecutó una elegante zambullida, entrando en el agua y tocando el fondo de la piscina. Esto es el cielo, pensó mientras salía lentamente a la superficie y daba la vuelta para gatear. La piscina estaba en silencio y Rose cruzó la longitud sin interrupción. Se detuvo en una isla de palmeras, sonriendo al ver a Harry y Shelly besándose y abrazándose en la parte poco profunda.

Fin estaba bromeando con Marian, echándole agua a la cara. Miró a su alrededor en busca de Tom y vio una línea de burbujas bailando en una línea antes de que su rostro apareciera directamente frente a ella.

«Puedes nadar», dijo, con una sonrisa.

«Puedo».

«Pensé que podría tener que rescatarte».

«Es más probable que sea al revés», dijo Rose con aspereza. Con un movimiento rápido de sus piernas, se había ido, nadando alejándose de él hacia el otro extremo de la piscina.

Podía oírlo seguir y aceleró. Rose se aferró a un costado y se giró para mirarlo.

«Realmente puedes nadar. ¡Eres más rápida que Fin!».

«¿Eso te sorprende?».

«Sí». Se quitó el cabello mojado de la frente. Estás llena de sorpresas, Rose Archer.

Y tú eres malhumorado y enigmático, hermoso y misterioso, pensó Rose, mientras avanzaba suavemente sobre el agua.

«Me alegra que estés aquí». Tom la miraba directamente, haciendo que su estómago se volviera y su labio inferior temblara.

«Igualmente», respondió ella, sonrojándose ligeramente.

«Oigan, chicos». Shelly les indicó que se acercaran. «¿Les apetece un helado?».

El sol se hundió lentamente en el cielo y una brisa fresca refrescó la tierra. Después de una tarde de tomar el sol, regresaron a sus habitaciones. Rose se sentó en su cama, esperando que Marian terminara de usar la ducha. Se comunicó con su madre por Facetime, asegurándole que estaba bien y que la estaba pasando muy bien.

«El hotel es encantador». Rose se puso de pie y pasó su teléfono por la habitación.

«Está lloviendo aquí». Fran puso una cara triste. «Supongo que hace un calor glorioso en Mallorca».

«Bueno, tenemos aire acondicionado, así que en realidad es bastante genial. Me quemé los hombros».

«¡Rose! Te advertí que tuvieras cuidado con el sol. Eres pelirroja, recuerda. ¿Qué factor estás usando?».

«Treinta. Tal vez debería subirlo a cincuenta».

«Sí. Haz eso», Fran sonrió. «¿Tu abuela quiere saber si ya has conocido a algún español guapo?».

Rose chasqueó la lengua. «No y no estoy buscando, muchas gracias».

«Tienes un montón de tiempo». Fran frunció los labios ante la pantalla.

· · ·

«Mamá, ¿qué estás haciendo?».

«Solo te envío un beso de parte de todos nosotros». Podía oír a su padre gritar de fondo que la echaba de menos.

Marian había dejado de cantar y el sonido de la ducha había disminuido.

«Mamá, tengo que irme, pero te llamo en unos días, ¿de acuerdo?». Rose lanzó besos a su teléfono. «Los amo a todos. Te veo pronto».

Marian salió del baño envuelta en una toalla y con el cabello recogido a modo de turbante.

«Ten cuidado con el grifo caliente, sale muy fuerte, casi me quema».

«Lo haré». Rose arrojó su teléfono sobre la cama y, recogiendo sus artículos de tocador, cerró firmemente la puerta del baño detrás de ella.

«¿Que piensas de este vestido?», preguntó Marian un rato después. Sostenía un maxi vestido sin tirantes azul hecho de puro algodón.

«Muy bien», respondió Rose. «¿Qué hay con el mío?». Señaló el vestido blanco que colgaba del riel del marco.

«Muy diosa de los años cincuenta, especialmente ahora que te cortaste y teñiste el cabello».

Rose miró en el espejo sus rizos rubios cortados, recién lavados y con olor a acondicionador de manzana. Se inclinó hacia delante y se aplicó cuidadosamente un delineador plateado debajo de los párpados.

«Rose», comenzó Marian, de repente luciendo astuta, «¿Fin tiene novia?».

«No tengo idea». Rose rompió la parte superior del lápiz de color. «Apenas sé nada sobre los hermanos Sinclair».

«Yo tampoco».

Rose se volvió hacia Marian. «Aunque parece un tipo muy agradable».

«Lo es». Las mejillas de Marian se sonrojaron y miró hacia abajo para abrocharse las sandalias. «Aunque es más joven que yo».

«No por mucho», respondió Rose. «Tú...?».

Marian suspiró. «Sí, me gusta, pero no estoy segura de si los sentimientos son recíprocos. Fin es... bueno... es amigable con todos, ¿no?».

«Deberías decírselo». Rose se puso de pie y pasó junto a ella para abrocharle el vestido.

«¡No podría hacer eso!». Marian sacudió la cabeza con fervor. «¿Y si me rechaza o se ríe?».

Rose miró fijamente a Marian. Para ser una mujer segura de sí misma y con tantos ingresos, la vulnerabilidad de Marian la sorprendió.

«Tal vez deberías conocerlo un poco mejor», aconsejó. «Diviértete y mira lo que sucede».

Marian se tiró en la cama. «Mi vida es como estar en una caminadora de presión constante. El trabajo es una locura, casi no tengo vida social y, entre tú y yo, estoy sola, Rose. Nadie sabe cómo me siento realmente, por supuesto. Todos me miran y piensan que soy una hábil voladora que lo tiene todo, pero no... realmente no».

«Luego, estas vacaciones son justo lo que necesitas». Rose colocó una mano reconfortante sobre su hombro. «Pero Fin regresará pronto a Australia».

«Lo sé. Estaba pensando en tener un romance de vacaciones sin ataduras. Un poco de diversión alegre. ¿Eso me hace sonar superficial y egoísta?».

«Por supuesto que no», respondió Rose. «Te hace humana».

«¡Bien!». Marian sonrió. «Me alegra contar con tu bendición. ¿Vamos a encontrarnos con los demás, si estás lista?».

«Vamos».

~

Los seis paseaban lentamente por el camino marítimo. A pesar de que era de noche, la playa todavía estaba ocupada. Rose pudo ver a la gente flotando en el agua y un gran grupo estaba jugando voleibol en la arena. Se detuvieron frente a un restaurante al aire libre y examinaron el menú.

«Esto suena bien», dijo Marian, señalando la sección de pollo. «¿Comemos aquí?».

«Pensé que podríamos ir al bar en el que solía trabajar. Tienen música en vivo y también venden comida». Shelly estaba señalando un restaurante construido en una salida rocosa más arriba.

«Suena bien, ángel». Harry enganchó su brazo alrededor de la cintura de Shelly, acercándola.

El restaurante estaba ocupado, pero cuando el gerente vio a Shelly, se acercó corriendo.

«Shelly, ¿eres realmente tú?». Dejó el bloc y el bolígrafo en la mesa más cercana y la abrazó bruscamente.

«Hola, Darius», Shelly besó sus dos mejillas, «es bueno verte».

«Ven, ven». Los hizo pasar a todos adentro y los condujo a una gran mesa con vista al mar. «¿Qué estás haciendo aquí? ¿Seguro que no buscas un trabajo?».

«No», se rió Shelly, «estoy de vacaciones y me caso aquí».

«¿Qué?». Darius pasó una mano por su cabello color caramelo. «¿Quién es el afortunado?».

«Este es Harry», dijo Shelly con orgullo, «mi futuro esposo».

. . .

Darius palmeó a Harry en el hombro. «Eres un tipo afortunado. Siempre esperé que se asentara conmigo».

«Qué bromista». Shelly se echó el cabello hacia atrás. «¿Cómo está Carmella?».

«Ella esta aquí. Iré a buscarla».

«¿Todavía trabaja en la cocina?», Shelly parecía sorprendida.

«Ella es mi mejor cocinera. Pero puede que te sorprendas cuando la veas». Darius se giró y le gritó a Carmella que saliera. Una pequeña dama española apareció en la puerta de la cocina, sosteniendo un batidor y vestida con un delantal blanco. Mientras se acercaba, Rose notó su estómago protuberante. Al verse, Shelly y Carmella chillaron.

«Te ves bien», dijo Carmella, «es un placer volver a verte, mi amiga inglesa».

«¿Estás embarazada?», preguntó Shelly mientras se abrazaban.

«¿Qué opinas?», Carmella puso los ojos en blanco. «¡Por favor, no supongas que ahora estoy gorda!».

«Nuestro bebé nacerá pronto». Darius colocó su mano sobre el estómago de Carmella.

«No más fiestas para mí», dijo Carmella, «¡ahora tengo tobillos hinchados, almorranas y estrías!».

«Pasamos buenos momentos», dijo Shelly, con los ojos empañados. «¿Recuerdas cuando te bañaste desnuda con esos alemanes?».

«¡Cállate!», Carmella se rió. «No le entregues todos mis secretos a Darius».

Mientras las dos chicas recordaban, Rose recogió los menús y los pasó.

«Qué vista tan increíble», dijo Fin arrastrando las palabras. «Voto por un día de playa mañana. ¿Qué piensas, Rose?».

«Um, sí». Rose asintió, consciente de que Marian miraba a Fin con añoranza.

Darius abrió su libreta y preguntó qué les gustaría beber.

«¿Compartimos una botella de vino?», sugirió Marian.

Pidieron Prosecco para las damas y cerveza para los hombres.

«¿Quienes son todas estas personas?», preguntó Carmella, mirándolos con interés.

«Fin y Tom son los hermanos de Harry. Han viajado desde Australia solo para nuestra boda. Esta es mi hermana mayor, Marian, y esta...», pasó un brazo por el de Rose, «es mi mejor amiga».

«Son todos bienvenidos en Sa Coma», Darius hizo una reverencia teatral, «así que relájense y disfruten del hermoso paisaje y de nuestra excelente comida». Se llevó a Carmella de vuelta a la cocina.

«Esto realmente es el cielo», suspiró Rose, mirando el mar ondulante.

«La vista es impresionante». Pero Tom no estaba mirando al mar, estaba mirando directamente a Rose. Ella sostuvo su mirada por un momento y luego desvió la mirada hacia Marian, que estaba vertiendo vino en tres copas de cristal.

«Un brindis», Marian sostuvo su copa en alto, «por Shelly y Harry».

Los vasos de cerveza tintineaban contra las copas de vino y, en el fondo, el sol se deslizaba lentamente por un cielo vespertino rojo sangre.

dieciocho

Rose se despertó con el sonido de una marea matutina rompiendo contra las rocas. El cabello le había caído sobre la cara y le hacía cosquillas en la nariz y el labio superior. Rodó sobre su espalda y miró las ranuras en el techo. La cortina del patio se arqueó hacia adentro, atrapada en una fuerte ráfaga de viento. Desde afuera, podía escuchar el sonido distante de un camión retumbando y trabajadores que se gritaban alegremente unos a otros. Rose buscó a tientas sus anteojos y los encontró en la mesita de noche junto a su teléfono, que le informó que eran las siete y media. Sus pensamientos vagaron hasta la noche anterior; una deliciosa comida, seguida de unas copas en el bar del hotel. No había sido una noche tarde; todos estaban cansados del viaje y el alcohol había intensificado el cansancio. Esta mañana, Rose se sentía fresca y emocionada por lo que le esperaba: la playa.

La puerta se abrió y Marian entró caminando a toda velocidad. Llevaba ropa deportiva y zapatillas deportivas y su cabello estaba atado en una cola de caballo alta que se movía de un lado a otro.

«¿Te preguntabas dónde estaba?», preguntó alegremente.

Rose se aclaró la garganta. «Supuse que estabas en el baño. ¿Has estado corriendo?».

«Sí, a lo largo del paseo marítimo y es hermoso». Se quitó un zapato. «¿Te importa si me ducho primero? Estoy empapada en sudor».

«Adelante». Rose se dejó caer sobre su almohada y alcanzó su libro mientras Marian depositaba una línea de ropa en el suelo y desaparecía en el baño.

Rose decidió sentarse y leer en el patio. La luz del sol caía a raudales sobre sus pies y muslos mientras se acomodaba en una de las sillas de mimbre. Observó a un hombre que jugaba frisbee con su perro en la playa y a una pareja de jóvenes que patinaban tomados de la mano. El océano brillaba en la distancia; una vasta extensión de azul brillante, besaba el cielo sin nubes, donde los pájaros se agachaban y se zambullían, cantando al mundo. Era tan hermoso que dejó sin aliento a Rose. Cogió su teléfono, tomó algunas instantáneas y luego se las envió a su madre; una postal digital desde Mallorca.

«Es todo tuyo». Marian asomó la cabeza por la puerta. «¿Disfrutando de la vista?».

«Es impresionante». Rose se puso de pie y caminó hasta el baño donde se paró debajo de la ducha, disfrutando la sensación del agua fresca sobre su piel desnuda.

Una vez que estuvo limpia y seca, buscó en el cajón su traje de baño, pantalones cortos y camiseta. Rose recogió su cabello en un moño corto y luego aplicó una capa de brillo labial.

«¿Vamos a desayunar?».

Marian asintió. «Estoy famélica. Supongo que los demás todavía están dormidos. Shelly siempre fue una holgazana».

Rose cogió su teléfono. «Le enviaré un mensaje de texto cuando estemos en el restaurante».

. . .

Fue una sorpresa ver a Shelly ya allí, sentada con los hermanos Sinclair, tomando café.

«¡Estás despierta!». Rose la abrazó brevemente antes de deslizarse en un asiento vacío.

«No suenes tan sorprendida», respondió Shelly con una risa, «ahora soy madrugadora. Madrugo todas las mañanas por la estación de radio».

«¿Echas de menos Australia?», Rose alcanzó la cafetera.

«Echo de menos a la gente, a mis amigos y al perro, por supuesto, pero estoy feliz de estar de vuelta aquí. Echaba de menos este lugar».

«Tal vez podría visitarte en Australia», Marian cortó un croissant, «y Rose podría venir conmigo».

Rose tragó saliva. «Ese es un vuelo largo».

«Sería genial si lo hicieran». Shelly dejó escapar un chillido emocionado. «No tendrían que pagar por la estancia, por supuesto».

«Bueno. Lo anotaré en la sección de cosas por hacer de mi agenda», dijo Marian, con una pequeña sonrisa.

Rose miró a Fin, tratando de evaluar su reacción, pero él estaba mirando su desayuno frito.

«Y yo tendré que pensar en eso», interrumpió Rose. La idea de un vuelo tan largo le había enviado un escalofrío que le recorría la espalda, a pesar de que la mañana ya era brillante y calurosa.

Una mesera sonriente le trajo a Rose un plato de tocino y huevos de aspecto delicioso y Rose lo comió, escuchando a Shelly parlotear sobre su agitada travesura de medianoche.

«Juro que la araña era así de grande». Hizo un gran círculo con las manos. «Harry la persiguió por el dormitorio un par de veces antes de atraparla con una taza».

«¿La aplastaste?», Marian levantó la vista de su tostada.

«Por supuesto que no», respondió Shelly. «La tiramos por la ventana».

«Deberías ver las arañas en Australia», dijo Fin arrastrando las palabras. «Te miran con actitud». Todos se rieron de eso.

«Espero que hayas tenido una buena noche de sueño después de eso», dijo Rose, limpiándose el huevo que escurría.

«No, porque luego voló una polilla y era grande y peluda». Shelly se estremeció. «¡Fuchi! Creo que odio más las polillas que las arañas».

«Sin embargo, la cama era cómoda», dijo Harry, con una sonrisa descarada. «¿Cómo dormiste, Rose?».

«Bien», Rose tragó su comida. «Fui a fondo, sin problemas». «Estaba durmiendo como un bebé cuando salí a correr».

Fin miró a Marian con sorpresa. «No te había catalogado como del tipo deportivo».

«Oh, sí», dijo Marian, con un movimiento de su cabeza. «Mantenerme en forma es importante para mí, un cuerpo sano, una mente sana».

Fin asintió con aprobación y Rose sonrió por la forma en que Marian lo miraba.

Se volvió hacia Tom, que miraba malhumorado por la ventana. «¿Tu habitación es bonita?».

Rose tragó saliva cuando él dirigió su penetrante mirada hacia ella.

«Está bien. Me he alojado en lugares mucho peores». Estiró los brazos por encima de la cabeza y Rose notó la ondulación de los músculos tensos del pecho debajo de su camisa. «La cama estaba llena de bultos. ¿Como estuvo la tuya?».

«La mía era... suave y cómoda, perfecta».

Tom levantó una ceja hacia ella. «Me alegro de que te guste tu cama».

Un calor se extendió por las mejillas de Rose. «Sí. Quiero decir que es genial dormir hasta tarde».

«¿Qué más podrías hacer en ella?». Sus labios se curvaron en una sonrisa y Rose sintió que se le aceleraba el pulso.

«Disculpen», Shelly estaba de pie con las manos en las caderas, «si ustedes dos terminaron de hablar sobre las camas, ¿podemos comenzar este día?».

~

Rose decidió aplicar su crema solar en la habitación antes de que salieran a la luz del sol.

«Debo tener cuidado con el sol», le dijo a Marian, que se estaba limando las uñas de los pies. «Me quemo fácilmente».

«Eres una pelirroja típica en ese sentido». Marian agitó su aplicador en el aire. «¿Te bronceas?».

«Finalmente. Tú debes broncearte muy fácilmente». Miró las piernas desnudas de Marian, que ya eran de un envidiable color marrón claro.

«Rara vez me bronceo», estuvo de acuerdo Marian. «Puedo sentarme en el jardín de casa todo el día».

Rose apuntó la boquilla a su pierna y un chorro de crema solar salió disparado, no la alcanzó y golpeó las sábanas con un chapoteo. Lo intentó de nuevo y esta vez tuvo éxito. Enérgicamente, se lo frotó.

«¿Quieres que te ponga en la espalda?», preguntó Marian. Rose le pasó la botella con un "por favor".

«¡Oh, está frío!». Se retorció al sentir la crema solar fresca.

«Tal vez Tom podría frotarte un poco más tarde», bromeó Marian.

«¿Tom?». Rose hizo una mueca cuando las manos de Marian golpearon su espalda.

«He notado la forma en que te mira, Rose».

«Él solo está siendo amistoso».

«Creo que es más que eso. Fin me dijo que está soltero». Marian bajó la voz a un susurro, aunque no era necesario ya que las paredes divisorias eran muy gruesas. «Aparentemente estaba comprometido y le rompieron el corazón».

«¿Es por eso que está tan callado... tan malhumorado?», Rose preguntó.

«Probablemente». Marian se encogió de hombros. «Tal vez lo que necesita es un poco de diversión alegre como el resto de nosotros».

«No estoy interesada en una aventura de vacaciones», dijo Rose con firmeza. Añadió en silencio, «y definitivamente no quiero que me rompan el corazón».

«A veces, estas cosas suceden cuando menos lo esperas», Marian recogió su toalla de playa y la metió en su bolso, «y definitivamente no diría que no a un poco de nalgadas y cosquillas con Fin».

Sus palabras hicieron reír a Rose. «Entonces creo que deberías hacer un movimiento antes de que terminen las vacaciones».

Atravesaron lentamente el hotel y salieron a una calle principal, por donde pasaban los autocares, arrojando nubes de polvo y gente en scooters que pasaban zumbando, tocando bocinas y gritando buenos días.

«La gente es muy amable aquí», comentó Rose, mientras cruzaban la concurrida calle.

«En parte, por eso me quedé tanto tiempo», coincidió Shelly.

«¿Cuánto tiempo viviste aquí?», preguntó Rose.

«Dos años. Cuando terminó la temporada navideña, trabajé en la granja de la familia de Darius». Ella bajó la voz. «Tuve un romance vertiginoso con el jefe de meseros en ese momento, pero se apagó y lo último que supe es que estaba estudiando negocios y economía en Barcelona».

«Has tenido una vida tan emocionante», dijo Rose con nostalgia, «visto tantos lugares».

«Pero no hay lugar como el hogar», dijo Shelly, mientras se acercaban a la playa.

«¿Donde esta el hogar?», Rose inclinó la cabeza hacia un lado mientras miraba a su amiga.

«En este momento son Australia y Gran Bretaña, no puedo decidir cuál amo más».

La arena estaba invadiendo las chanclas de Rose. Caminaron alrededor de un muro bajo hacia la playa y ella miró con entusiasmo el mar. Fin dejó caer su toalla y se quitó la camiseta.

«¡No podemos parar aquí!», Marian lo reprendió, «necesitamos tumbonas y sombra». Señaló un grupo de tumbonas con palmeras para dar sombra.

Continuaron, más cerca del mar.

«Llegamos en el momento adecuado», continuó Marian, con un asentimiento de satisfacción, «hay mucho espacio».

La playa estaba tranquila, salvo por un puñado de gente que tomaba el sol. Rose vio a un par de niños pequeños saltando en las olas y un perro persiguiendo a través de las suaves olas.

«Esto es idílico», dijo, enrollando su toalla en una de las tumbonas.

«Entonces», Shelly levantó los brazos por encima de la cabeza y se quitó la bata, «¿quién viene al mar conmigo?».

Fin saltó. «Una carrera». Luego se fueron, corriendo hacia el agua con Shelly persiguiéndolo de cerca.

Rose se volvió hacia Harry. «¿No vas a entrar?».

Harry miraba a su futura esposa con una sonrisa. «Voy a

trabajar un poco en mi bronceado». Se estiró boca abajo en la tumbona. «Shelly me dice que eres una gran nadadora».

«No lo hago tan mal», Rose se sentó, enterrando los dedos de los pies en la suave arena dorada.

«Y ella dijo que eres modesta». Harry pasó una mano por su cabello pelirrojo. Ha sido bueno para ella verte de nuevo. Shelly no tiene muchos amigos, de verdad, quiero decir. Muchas de las personas con las que andamos están en el circuito de las celebridades. Aspirantes, mimados y superficiales. Es el lado no tan glamuroso del trabajo de Shelly».

«¿Y qué hay de tu trabajo? ¿Siempre has sido médico?».

Harry se movió y apoyó la barbilla en sus antebrazos. «Originalmente me formé como veterinario, pero cambié de opinión. Ahora me pregunto si tomé la decisión correcta. Los pacientes humanos pueden ser tan desagradecidos, tan desconfiados. Mientras que los animales, cuando están enfermos, son todo lo contrario».

Rose asintió con la cabeza. «Amo los animales. Tal vez algún día seguiré mi sueño de trabajar con ellos».

«¿Por qué no hacerlo ahora?», Tom sugirió. «Estás desperdiciando tu vida en ese centro de llamadas».

Rose lo miró, sintiéndose irritada. «Yo no lo llamaría un desperdicio. Paga muy bien».

«Pero, ¿te satisface? ¿Te desafía? ¿De verdad te encanta ir a trabajar todos los días?».

Estaba de pie al pie de su tumbona, sonriéndole perezosamente.

«No. A los tres», admitió Rose. «Pero no es tan simple cambiar de carrera. Aquí estás hablando de una importante decisión de vida».

«Creo que deberías hacerlo». Cogió una pelota y la hizo girar expertamente en su dedo. «¿Crees que podrías desafiarme a un juego de voleibol acuático? ¿O es demasiado extremo para ti?».

Los ojos de Rose se entrecerraron detrás de sus gafas de sol; para alguien tan guapo, seguro que tenía una actitud.

Se puso rápidamente de pie de un salto y corrió detrás de Tom, tomándolo desprevenido. Tenía la pelota en la mano y corría por la arena caliente. «Creo que eso ya es un punto para mí», gritó con aspereza.

diecinueve

Al final, todo el grupo estaba en el agua, golpeando la pelota con las manos de lado a lado. Al principio eran mujeres contra hombres, pero después de que las chicas perdieran, Marian se hizo cargo y las mezcló. Rose golpeó la pelota alto, salpicando a Tom en la cara mientras se lanzaba para devolverla. Después de una hora en el agua tibia, Marian reconoció la derrota de su equipo y detuvieron el juego.

«Mira hacia allá», le dijo Fin a Rose mientras nadaba lánguidamente sobre su espalda.

«¿Mmm?». Estaba contemplando un hermoso cielo despejado, soñando despierta con lo que podría ponerse esa noche.

«Más diversión en el agua». Él la salpicó en la cara, haciendo que ella se pusiera de pie de un salto. Rose se protegió los ojos mientras miraba en la dirección que él señalaba. Más adelante, pudo distinguir un grupo de personas con chalecos salvavidas, nadando hacia un hombre en una lancha rápida.

«Es un sofá inflable», dijo, antes de que ella pudiera preguntar, «son muy divertidos. ¿Te apetece ir?».

«¿Es seguro?», preguntó dudosa.

«Claro», sonrió Fin. «No eres gallina, ¿verdad, Rose?».

«No lo escuches», Shelly nadó hacia ellos, «te hará hacer todo tipo de locuras temerarias».

«No le tengo miedo al agua», dijo Rose, con una sonrisa decidida. «¿Alguien más quiere ir?».

«¡Yo voy!». La mano de Marian se levantó. «En realidad parece divertido».

Rose y Shelly la miraron sorprendidas.

«¿A quién está tratando de impresionar?», Shelly murmuró.

«¿Qué hay de ti, Tom?», Rose lo llamó, pero él estaba nadando alejándose de ella con Harry, de vuelta en dirección a sus tumbonas.

«Parece que somos solo nosotros tres entonces». Marian comenzó a nadar en dirección al quiosco de pago. «Vamos entonces».

El asistente verificó que sus chalecos salvavidas estuvieran firmemente en su lugar antes de decirles, con una amplia sonrisa, que se divirtieran.

«Espérenme», balbuceó Marian, mientras Fin y Rose surcaban rápidamente las olas.

Se subieron al sofá inflable y colocaron a Marian en el centro.

«Hola, chicos», Marian saludó a los hombres en la lancha motora, «vayan con calma». Los dos hombres le dieron un pulgar hacia arriba y una risa que, a los oídos de Rose, sonaba bastante siniestra. Rose notó que Marian estaba agarrando los pasamanos con tanta fuerza que podía ver el blanco de sus nudillos.

«Relájate», dijo Fin entre risas, «deja que tu cuerpo se deje llevar por el movimiento del mar».

«De acuerdo». A Marian le castañeteaban los dientes y Rose se sintió abrumada por una premonitoria sensación de preocupación. Tal vez esto no fue una buena idea, pensó fugazmente cuando el inflable comenzó a moverse.

. . .

Comenzó con bastante suavidad, pero luego el barco impulsó sus motores a modo rápido. El sofá comenzó a mecerse, luego a rebotar y luego a elevarse en el aire.

«¡Jesús!», gritó Marian. «¡Esto es horrible!».

Junto a ella, Fin y Rose estaban siendo arrojados, pero ambos reían y disfrutaban de la emoción.

La lancha ejecutó un giro brusco y se desviaron a la derecha, rebotando en el aire.

«¡Me quiero bajar!», Marian se había vuelto de un tono rojizo y se aferraba con todas sus fuerzas mientras la arrojaban de un lado a otro.

«¡Guau!», gritó Fin. «Ve más rápido, amigo».

El capitán del barco levantó el pulgar en reconocimiento y aceleró un poco.

El inflable se balanceó hacia arriba. Rose estaba gritando de risa y alegría, pero a su lado, Marian estaba sollozando. Entonces, de repente, apareció una ola de la nada y, cuando se estrellaron contra ella, los tres fueron arrojados de sus asientos al agua con un chapoteo resonante.

Rose salió a la superficie, buscando frenéticamente a Marian. Había sido impulsada más lejos y se mecía arriba y abajo en el oleaje del océano. Fin la alcanzó primero.

«Te tengo», la tranquilizó, tomándola en sus brazos. Marian se aferró a él, las lágrimas corrían por su rostro ceniciento.

«¿Estás bien?», Rose jadeó.

«No. Estoy malditamente mal. Esa fue la experiencia más horrible de mi vida. Por favor, no me digas que disfrutaste eso».

Rose estaba sonriendo.

«Creo que es una adicta a la adrenalina de clóset», dijo Fin, con satisfacción.

· · ·

«¿Están bien?». Los hombres de la barca se asomaban por el borde y los miraban con preocupación.

Fin levantó la mano. «Todo bien, pero creo que ella ha tenido suficiente diversión inflable por un día».

«¿Quieres que te remolquemos?», preguntó el capitán de la lancha rápida.

«No», espetó Marian, «no voy a volver a subirme a esa cosa».

Nadaron lentamente hacia atrás, Marian se quejó todo el camino. «Me duelen los brazos», dijo.

«Eso será porque te estabas agarrando con demasiada fuerza».

«No tenía otra opción», respondió ella. «¿Ustedes dos realmente disfrutaron esa experiencia? Difícilmente lo describiría como una emoción».

«Prefiero ir en eso que en un avión», dijo Rose consoladoramente. «Tengo terror a las alturas».

Marian resopló, luciendo completamente desaliñada. «Bueno, no participaré en más deportes acuáticos. A partir de ahora, mis pies se mantienen firmes en la playa».

«Parece que somos solo tú y yo entonces». Fin deslizó una mirada burlona a Rose y luego sus pies estaban en el suelo y Shelly corría hacia ellos, preguntando si estaban bien.

Para almorzar, caminaron hacia el centro para cenar en un pub británico y un bar de karaoke.

«Entonces, ¿qué haremos a continuación, Rose?», Fin preguntó, mientras comían su comida.

«Creo que voy a tener una tarde de ocio», respondió Rose, con una sonrisa.

Notó que Tom miraba con ojos rasgados de ella a Fin, pero su hermano parecía no darse cuenta de la atención repentina.

«Me di cuenta de que tienen un bote banana y un parapente. ¿Te atrae eso?».

Rose hizo una mueca. «No estoy segura sobre el parapente, como saben, no me gustan las alturas, pero el bote banana suena divertido».

Marian se estremeció. «No hubo nada divertido en esa experiencia».

«¿Desde cuándo te volviste tan temeraria?», Shelly señaló con su tenedor a Rose. «Estoy seriamente impresionada, Archer».

«Me siento valiente», respondió Rose. «Tal vez el sol se me ha subido a la cabeza».

«Y tal vez estuvo allí todo el tiempo», dijo Shelly, con una sonrisa cariñosa, «escondida debajo de todo ese cabello y comportamiento tímido».

Más tarde en la tarde, Fin logró convencer a Rose de subirse a otro inflable. Esta vez eran solo él y ella, acostados boca abajo mientras la lancha rápida zumbaba y los volteaba a través del mar.

«Eso fue increíble», dijo Fin, mientras nadaban de regreso a la orilla.

«Me siento un poco enferma», Rose hizo una mueca. «La comida y los paseos inflables no se mezclan».

«Entonces te dejaré relajarte por el resto del día», sonrió Fin, «broncea ese hermoso cuerpo tuyo».

Los pensamientos de Rose se dirigieron inmediatamente a Marian. «La hermana de Shelly es una buena chica, ¿no?».

Fin frunció el ceño. «Supongo que sí».

«Quiero decir, debajo de toda esa fachada de alto vuelo, ella es realmente humana y.... agradable».

«¿Agradable?», Fin hundió la barbilla en el agua. «No es un rasgo que suelo encontrar atractivo en una mujer».

Rose intentó una táctica diferente. «Pero ella puede ser de mal genio. Apasionada, incluso y sé que le gustan los hombres que son un poco salvajes y peligrosos».

Fin farfulló de risa. «¿Es eso una pista? Ya sé que le gusto, Rose. Harry me lo dijo y me di cuenta por la forma en que ella me miraba».

«¿Pero los sentimientos son recíprocos?», Rose lo miró de soslayo, pero su expresión era inexpresiva e ilegible. «Lo siento, eso fue entrometido de mi parte, no quise inmiscuirme».

«Sé cuáles son tus intenciones: acercarnos a mí y a Marian. ¿Estoy en lo correcto?».

«¿Sería tan mala idea un romance de vacaciones?».

Fin arrojó agua a Rose. «Yo podría preguntarte lo mismo».

«Oh, solo estoy aquí por los deportes acuáticos», se rió Rose, pero sus ojos buscaron a Tom en la playa.

«Sí, claro». Con un movimiento repentino, Fin empujó a Rose bajo el agua. Cuando resurgió, él estaba ejecutando un crol rápido alejándose de ella. Pero luego se dio la vuelta.

«Ten cuidado con mi hermano, Rose. Él es el que es realmente peligroso».

Movió las piernas, desapareciendo bajo las olas y Rose se quedó contemplando qué podía exactamente haber de peligroso en el tranquilo Tom Sinclair.

Rose estaba complacida cuando se miró en el espejo más tarde esa noche. El enrojecimiento y el dolor en su piel habían disminuido, y un tenue color marrón había comenzado a cubrir su cuerpo. Aparte de su estómago y la parte inferior de la espalda, que seguían siendo de un color blanco pálido.

«¿Por qué no te pones un bikini?» sugirió Marian. «Podrías tomar prestado uno de los míos».

Rose se mordió el labio. «Me siento más cómoda en traje de baño».

«Pero nunca te broncearás el estómago». Marian sonaba

horrorizada ante la idea de un estómago blanco. «Al menos pruébate uno».

Sería más fácil ceder, así que Rose asintió con la cabeza. Marian giró en el acto. «¿Como me veo?».

«Hermosa». Rose sonrió ante su traje corto de lunares y sus cuñas altas.

«Y te ves impresionante». Había una nota de envidia en las palabras de Marian. «No creo que Fin esté interesado en mí, parece estar seriamente interesado en ti».

«No me gusta Fin», respondió Rose rápidamente. «Bueno, no de esa manera».

«¿Tú no...?», Marian la miraba con recelo. «No lo culparía a él ni a ti, tienen mucho en común y yo... bueno, odio toda esa mierda de adicto a la adrenalina».

«No me parezco en nada a Fin», gritó Rose, «soy tímida, seria, una friqui».

«Lo eras», corrigió Marian, «hasta que regresó mi hermana. Tiene la habilidad de sacar a relucir el extrovertido oculto que todos llevamos dentro».

«El mar me ha hecho algo». Rose cruzó para mirar por la ventana. «Es mágico».

«Es hermoso», estuvo de acuerdo Marian, acercándose a ella. «¿Te alegras de estar aquí, Rose?».

«Sí». Rose se giró a regañadientes para recoger su bolso de mano. «Así que vamos a encontrarnos con los demás».

Marian asintió. «Veamos qué nos depara la noche».

veinte

«¿Te apetece un curry?», Shelly se paró en la entrada del restaurante, con las manos en las caderas, mirando expectante al grupo.

«Mientras no sea demasiado picante», respondió Marian secamente. «La comida india me causa una acidez estomacal terrible».

«Hay un montón de platos suaves aquí». Fin señaló con el pulgar el menú.

«¿Qué recomendarías?», Marian se acercó sigilosamente a él, agitando sus pestañas con coquetería. Los dos entraron al restaurante e inmediatamente fueron abordados por un sonriente mesero.

«Parece que vamos a comer aquí entonces». Harry enganchó su brazo alrededor de Shelly y la condujo adentro, donde dos meseros estaban ocupados acercando las mesas para acomodar al grupo.

«¿Te gusta la comida asiática?», Rose miró a Tom, que se veía melancólico y guapo con una camisa negra y pantalones cortos.

«Sí», respondió, «y me muero de hambre después de un duro día holgazaneando en la playa».

«¡Holgazaneando para algunos!», Rose sonrió. «Estoy agotada después de esos paseos inflables y tengo los moretones para probarlo».

Levantó el dobladillo de su vestido y ambos miraron las manchas moradas en sus rodillas.

«Eso es lo que sucede cuando te conectas con Fin». Tom se encogió de hombros.

«Oh no, no me he conectado con él». Los ojos de Rose se abrieron. «Quiero decir, él es un amigo, eso es todo».

«¿En serio?», Tom levantó una ceja. «Por la forma en que hablaba, mi hermano parece enamorado».

Rose tragó saliva. «Probablemente se deba a que ambos compartimos un amor platónico por el agua».

«Bueno, tal vez deberías hacerle saber y dejar de engañarlo entonces».

«¡No lo he engañado!», Rose protestó en voz baja. Un sentimiento de ira se encendió en su estómago mientras miraba a Tom. «Y en realidad no es asunto tuyo, de todos modos. Perdóname». Pasó volando junto a él y hacia los demás, que estaban sentados.

«¡Rose!», Fin palmeó la silla vacía a su derecha y le dedicó una brillante sonrisa. Marian estaba a su izquierda y Harry y Shelly estaban enfrente, lo que significaba que Tom estaría sentado frente a ella. Se deslizó en el asiento vacío mientras el mesero se afanaba alrededor de ellos, tomando la orden de las bebidas.

«¿Qué estás tomando, Rose?», preguntó Shelly.

«Tomaré un coctel», respondió Rose con firmeza, «lo que sea que estés tomando».

«¡Guau!», Shelly levantó los brazos en el aire. «¡Vamos a empezar esta fiesta!».

Tom levantó la vista del menú. «Dijiste que no eres una bebedora. Esos cocteles pueden ser bastante potentes».

«Relájate, Tom», dijo Fin arrastrando las palabras, «Rose está de vacaciones y puede tomar lo que quiera». Le palmeó la rodilla y Rose se puso rígida. Shelly miró de Fin a Tom y luego de nuevo a Rose, con ojos sospechosos. «¿Estás segura de que estás lista para eso? Tom tiene razón, son fuertes si no estás acostumbrada a ellos, y no me gustaría que te enfermes».

«Estaré bien», Rose sacudió la cabeza y tomó un menú, «así que, ¿puedes dejar de quejarte?».

«De acuerdo entonces», Shelly echó un vistazo a la sección inicial, satisfecha de haber hecho lo más sensato y advertido a su mejor amiga.

El sonriente mesero apareció de nuevo en su mesa unos minutos más tarde, llevando una bandeja ovalada muy por encima de su cabeza.

«Cerveza para los hombres», dejó los vasos de cerveza, «y cocteles para las bellas damas».

Rose admiró su bebida. Se presentó en una bonita flauta de cristal con azúcar glaseado alrededor del borde y un paraguas rosa asomando desde la parte superior. Tomó un largo sorbo a través de la pajilla y luego comenzó a toser.

«¡Guau!», los ojos de Rose estaban llorosos. «Eso seguro tiene algo de golpe».

«Mmm, está muy bueno». Marian le ofreció su pajilla a Fin. «¿Quieres un poco?».

«No, gracias». Fin cogió su vaso de cerveza. «La cerveza y los cocteles no son una buena combinación».

«¿No crees que deberías reducir la velocidad?», Tom dijo, con una mirada mordaz al vaso casi vacío en la mano de Rose.

Rose chupó más fuerte y extrajo los restos del líquido.

«¡Otro!». Le hizo señas al mesero. Luego miró fríamente a Tom y dijo: «Estamos aquí para pasar un buen rato y tú no eres mi padre».

Un músculo pulsaba a un lado de la mandíbula de Tom cuando respondió: «No digas que no te lo advertí».

Shelly pidió papas fritas para todos mientras Rose examinaba el menú. Después de decidirse por los bhajis de cebolla como entrada y un bhuna con arroz y ajo como plato principal, se relajó y escuchó a Fin contarle a Marian sobre su vida en Australia.

«Entiendo que eres un adicto a la adrenalina», dijo Marian, entre bocados de ensalada de pepino, «pero ¿qué haces como trabajo diario?».

Fin se encogió de hombros. «Trabajo principalmente en bares, brindo un poco de seguridad en los clubes nocturnos».

Marian tosió. «¿No tienes una carrera, quise decir?».

Fin parecía confundido mientras tomaba un trago de su cerveza. «El océano es mi carrera».

Esta declaración hizo que Marian se riera a carcajadas. «Pero, ¿dónde está tu ambición? El mar es hermoso, pero no paga las cuentas, ¿verdad?».

«Ah», Harry señaló con su tenedor, «ahí es donde te equivocas. Fin es un surfista serio y ha ganado bastante dinero con eso».

«¿Cómo?», preguntó Marian. «¿Tienes un patrocinador?».

«No, nada de eso. Participo en concursos, viajo mucho: Estados Unidos, Sudáfrica, Hawái. Incluso he estado en Cornwall».

«Apuesto a que no fue muy glamoroso», dijo Marian con ironía.

«Fue genial», sonrió Fin al recordar haber surfeado en Fistral Beach, «aunque no fue tan divertido cuando pisé un pez tejedor y me envenené la pierna».

«¿En Inglaterra?», Shelly parecía sorprendida.

«Sí. También hay que tener cuidado con las medusas que hay allí».

«Cornwall no está muy lejos de mi casa en Londres», dijo Marian con entusiasmo. «¿Tal vez podríamos ir allí juntos? Podrías enseñarme a surfear».

Rose hizo una mueca ante la osadía de Marian y miró subrepticiamente a Fin. Pero él parecía tan relajado como siempre e imperturbable por su evidente enamoramiento. Le preguntó a Marian sobre su trabajo en la capital y comenzaron a conversar en tonos más bajos. Shelly y Harry se susurraban cosas dulces, lo que no dejó a Rose otra opción que iniciar una conversación con Tom.

«Entonces», comenzó brillantemente, «¿eres electricista?».

Tom levantó la vista de su comida, sorprendiéndola con su mirada verde. Dios, es hermoso. Rose tragó saliva al darse cuenta de lo atraída que estaba por él.

«Eh... sí». Apartó la mirada y la atracción fue reemplazada por irritación. ¿Cuál era su problema? Rose se preguntó. ¿Por qué parecía ser astuto y estar malhumorado todo el tiempo?

«¿Lo has hecho por mucho tiempo?», Rose insistió, con los dientes apretados.

«Desde que dejé la escuela», respondió en voz baja.

«Debe ser útil tener un oficio. Mi papá es pintor y decorador y nunca ha estado sin trabajo». Rose sonrió, tratando de aligerar la atmósfera tensa entre ellos.

Tom contuvo el aliento mientras su mirada recorría su rostro. «Supongo que lo es».

Rose apartó la mirada y rompió otro trozo de poppadom.

«Eres una gran nadadora».

Su cumplido improvisado la sorprendió. «Gracias».

«Estaba pensando en alquilar un coche», continuó. «¿Te gustaría explorar algunos resorts diferentes conmigo?».

Las palabras salieron de su boca antes de que tuviera la oportunidad de pensar en ello. «Me gustaría mucho», contestó ella.

Tom sonrió. «¡Excelente! Lo organizaré mañana».

Rose le devolvió la sonrisa. «Fabuloso».

«Háblame de tu familia. Parecen cercanos. ¿Los extrañas?».

Rose asintió. «Los estoy extrañando. He estado de vacaciones con ellos todos los años desde que nací. Hemos viajado por toda Inglaterra y Gales también. Pero nunca he estado en Escocia...».

Se quedó callada cuando sus cálidos dedos le quitaron un rizo suelto de los ojos.

«Continúa», le instó.

Rose tragó saliva. «Somos una familia unida, puedo contarles cualquier cosa a mi mamá y a mi papá».

La ceja de Tom se levantó. «¿Y qué hay de tu hermano?».

«Es irritantemente protector. Pero no podría vivir sin él».

«¿Y tu abuela?».

«... es un amor y definitivamente la matriarca de la familia».

«Ella fue muy divertida en la fiesta de Shelly. Me encantan las personas mayores y su actitud de 'sin inhibiciones, que no les importa una mierda'».

«A mí también», dijo Rose en voz baja. «Supongo que cuando has vivido noventa años, ya no te molesta nada».

«Supongo que no».

El mesero volvió a aparecer y les preguntó si estaban listos para su primer plato.

Cuando hubo retirado los platos vacíos, Rose se inclinó hacia Tom, ansiosa por continuar su conversación.

«¿Qué hay de tu familia? ¿Hay hermanas?».

«No, solo mi madre».

«Vaya». Rose se secó la boca, preguntándose por qué no había mencionado a su padre.

Un plato de humeantes bhajis fue colocado frente a ella. «Mi papá nos dejó. Por una mujer más joven». Tom tomó su tenedor y apuñaló su shish kebab.

«Lo siento», Rose miró hacia arriba. «Eso debe haber sido difícil de aceptar».

Tom le dirigió otra de sus intensas miradas que le provocaban temblor en las rodillas. «Realmente no. Fue más un caso de un alivio. Era un derrochador. Piensa en Fin y magnifícalo por diez, sin calidez ni amabilidad».

«¿A él también le gustaba surfear?», Rose tragó saliva.

«No, no le gustaba mucho nada aparte de la cerveza. Era un borracho, aunque negaba tener un problema. No podía mantener un trabajo, pasaba las tareas domésticas de mamá en bares. La policía siempre lo recogía cuando estaba ebrio. No lo he visto en más de diez años».

«Pero, ¿cómo se las arregló tu madre sola con tres chicos».

«Ella tiene cuatro hermanas. Ayudaron mucho y luego está la comunidad donde vivíamos. Mi ciudad natal es un lugar pequeño y muy unido, donde todos conocen los asuntos de los demás. Los vecinos cuidaban a los niños mientras mamá trabajaba en sus tres trabajos. Nos traían comidas completas, nos ayudaban con cosas que teníamos que hacer, ese tipo de cosas».

Rose sonrió y tomó un sorbo de su bebida. «Parece un buen lugar para vivir».

«Lo es si tienes diez años. Pero no hay mucho que hacer para un adolescente aburrido».

«¿Así que ya no vives allí?». Rose terminó su entrante y colocó sus cubiertos cuidadosamente juntos.

«No». Tom se recostó en la silla y estiró los brazos detrás de su cuello. Un movimiento que acentuaba los músculos firmes y bien definidos de los brazos y el pecho. «Vivo a cuatro horas de distancia. Pero voy de visita cada vez que puedo y, a veces, mamá viene a quedarse en mi departamento». Metió una mano en su bolsillo y extrajo una cartera de aspecto maltrecho. «Esta es ella». Me pasó una fotografía tamaño pasaporte de una dama de cabello oscuro y sonriente.

«¡Se parece a ti!».

«Gracias», respondió Tom.

La brisa agitó el cabello de Rose cuando se giró para ver a uno de los meseros empujando un carrito cargado de comida humeante. «Espero poder comer mi plato principal, ese entrante me llenó».

«Estoy seguro de que puedo ayudar si se te dificulta». Tom sonrió, mostrando un par de dientes blancos y parejos.

«No lo animes, Rose», intervino Harry, «come como un caballo y, a diferencia de mí, que tengo que cuidar mi peso, nunca parece tener exceso de grasa».

Puedo verlo, pensó Rose, mientras sus ojos vagaban con aprecio por Tom.

«Amo cada parte gordita de ti». Shelly pellizcó la mejilla de Harry entre el pulgar y el índice.

La conversación giró hacia las próximas nupcias. Shelly recitó el itinerario para el día de su boda.

«El hotel ha sido fantástico. Han organizado todo. ¡Todo lo que tenemos que hacer es aparecer!».

«¿Y qué hay de la despedida de soltera?», comentó Marian. «¿Supongo que puedes separarte de Harry por una noche?».

«Por supuesto», respondió Shelly, «pero dejo que tú y Rose lo organicen».

Después de consumir las comidas principales, Harry pagó la cuenta, un movimiento que pareció indignar a Tom.

«¡No puedes pagar por todos! ¡Déjame!». Dejó una tarjeta de crédito sobre la mesa.

«No», dijo Harry, levantando una mano, «Puedo permitírmelo, Tom. Soy un médico con altos ingresos, ¿recuerdas?».

«Necesitas tu dinero para tu nueva casa», respondió Tom, «y para esos retoños que estás planeando».

Rose se sintió muy emocionada al pensar en las Shellys en miniatura corriendo como locas.

«Queremos disfrutar la vida de casados primero», se rió entre dientes Harry. «Habrá mucho tiempo para criar niños».

«Y mientras tanto», Shelly enganchó un dedo seductor alrededor de la barbilla de Harry, «nos divertiremos mucho practicando». Ella depositó un prolongado beso en su boca.

«¡Oh, por favor!». Marian hizo una bola con la servilleta. «Guárdalo para el dormitorio».

«No tiene nada de malo ser cariñoso en público», respondió Shelly. «Estamos enamorados, y no nos importa quién lo sepa».

«El amor está sobrevalorado», dijo Marian, con los ojos rasgados. «¿Qué piensas, Rose?».

«No lo sabría», respondió Rose, el calor tiñendo sus mejillas.

Podía sentir los ojos de Tom sobre ella y se retorció de vergüenza.

«¡Ese es el espíritu!». Los ojos de Marian brillaron hacia Fin. «Los hombres solo te rompen el corazón. Mantente alejada e invierte en un gato: ese es mi consejo». Ella se rió mientras empujaba su silla hacia atrás. «Entonces, ¿vamos a ir al pub o no?».

El complejo principal consistía en una pequeña franja de tiendas, restaurantes y bares. Era una noche ajetreada y la calle estaba llena de turistas. Se detuvieron frente a una tienda bien iluminada que parecía vender de todo, desde toallas de playa hasta comestibles. Marian se volvió hacia su hermana. «Debo decir que me sorprende que hayas elegido Sa Coma para venir. Hubiera pensado que Palma Nova o Magaluf habrían sido más tu tipo de cosas».

«Te dije que había trabajado aquí», respondió Shelly, «y quería un lugar más tranquilo».

Rose se detuvo junto a una fila de trajes de baño para admirar un bonito bikini rojo.

«Deberías comprarlo». Shelly colocó sus manos sobre el hombro de Rose. «El color se veía increíble en ti».

«Sí, date un gusto», instó Marian, «y ponle un poco de color a esa barriga tuya de botella de leche».

Rose miró la etiqueta del precio. Era relativamente barato, así que, decidida, lo adquirió.

Fin silbó cuando pasó a su lado. «¿Llevarás eso mañana?».

«No», respondió Rose, con un toque de sarcasmo, «pensé que lo compraría solo para verlo».

Mientras esperaba en la caja, notó que Tom la miraba fijamente de esa manera desconcertante suya y su piel se erizó en respuesta. Un vistazo a su reloj le dijo que eran más de las nueve y media. El sol se había puesto y el cielo estaba oscuro, pero aún hacía calor. Rose aflojó el cinturón alrededor de su estómago y se abanicó la cara con una mano.

La dependienta colocó su compra en una bolsa y le devolvió a Rose su cambio antes de desearle una agradable velada.

Reanudaron un lento paseo, charlando entre ellos.

«Disculpen, señoras». Una dama africana bien proporcionada, vestida con una llamativa túnica verde lima, les hizo señas para que se acercaran. Estaba sentada en un taburete, junto a un cartel que anunciaba sus habilidades para peinar el cabello. «*¿Tienes en el pelo?*». Señaló una imagen que mostraba una fila multicolor de cuentas entrelazadas en la cabeza de una modelo.

«¡Sí!». Shelly se dejó caer en un taburete de frente y ladeó la cabeza mientras la peluquera se ponía a trabajar.

«*Tienes un pelo bonito*». La dama africana sonrió a Rose. «*También tienes cuentas*».

«Está bien», asintió Rose, «pero solo una fila».

«Es una estafa», le susurró Tom al oído, «yo podría hacerlo gratis».

Rose rió levemente. «De alguna manera lo dudo».

«Soy muy bueno con mis manos». Cruzó los brazos sobre el pecho mientras ambos observaban cómo los dedos de la mujer trabajaban con su magia sobre la cabeza de Shelly.

Rose tragó saliva. «Eso espero, ya que eres electricista. El cabello, por otro lado, podría ser una historia diferente».

«¿De qué están susurrando ustedes dos?», Marian exigió saber.

«Nada», Rose chilló, «solo hablando de cabello».

Marian los miró con recelo. «Fin ha decidido que él también quiere que le ponga cuentas, por lo que es posible que estemos aquí por algún tiempo. ¿Quieres venir y mirar alrededor de las tiendas conmigo, Rose?».

«¡Pero yo era la siguiente!», Rose protestó.

«Puedes ir después de Fin», espetó Marian autoritariamente, «no tardaremos mucho. Yo, eh... solo necesito conseguir algo».

«De acuerdo». Rose recogió su bolso y siguió a Marian al otro lado de la calle.

«Necesito un poco de alivio para el dolor». Marian hizo una mueca. «Dolor de cabeza del infierno».

«Oh, deberías haberlo dicho. Traje un botiquín de primeros auxilios conmigo».

«Sucedió de repente y no quiero ser un aguafiestas y tener que volver temprano al hotel». Marian bajó la voz. «Creo que estoy a punto de tener suerte con Fin. Ha estado haciéndome cumplidos toda la noche».

«Eso es genial, si estás segura de que eso es lo que quieres». Rose vio el paracetamol y se dirigieron hacia él.

«¿Qué piensas de él?».

Rose respondió lentamente: «Creo que Fin es un buen tipo».

«Es sexy como el infierno», interrumpió Marian, «¿has visto sus pectorales? Y huele divino. ¿Cómo te llevas con Tom?».

«¿Qué quieres decir? ¡No pasa nada entre nosotros, Marian!».

Marian le deslizó una mirada de complicidad. «Todavía no, pero ¿no sería divertido si todos nos engancháramos?».

"No creo que una aventura de vacaciones sea divertida». Rose le pasó las pastillas y la siguió hasta la caja. «Solo ten cuidado de que no te rompan el corazón».

Marian resopló. «Eres tan preocupada, Rose. No voy a proponerle matrimonio al chico. Necesito un poco de alivio del estrés, eso es todo. Mi vida es tan estructurada... tan seria. Un verano de pasión es justo lo que necesito».

Rose se aclaró la garganta. «Suena como un verano de locura para mí».

«¡Ja! A veces todos necesitamos un poco de locura en nuestras vidas, incluida tú, Rose Archer». Marian le dio una palmadita afectuosa en el brazo y, cuando se dio la vuelta para pagar, Rose se quedó pensando que tal vez Marian tenía razón, después de todo.

veintiuno

Una vez que la trenza estuvo firme en su cabello, Rose le pagó a la alegre mujer y se dirigieron hacia un pub-restaurante que tenía música en vivo a todo volumen. Rose sintió que su espíritu se desinflaba cuando leyó un letrero que indicaba que había karaoke todas las noches en este establecimiento en particular. Pero Marian, Shelly y los chicos parecían entusiasmados con la idea de avergonzarse frente a un gran grupo de extraños. Excepto por Tom, que se veía como ella se sentía, horrorizado ante la perspectiva. Se instalaron en una mesa de plástico pálido que estaba astillada y cubierta con diminutos trozos de sal de roca. Una mesera se dirigió a toda velocidad hacia ellos, con un paño desinfectado en la mano.

«¿Qué puedo ofrecerles?», gritó, por encima del estruendo de la discoteca en vivo.

Las mujeres optaron por otra ronda de cocteles, mientras que los hombres pidieron cerveza embotellada. Con un movimiento rápido de su ropa se fue, llevándose el cátsup y el bote de sal. A su alrededor, la gente seguía comiendo. El olor a comida grasienta impregnaba el aire y Rose sintió que se le revolvía el estómago.

. . .

Marian se abrió paso entre las mesas y volvió con una lista de canciones.

«¿Qué tal? ¿Las tres chicas juntas?».

«Oh, no», Rose levantó la mano, «no canto en público».

«Aguafiestas». Marian miró expectante a Shelly. «¿Dime que mi burbujeante hermana está lista para una canción o dos?».

«Mientras no sea, 'Staying Alive'». Shelly pasó un dedo con manicura por la lista de reproducción. Durante los siguientes cinco minutos discutieron sobre la elección de la canción, pero luego se decidieron por una pista de los ochenta que rezumaba el proverbial queso.

Se acomodaron para ver un flujo de personas cantando una variedad de canciones desde los años sesenta hasta la actualidad. El ambiente en el pub era alegre. La gente aplaudía y se balanceaba al compás del tempo.

«Y ahora, damas y caballeros, tenemos dos hermanas de Inglaterra. Suban ahora, Shelly y Marian».

Hubo una lluvia de aplausos. Rose volteó su teléfono de costado y presionó grabar. La máquina de karaoke cobró vida cuando Shelly y Marian abrieron la boca para cantar.

«Son horribles», dijo Fin, mientras las dos hermanas lanzaban las últimas notas.

«¡Oye! Esa es mi futura esposa allá arriba», protestó Harry, golpeando a su hermano en la parte superior del brazo.

«Sé honesto, hermano, no pueden cantar».

«¿Qué hay de ti entonces, Fin?», Rose intervino. «¿Podrías hacerlo mejor?».

«¿Es eso un reto?», Fin sonrió ampliamente.

«¡Sí!», Rose cogió el lápiz. «Dame tu melodía».

«Y si recibo una ovación de pie», dijo Fin rápidamente, me

debes un beso. Hecho». Se inclinó para estrechar la mano de Rose. «Apúntame para New York, New York».

Rose lo miró boquiabierta con sorpresa y notó que Tom fruncía el ceño y negaba con la cabeza.

«Muuuy bien», respondió ella, «aunque es una canción difícil de cantar».

Fin se frotó las manos. «Me encantan los desafíos. Lo mismo ocurre con mis mujeres». Rose se desconcertó cuando él le guiñó un ojo. «Aquí está Marian», dijo con firmeza.

«¿Estuvo bien?», Shelly puso sus brazos alrededor de los hombros de Harry.

«Estuviste genial», respondió Harry, tirando de ella sobre su regazo. «Ustedes dos».

«Fin va a intentarlo», dijo Rose alegremente. Echó hacia atrás su silla y caminó hacia el DJ. Cuando regresó, habían colocado otra ronda de bebidas en la mesa.

«¿Qué es eso?». Rose miró el coctel espumoso amarillo con cautela.

«Daiquiri de plátano», anunció Shelly. «He tomado cientos de esos en mis viajes. Seguro que les gustan en Asia».

Rose tomó un sorbo del líquido a través de la pajilla. «Está delicioso», reconoció, «pero realmente debería reducir la velocidad, mi cabeza ya se siente un poco mareada».

Tom frunció el ceño a través de la mesa hacia ella. «¿Quieres agua?».

Rose asintió. «Es una buena idea».

Los meseros estaban ocupados, así que Tom se acercó al bar de neón brillantemente iluminado. Rose lo siguió, deteniéndose debajo de un ventilador de techo que zumbaba rápidamente.

«Hace mucho calor», le dijo ella, tentada a envolver todo su cuerpo alrededor de la fría barandilla de la barra de metal. «Estoy tan contenta de haber dejado mis jeans de gamuza en casa».

«¿Ibas a traer jeans de gamuza?», Tom se rió entre dientes. «¿Creías que el clima sería el mismo que en Inglaterra?».

«No sabía muy bien qué esperar», respondió Rose, colocando un rizo húmedo detrás de su oreja, «pero hace más calor de lo que esperaba».

«Es bueno que tengamos aire acondicionado en pleno funcionando en las habitaciones, de lo contrario no dormirías mucho».

«Puedo imaginarlo». Rose le hizo una seña al encargado del bar señalando las botellas de agua en la nevera.

«¿Alguna vez has dormido en una playa, Rose?», Tom la miró fijamente.

«Um, absolutamente no». Ella sacudió su cabeza. «¿No hay toneladas de bichos espeluznantes en la playa por la noche?».

«Es posible que veas uno o dos cangrejos», respondió, «y tal vez en Australia puedas tener la suerte de ver tortugas, pero aquí en Mallorca las playas están muy limpias y es una experiencia inolvidable dormir junto al mar. Mejor que cualquier emoción de un paseo en un inflable».

A Rose le asaltó la loca idea de que Tom podría estar un poco celoso del divertido día que había pasado con Fin.

«Deberíamos hacer algo... mañana».

«¿Cómo qué?».

«¿El bote banana?», dijo sin convicción. «Parece divertido».

«Veamos cómo nos sentimos mañana», dijo Tom suavemente. «Demasiados más de esos cócteles y rebotar será lo último en lo que pensarás». Se aclaró la garganta. «Me disculpo, eso sonó grosero».

Rose se rió. «Está bien, sé lo que quisiste decir». Ella lo miró tímidamente. «Sabes, no pareces un hombre australiano tradicional. Pareces más británico, ya que tus modales son impecables».

«¿En serio?». Tom levantó una ceja. «¡Ahora estoy intrigado! ¿Qué ves como un típico hombre australiano? ¿Estás diciendo que no tenemos modales?».

Esta vez fue el turno de Rose de disculparse. «Lo siento, eso fue grosero de mi parte. Siempre imaginé a los hombres australianos como machistas bebedores de cerveza. Que he extraído erróneamente de la prensa y los medios».

Tom aspiró profundamente. «Ay. No, Rose, no todos somos así, ya que supongo que no todos los ingleses son hooligans del fútbol. A Fin le gusta beber, como probablemente habrás notado, pero Harry y yo podemos tomarlo o dejarlo. Supongo que crecer con un borracho significa que te vuelves inmune a los aspectos positivos del alcohol».

«Lo siento», Rose tocó su brazo, «eso fue insensible de mi parte».

«No necesitas disculparte». La sonrisa de Tom creó una sensación de vuelco en su estómago. «Te ves hermosa, por cierto».

«Gracias». Rose sonrió, sintiéndose ridículamente complacida con el cumplido. «Supongo que deberíamos reunirnos con los demás».

Tom recogió las botellas. «Dirige el camino».

La interpretación de Fin de 'New York, New York' fue sorprendentemente buena. De hecho, a medida que avanzaba la canción, pareció ganar confianza y entonó las notas con facilidad. También ejecutó un movimiento de baile que era una especie de combinación de los movimientos de cadera de Tom Jones combinados con los giros sexys de Prince. Las mujeres en el bar comenzaron a vitorear y gritar y una audaz dama de mediana edad incluso se acercó sigilosamente a él y le pasó las manos por el pecho.

El rostro de Marian se volvió atronador. «Qué vulgar», siseó ella.

Pero Fin pareció disfrutar la atención y terminó la canción abrazando a dos completas extrañas.

Rose se desconcertó al notar que las mujeres en el bar empujaban sus sillas hacia atrás para ponerse de pie y aplaudir. Fin captó su mirada y le guiñó un ojo lascivamente antes de dirigirse hacia ella. Por el rabillo del ojo, se dio cuenta de que Marian lanzaba una de sus formidables miradas en su dirección, e internamente deseó que Fin la besara en su lugar. No hay tal suerte. Fin había trazado un camino hacia ella, con una mirada determinada en su rostro.

«Creo que me debes un beso, Rose».

Rose estaba avergonzada y cada vez más enojada por momentos. Fin sabía que a Marian le gustaba románticamente, así que ¿por qué estaba jugando con sus afectos? ¿Era ella un juego para él? Rose se preguntó, mirando a Marian con simpatía.

Cuando apuntó a sus labios, Rose giró la cabeza y le susurró al oído que dejara de hacer el tonto.

Le dio un beso en la mejilla y se echó hacia atrás. «Lo siento. Debo ser el hermano equivocado, ¿eh?».

El calor flameó en las mejillas de Rose. «Me agradas como amigo, Fin, y eso es todo». Murmuró las palabras, esperando que los demás no la hubieran escuchado.

«Me parece bien». Se dejó caer en la silla y tomó un largo trago de cerveza.

Hubo un silencio incómodo, que fue roto por Harry preguntando a todos qué les gustaría beber a continuación.

Salieron del bar de karaoke y caminaron lentamente de regreso al hotel.

«El entretenimiento no es malo», dijo Shelly. «Hay un mago

esta noche y un acto de tributo a Abba más adelante en la semana».

«¿Qué está pasando allá?», Marian señaló la playa donde un grupo de hombres transportaba luces y sistemas de altavoces a un escenario improvisado.

«Parece una fiesta en la playa», respondió Fin, «vamos a verlo».

Rose trepó por un muro bajo y luego sus pies se hundieron en la arena blanda.

«Hola», dijo Fin a los hombres, que se habían detenido para recuperar el aliento, «¿es esta una fiesta privada o cualquiera puede unirse?».

«Cuantos más, mejor», dijo un hombre musculoso de cabello color arena. «Aunque te costará».

«Pagaré». Tom buscó en su bolsillo su billetera.

Rose abrió su bolso. «¿Puedo darte algo para eso?».

«No», espetó Tom, «déjame invitarte».

«Entonces pagaré las bebidas». Rose asomó la barbilla.

«¿Siempre ha sido así de terca?», Tom le preguntó a Shelly.

«Sí». Shelly envolvió sus brazos alrededor de su amiga. «Y ella es perfecta tal como es».

«Sí, lo es». Tom había dicho las palabras en voz tan baja que Rose pensó que tal vez las había imaginado.

Estaban distraídos por el estruendoso sonido de la música y una ráfaga de actividad a medida que la gente comenzaba a amontonarse en la playa. Una vez que Tom hubo pagado, un hombre que llevaba un chaleco roto y gafas Ray-Ban les estampó el dorso de la mano con tinta roja. Lo que significaba que podían salir y volver a entrar a la fiesta en la playa de esta noche tantas veces como quisieran.

«Vamos a bailar», gritó Shelly, quitándose los zapatos y agarrando a Rose por el brazo. Fin, Harry y Tom fueron al bar improvisado a comprar más cocteles. Cuando Shelly y Rose comenzaron a balancearse al ritmo de la música disco, Marian se dejó caer en la arena y miró a su alrededor con desagrado.

«Somos los más viejos aquí», se quejó.

«Ay, vamos». Shelly le hizo señas para que se uniera. «¿Con qué frecuencia podrías hacer esto en la triste Gran Bretaña?».

«En realidad, fui a una fiesta en la playa en Brighton un verano», resopló Marian. «Había miles allí».

«¿No fue eso cuando te ofrecieron drogas la mayor parte de la noche y te caíste en un charco de vómito?».

«¿Qué?», Marian parpadeó cuando el recuerdo amaneció. «¡Estuvo bien después de la redada policial!».

Shelly suspiró. «Este es un resort familiar, Marian. Solo disfrútalo por lo que es».

Sigo pensando que deberíamos haber regresado al hotel. De mala gana, Marian se puso de pie. «¿Cómo voy a tener suerte con Fin con todas estas otras mujeres alrededor?».

«Rose y yo te hemos dicho que des el primer paso», aconsejó Shelly. «A Fin le encantan las mujeres seguras de sí mismas. Él no hará la persecución, Maz».

Marian sacó el labio inferior. «El estaba dispuesto a perseguir a Rose».

«Estaba bromeando», dijo Rose rápidamente. «Somos compañeros de paseo con inflables, eso es todo».

Marian miró de soslayo a Fin, que estaba de espaldas a ellas. «¿Crees que le gusto?».

«Solo hay una forma de averiguarlo. A ver», Shelly se estiró para abrir dos botones de la blusa de su hermana, «ve y sedúcelo, niña».

«Está bien», sonrió Marian, «pero primero iré al baño. Me subiré la falda y volveré a aplicarme el brillo de labios». Se alejó, pateando la arena detrás de ella.

. . .

«¿Estás segura de que deberíamos animarla?», Rose preguntó nerviosa. «¿Qué pasa si él la rechaza?».

«Dudo que lo haga», Shelly negó con la cabeza, «pero en el improbable caso de que esto suceda, tendremos que juntar a mi querida hermana con otro hombre».

«No querrás decir...», Rose tragó saliva. «¿Con Tom?».

Shelly la miró boquiabierta. «Por supuesto que no con Tom. Qué idea tan ridícula». Echó la cabeza hacia atrás y se rió.

«¿Por qué? ¿Que está mal con él?», Rose inhaló profundamente. «Él no está casado, ¿verdad? O... ¿es gay?».

«No a ambos», respondió Shelly, sus ojos brillando en la oscuridad. «Simplemente no es el tipo de Marian, eso es todo. Ella le dejaría una cicatriz de por vida».

Rose se rió. «Ella es bastante intensa. Pobre Fin».

«Oh, él podría manejar a Marian. Es un experto en relaciones con mujeres difíciles».

Ambas estaban riéndose cuando los chicos regresaron con las bebidas.

«¿Qué es tan gracioso?», preguntó Harry, pasándoles las bebidas.

«Tu hermano está de enhorabuena», susurró Shelly, «le espera una experiencia mariana que nunca olvidará».

«Parece que es demasiado tarde», respondió Harry, señalando hacia atrás. Está hablando con una chica de Yorkshire.

Rose y Shelly se dieron la vuelta. Fin se balanceaba en diagonal sobre la arena con el brazo alrededor de una mujer que llevaba la falda más corta que Rose había visto en su vida.

«¡Oh, mi hermana seguro que se va a enojar!», Shelly se rió aún más.

«Shhh, ella va a volver». Rose miró a Fin, que ahora estaba de pie acunando su cerveza mientras la chica de Yorkshire comenzaba un baile lento y provocativo directamente frente a él.

Un estallido de cerveza brotó de la boca de Harry. «¿Es eso un ritual de apareamiento?».

«¿Qué está pasando?», Marian caminó hacia ellos, arrojando dagas en dirección a Fin.

Harry se encogió de hombros. Ella es de Yorkshire.

«¿Yorkshire?», gritó Marian. «¿Qué diablos está haciendo con una ramera del norte? No tienen clase y son apretadas como el culo de un pato. Sin mencionar su acento común».

La chica de Yorkshire se dio la vuelta. «¿Tú hablas de mí?».

«No. Me refería a esa publicación detrás de ti». El tono de Marian goteaba sarcasmo. «¡Por supuesto que estoy hablando de ti! No hay nadie más por aquí hablando con un acento extraño».

«En realidad», señaló la muchacha de Yorkshire, «hay toda una multitud de nosotros allí».

El rostro de Marian se quedó sin color cuando vio un grupo de juerguistas, muchos de los cuales consistían en hombres musculosos que miraban en su dirección.

«¿Cuál es tu problema, de todos modos?». La muchacha de Yorkshire continuó. «¿Este es tu amigo?».

Los labios de Marian se rompieron en una línea apretada.

«Son amigos», balbuceó Rose, queriendo disipar la tensa situación. «Ven, Marian, vamos a mirar el mar». La tomó de la mano y tiró de ella. «Fin realmente no vale la pena todo este alboroto», dijo Rose, mientras Marian se encogía de hombros y se adelantaba.

«¡Lo vale!», espetó Marian. «Realmente me gusta. ¿Por qué no le gusto?».

«Estoy segura de que sí», respondió Rose, en el tono más tranquilizador que pudo reunir, «pero Marian, me temo que parece un jugador. Es posible que hayas tenido suerte al escapar allí y, a veces, no obtener lo que quieres puede ser una bendición».

· · ·

201

«¿Cómo sabrías? Shelly dijo que nunca tuviste un novio serio, así que ¿por qué debería aceptar tus consejos románticos?».

«Regresa entonces», Rose se encogió de hombros, «ve y salta sobre él si estás tan desesperada. Sí, es cierto que nunca he tenido una relación seria, ¡pero al menos tengo respeto por mí misma!».

«Oh Dios, lo siento». Marian enterró la cara entre las manos. «Soy una perra de lengua afilada a veces, y he hecho el ridículo».

«Fin es el tonto», dijo Rose en voz baja.

«Por Dios, mis oídos están ardiendo». La voz de Fin flotaba en la oscuridad. Rose se giró para verlo correr hacia ellas, pero Marian miró fijamente al océano con resolución.

«Marian, lo siento», comenzó Fin, «he actuado como un imbécil».

«Sí, lo has hecho», replicó Marian. «Vete».

«Soy todo tuyo si todavía me quieres», dijo sin aliento.

«¿Qué hay de tu nueva admiradora?».

«Ella se ha ido». Él enganchó un brazo alrededor de su cintura. «Eres tú quien me gusta».

«¿En serio?». El labio inferior de Marian tembló cuando lo miró.

«Sí, de verdad», dijo arrastrando las palabras, antes de bajar la cabeza y besarla.»

Rose retrocedió. «Los dejaré con eso».

«Rose...». El rostro de Marian estaba luminoso de felicidad a la luz de la luna, «gracias».

«No hay problema». Rose sonrió y se dirigió hacia los demás con un alegre salto en su paso.

veintidós

«¿Qué están haciendo esos dos?», preguntó Shelly, una hora más tarde. «En realidad, olvida que pregunté eso. ¿Realmente quiero saberlo?».

«Probablemente sea mejor no hacerlo», respondió Rose a la ligera.

«¿Así que realmente lo están logrando por fin?», Shelly pronunció, mirando a través de la oscuridad.

Rose asintió. «Eso parece».

Shelly le tocó el brazo. «¿No estás un poco suspirando por Fin?».

«Absolutamente no». Rose apuró los últimos restos de líquido de su vaso. «¿Quieres otro?».

«¡Dirige el camino!».

Rose recogió su bolso y caminó hacia la barra, tambaleándose ligeramente. «Esos cocteles seguro que son buenos».

Shelly la agarró cuando tropezó. «¿Por qué no tenemos un coctel sin alcohol a continuación?».

«En realidad, estaba pensando más en sexo en la playa. ¿Qué hay en eso?».

«Principalmente vodka», respondió Shelly secamente. «Así que ahora que tenemos a mi querida hermana conectada, ¿y tú?».

«¿Qué?».

Shelly suspiró. «¿No hay nadie que te haya llamado la atención? Seguramente habrás notado que los meseros te miraban con admiración y luego noté que algunos hombres en buena forma te miraban alrededor de la piscina ayer».

«No son mi tipo», Rose desechó la idea. «Tom es agradable».

Shelly dejó de caminar. «¿Acabas de decir nuestro Tom?».

«Sí». Internamente, Rose estaba consciente de que no debería revelar esa información, pero el alcohol estaba haciendo cosas extrañas con sus inhibiciones y aflojándole la lengua.

Shelly parecía alarmada. «Rose», dijo lentamente, «sácate esa idea de la cabeza. Tom es...».

«Hermoso», terminó Rose, hipando un poco.

«Y está marcado emocionalmente».

«¿Qué quieres decir?», Rose la miró fijamente, con ojos llorosos. «Mucha gente pasa por rupturas».

«No es solo eso». Shelly la sacudió por los hombros. «Es demasiado peligroso para ti, Rose. Eres demasiado inocente para alguien como Tom Sinclair».

«Bueno, tal vez quiero ser corrompida». Rose guiñó un ojo. «Además, ha sido el perfecto caballero».

«Rose», dijo Shelly con urgencia, «hay cosas sobre Tom que no sabes...».

Fueron interrumpidas por un entrometido Harry, quien levantó a Shelly de la arena y la arrojó sobre su hombro.

«Los chicos nos estamos muriendo de sed. ¿Qué te está tomando tanto tiempo?».

Rose se rió al ver a Shelly; cabello suelto, golpeando con los puños la espalda de su futuro esposo.

El DJ detuvo abruptamente la pista de baile que había estado sonando. «¿Vamos a reducir la velocidad?», gritó. Una gran ovación estalló entre la multitud.

«¿Quieres bailar?». La mano de Tom fue una suave presión sobre su hombro. Rose se volvió hacia él.

«Di que no si quieres», dijo, sonriendo, y Rose sintió que se le aceleraba el pulso.

«Me gustaría». Ella deslizó su mano en la de él y lo siguió hasta el área de baile dividida en secciones.

Fin y Marian reaparecieron. Tom asintió a la pareja amorosa que estaba sentada con sus miembros entrelazados en la arena.

«Finalmente lo consiguieron». Rose sonrió al ver el lápiz labial corrido y el cabello despeinado de Marian.

«Es bueno verlo». El aliento de Tom era cálido en su oreja cuando la acercó más. «Durante un tiempo me preocupé de que tú también te enamoraras de él».

Rose se aclaró la garganta y se tambaleó un poco. «En realidad, me gusta alguien más».

«¿Oh sí?». Sus cálidas manos descansaron sobre sus caderas.

La mirada hambrienta de Rose se clavó en la suya. «Me gustas», murmuró, «mucho».

Se apartó un poco, con una sonrisa burlona jugando en sus labios.

«Pero me han advertido que me aleje de ti», continuó, «y no tengo idea si sientes lo mismo por mí».

Miró hacia la arena, avergonzada por su arrebato, pero los dedos de él le levantaron la barbilla.

«No soy bueno para ti», dijo con voz ronca, «pero ahora mismo te deseo, Rose».

«Déjame ser el juez de eso», dijo con firmeza, mientras él

bajaba la cabeza, «y oh...», su estómago dio un vuelco, «yo también te deseo».

Luego, se besaron, lentamente al principio y luego con una intensidad que la dejó sin aliento. Ese primer beso pareció durar para siempre, y mientras sucedía, se sentía como si hubiera mil fuegos artificiales detonando en el estómago de Rose.

«¡Jesús!», Tom dijo temblorosamente, alejándose abruptamente.

Rose lo miró fijamente, sus ojos como lava fundida.

«No me mires así», dijo con voz áspera, «no deberíamos estar haciendo esto».

«¿Por que no?». Ella agarró su mano, tirando de él hacia atrás.

«Estás borracha para empezar», respondió, «y yo no me aprovecho de las mujeres ebrias».

«Quiero que te aproveches de mí», imploró, «y soy perfectamente capaz de tomar mis propias decisiones. No soy una niña, Tom».

«Deberíamos parar, Rose», apartó un rizo de su frente, «esto no es una buena idea».

«Es demasiado tarde», murmuró con voz ronca, «ya comenzó».

Sintiéndose audaz, Rose enganchó sus brazos alrededor de su cuello, atrayéndolo hacia abajo de nuevo. Esta vez ella estuvo a cargo del beso y fue aún más intenso. Cuando finalmente se separaron, ambos jadeaban.

«La música se detuvo», comentó Tom. Ambos miraron a su alrededor. La gente comenzaba a dispersarse, dejando un rastro de escombros por toda la playa.

«¡Que desastre!». Rose se inclinó para recoger una botella de cerveza vacía. «La hermosa playa».

«Déjalo, Rose», dijo Tom, «hay personal pagado para limpiar. Por la mañana, nunca sabrás que hubo una fiesta aquí».

«¿Dónde se han ido todos?», Rose hipó.

«Parece que Fin ha vuelto a nuestra habitación». Tom enganchó un brazo alrededor de su cintura mientras comenzaban a dirigirse hacia las luces del hotel. «Me preguntó si Marian podía quedarse en nuestra habitación a pasar la noche. Lo que significa que me han usurpado de mi cama».

«Puedes quedarte en mi habitación», dijo Rose rápidamente, «tiene tres camas».

«¿Qué pasa con Shelly? No se alegrará cuando descubra que hemos dormido en la misma habitación».

«Shelly es mi mejor amiga, no mi madre. Tengo veintiocho años, Tom, no cuatro y...», Rose se detuvo cuando la bilis subió repentinamente a su garganta, «creo que me voy a enfermar».

Sintió que la conducían rápidamente hacia un contenedor que bordeaba el paseo marítimo.

Era vagamente consciente de que él le sujetaba el cabello mientras ella vomitaba.

«Por favor, vete», murmuró, «no necesitas ver esto».

«Me quedo», dijo con firmeza. «Aquí...». Le pasó una servilleta.

Rose se limpió la boca. «Lo siento. Tenías razón sobre esos cocteles, no debería haber bebido tantos».

«Estás de vacaciones», sonrió, «y como dijiste, no eres una niña».

«Me siento terrible», admitió Rose miserablemente.

«Vamos a llevarte de vuelta a la habitación».

Caminaron lentamente por un sendero bordeado de árboles. Tom buscó a tientas en su bolsillo la tarjeta de entrada que los llevaría de regreso a los terrenos del hotel.

«La piscina se ve hermosa». Rose se quedó sin aliento al ver el agua serena, iluminada con luces de piso.

«Es un buen hotel», dijo Tom, mientras pasaban cientos de tumbonas, vacantes para pasar la noche.

«¿La señora se encuentra bien?». Un mesero que sostenía una bandeja con bebidas se detuvo junto a ellos.

«La señora está bien», respondió Tom.

El ascensor parecía una eternidad para llegar a la planta baja, y todo el tiempo el estómago de Rose se revolvía incómodamente.

«Creo que voy a vomitar de nuevo». Una sensación de pánico la envolvió.

Ya casi llegamos.

Rose se escabulló en la esquina del ascensor mientras subía constantemente al quinto piso. Las puertas se abrieron. Entonces Tom la puso de pie y la condujo rápidamente por el pasillo.

Se tapó la boca con una mano mientras Tom insertaba la tarjeta en la puerta. Una vez que estuvo abierta, pasó corriendo junto a él y entró al baño, cerrando firmemente la puerta. Luego se hundió junto al retrete y volvió a vomitar.

Los pensamientos se agolparon en la mente de Rose; los fuertes brazos de Tom a su alrededor y ese beso abrasador. Qué típico que hubiera estropeado la velada bebiendo demasiado alcohol.

«¿Estás bien ahí dentro?». Hubo un suave golpe en la puerta.

«Um, sí... solo dame cinco minutos». Rose se puso de pie tambaleándose y se miró en el espejo. ¡Horror, se veía hecha un desastre! Su cabello estaba desarreglado, su maquillaje estaba corrido y le faltaba uno de sus aretes. Su conjunto de perlas, que había sido un regalo de la abuela Faith. Rose suspiró y luego se lavó la cara con agua fría, antes de cepillarse los dientes vigorosamente.

Luego abrió la puerta y le contó a Tom sobre su oreja izquierda sin arete.

«Dudo que lo encuentres», dijo con simpatía. Dio unas palmaditas en la cama y ella se dio cuenta de que había bajado las sábanas y ahuecado las almohadas.

«¿Dónde vas a dormir?». Se tambaleó por la habitación y se tiró en la cama.

Aquí mismo, en el sofá cama. Tom le pasó un gran vaso de agua. «Bébete esto, te ayudará a detener la resaca».

Rose tomó el vaso agradecida. «Lo siento de nuevo. No estoy acostumbrada al alcohol. Solo lo suelo beber en Navidad. Me veo y me siento como un completo desastre».

«Una buena noche de sueño corregirá eso». Se quitó la camisa y Rose tragó saliva al ver su pecho musculoso.

«Acuéstate», le ordenó. «De tu lado».

Rose hizo lo que le dijo, consciente de sus dedos aflojando las correas de sus sandalias.

«Tom, sobre ese beso...».

«Shhh». Puso un dedo índice suavemente sobre sus labios. Podemos hablar por la mañana.

Rose luchó por sentarse de nuevo. Quería decirle cuánto le gustaba, que no era solo porque estaba borracha, sino que él la estaba empujando suavemente hacia abajo y diciéndole que se durmiera, con esa sexy voz suya. Cerró los ojos y el sonido del mar en movimiento la llevó a un sueño profundo.

El sonido de los gritos despertó a Rose temprano a la mañana siguiente. Con ojos llorosos, se volvió hacia la puerta abierta del patio. La cortina permaneció quieta, lo que significaba que había poco viento, pero hacía calor, mucho calor ya. El cuerpo de Rose, cubierto con la sábana blanca, estaba empapado de sudor. Ella se movió y se puso de pie aturdida. Una rápida mirada a su alrededor le indicó que Tom todavía estaba durmiendo, acostado de lado, con su amplia espalda descubierta. Se arrastró hasta la puerta del patio, asomando la cabeza. La brillante luz del sol le lastimaba los ojos e instintivamente los protegió con la mano. Ya había gente en el mar, podía ver sus figuras que parecían distantes hombres de palitos de fósforo, meciéndose en las olas.

Rose volvió a entrar, deteniéndose junto a la mini nevera para servirse un gran vaso de agua. Mientras se lo bebía, un flashback de la noche anterior la asaltó: la deliciosa comida, el divertido karaoke y luego la fiesta en la playa. El beso apasionado que había compartido con Tom. Todo volvió a fluir y la boca de Rose se abrió un poco mientras revivía la deliciosa sensación de su boca y sus fuertes brazos alrededor de ella.

Mientras ella lo miraba, él se movió, se puso de espaldas y la miró directamente.

«Buenos días», dijo ella en voz baja.

«Estás despierta», fue su respuesta estando sorprendido.

«No podía dormir... el calor».

Se pasó una mano por el cabello oscuro y despeinado. «¿Cómo te sientes?».

«Bien, supongo, un poco deshidratada».

Tom se rió entre dientes. «Agua para ti hoy, señorita».

«Sí», Rose sonrió y se produjo una pausa silenciosa, que fue interrumpida por un fuerte golpe en la puerta.

«Si eso es servicio de habitaciones, diles que regresen luego». Tom se cubrió la cara con la sábana y Rose miró su reloj. Ni siquiera eran las siete. Caminó hacia la puerta y se enfrentó a Shelly, que parecía preocupada.

«¡Gracias a dios!», Shelly se apresuró a entrar, escaneando con atención la cama revuelta de Rose y el cuerpo tendido de Tom. «Estoy muy enojada con Marian por hacer esto. ¡Debería estar aquí contigo, Rose! ¿Supongo que está con Fin?».

«Buenos días, cuñada». Tom retiró la sábana para revelar su rostro sonriente.

«¿Lo es?», espetó Shelly. «Pobre Rose, tener que dormir

contigo».

«Oh, no», Rose dio un paso adelante. «Tom me cuidó anoche».

«¡Apuesto a que lo hizo!». Los ojos de Shelly se pusieron en blanco. «Bueno, supongo que debería ir y vestirme. ¿Nos vemos para desayunar en una hora?». Salió de la habitación, los lazos de su bata de seda arrastrándose por el suelo.

Rose cruzó los brazos sobre el pecho y miró tímidamente a Tom. «Me ducharé y me arreglaré, entonces».

«De acuerdo», Tom volteó sobre su costado. «Despiértame cuando estés lista».

Después de una larga ducha fría y de vestirse con su nuevo bikini y vestido de verano, Rose estaba lista para enfrentar un nuevo día. Caminó de puntillas por la habitación mientras Tom dormía, recogiendo prendas desechadas y reorganizando las botellas de champú en el baño. Rose lo observó por un rato y luego, sintiéndose abrumada por el anhelo y preocupada por estar adoptando serias tendencias voyeristas, salió al patio y barrió los granos de arena que ella y Marian habían traído a la habitación. Se apoyó contra la baranda de vidrio, el sol calentaba su rostro mientras observaba un aspersor giratorio empapando las hermosas buganvilias y mirtos.

La puerta del patio se abrió y miró por encima del hombro. Tom le dedicó la sonrisa más encantadora, que hizo que se le revolviera el estómago y le hormigueara la piel.

«¿Tienes hambre?», preguntó.

«Estoy hambrienta». Ligeramente sonrojada. «Disculpa por lo de anoche otra vez. No sé qué me pasó. Por lo general, soy muy sensata».

«La pasé muy bien», dijo él casualmente, «y no necesitas disculparte, no hiciste nada malo».

Oh, pero lo hice, pensó Rose. ¡Bajé la guardia a lo grande!

«Tú también debes tener hambre», Rose lo miró, «y espero

que la cama sea cómoda».

«¿Siempre estás tan preocupada por los demás?», preguntó, acercándose.

«Supongo que sí...», Rose se aclaró la garganta, «cuando me importan ellos».

Él entrelazó sus dedos con los de ella. «Eres tan encantadora», dijo en voz baja, bajando la cabeza. Rose cerró los ojos y esperó. Pero el golpe repentino en la puerta los hizo separarse.

«¡Yuju!», Marian irrumpió en la habitación como un mini torbellino. «Solo vengo yo. Shelly me envió a buscarte, todos están esperando en el restaurante. ¿Hiciste una limpieza? Está ordenado aquí».

«Hola, Marian». Rose dio un paso atrás dentro de la habitación. «Estábamos... eee... ya íbamos».

«Bueno, vamos entonces». Su tono autoritario hizo que Rose se pusiera rápidamente las chancletas. «Tom, tienes que ponerte una camiseta, no puedes entrar al restaurante con el pecho descubierto».

«Conseguiré una limpia». Tom pasó junto a ellas.

Cuando se fue, Marian enlazó su brazo con el de Rose. «¿Tuviste una buena noche entonces?».

Rose parpadeó. «No pasó nada, Marian».

«¿Qué? ¿Quieres decir que tenían una habitación juntos, solos, y durmieron en camas separadas?». Marian la miró incrédula.

«Quiero decir que estaba borracha y enferma. Tom fue el perfecto caballero», Rose recogió sus gafas de sol, «y de todos modos no voy a hablar de mis asuntos personales contigo».

«Está bien», la cara de Marian se arrugó en una amplia sonrisa, «pero puedo revelar que alguien tuvo suerte anoche y fue el paraíso». Saltó por el pasillo. Detrás de ella, Rose frunció el ceño, pateando la alfombra mientras rumiaba cuándo y si alguna vez iba a ser la chica con suerte.

veintitrés

Después del desayuno, bajaron en tropel a la playa con sus bolsas e inflables.

«¡Vaya, hace calor!». Fin se dejó caer en una tumbona vacía.

«Cariño, antes de que te sientas cómoda, ¿puedes frotarme un poco de crema en la espalda?», Marian le pasó la botella y, con un suspiro, Fin se puso de pie.

«¿Así serán el resto de las vacaciones?», susurró Shelly al oído de Rose, «¿querida esto y querida aquello?».

«Y pensé que ustedes eran los queridos», respondió Rose con tristeza.

«¿Te apetece nadar?». Shelly se volvió hacia el océano. «No hay demasiados en este momento».

«Por supuesto». Rose se quitó el vestido, revelando su nuevo bikini rojo. Notó que la mirada de Tom recorría toda su longitud y de repente se sintió incómoda y tímida. Recogió la colchoneta inflable, sosteniéndola contra su estómago desnudo, antes de caminar rápidamente hacia el agua.

Shelly corrió para alcanzarla. «¿Todo bien entre tú y Tom?».

Rose dejó caer su colchoneta sobre el agua. «Sí, por supuesto, pero prefiero no hablar de él».

Shelly parecía herida. «Solías contarme todo».

«No hay nada que contar... de verdad. Solo nos besamos, eso es todo, y no he olvidado cómo intentaste advertirme sobre él anoche».

Shelly tragó saliva. «Solo estoy cuidando de ti. Dime que me ocupe de mis propios asuntos la próxima vez».

«De acuerdo». Rose sonrió mientras empujaba su inflable más allá de las olas rompientes. «Ahora viene lo divertido».

Después de una lucha con el colchón inflable y numerosas caídas al agua, Rose logró subirse. Se tumbó boca abajo, mirando a Shelly con diversión mientras luchaba por subirse a la suya.

«¡Finalmente!». Shelly maniobró sus brazos por el costado hasta que alcanzó a Rose.

«Esto es el cielo», dijo Rose adormilada, extendiendo la mano para agarrar la mano de Shelly.

Perezosamente, pasaron flotando junto a una pareja amorosa con las extremidades entrelazadas, un padre haciendo snorkel con su hijo pequeño y un grupo de muchachos jugando a atrapar una pelota de playa.

Uno de los hombres les gritó algo en un idioma extranjero.

«¿Qué dijo?», Rose murmuró.

«Ni idea. No entiendo alemán». Shelly levantó la cabeza para mirarlos. Estaban silbando como lobos y saludando.

«¿No visitaste Alemania en tus viajes?».

«No, ese es un lugar en el que no me quedé. Oh no, ellos están acercándose».

Rose luchó por incorporarse sobre sus codos y observó a los cuatro hombres nadando hacia ellas.

«*Guten morgen*», gritó el rubio, «¿*bist du Englisch*?».

«¡*Ja*!», Shelly gritó. «Inglesa».

«Encantado de conocerte», dijo uno de los otros hombres en perfecto inglés. Luego pasó a presentarse a sí mismo y a los demás. «Hemos visitado Inglaterra muchas veces: Londres, Liverpool, York. Es un gran país». Le sonrió a Rose. «¿Has estado en Alemania?».

Rose negó con la cabeza. «Esta es mi primera vez en el extranjero, en mi vida».

«Guau». Hans se echó agua sobre los rizos oscuros. «¿Entonces te gusta?».

«Me encanta», Rose hizo un símbolo de corazón con sus manos, «aunque volar, no tanto».

«Sin embargo, le gustan los deportes acuáticos», dijo Shelly, con una sonrisa.

«Ah, sí», Hans asintió. «¿Has probado el parasailing?».

«¿Qué?».

«¿Sabes, allá arriba?», señaló el cielo.

«No», dijo Rose apresuradamente, «no me gustan las alturas».

Hans le arrojó agua juguetonamente. «Deberías intentarlo. Yo también podría ir, tomar tu mano».

Rose se sonrojó y sacudió la cabeza, un movimiento que hizo reír a Hans. «¿Prefieres jugar con una pelota alemana?».

«¿Qué?», Rose balbuceó, consciente de que Shelly y los demás se estaban riendo del descarado coqueteo de Hans. «No, pero gracias... Solo me estoy relajando con mi amiga».

«Ah, está bien, veo que no estás interesada, pero si cambias de opinión...». Se detuvo, guiñándole un ojo a Rose. Luego, los cuatro se fueron, de vuelta a su juego y sin duda, a atormentar a otras mujeres desprevenidas.

. . .

«Gracias por ayudarme a lidiar con eso», dijo Rose acaloradamente a Shelly.

«Pensé que querías que me ocupara de mis propios asuntos», respondió Shelly a la ligera. «Además, sabía que podrías manejar a un alemán cachondo, lo que más me preocupa es un australiano».

Rose le dijo que se callara, pero sus ojos brillaban de buen humor.

«Solo voy a tener cinco minutos», dijo adormilada, mientras cerraba los ojos y el ruido de fondo se desvanecía lentamente...

«¡Rose! ¡Rose! Despierta». Shelly estaba sacudiendo su brazo frenéticamente.

«¿Qué ocurre?», Rose murmuró, su rostro cálido y salado por el mar lamiéndolo.

«¡Nos hemos quedado a la deriva!», Shelly gritó.

Rose se despertó de inmediato. «¿Dónde está la playa?».

Miró en todas direcciones, pero todo lo que podía ver era un vasto mar azul.

«No lo sé», solloza Shelly. «Oh Jesús, nos vamos a ahogar y mi despedida de soltera y boda y luna de miel...».

«¡Detente!», Rose gritó. «Vamos a estar bien. Siéntate, Shelly».

Rose la ayudó a sentarse. «Tenemos que mantener la calma». Con cuidado, se giró en la colchoneta y se tapó los ojos con la mano. «Puedo ver tierra. Allí». Señaló y Shelly estiró el cuello, siguiendo su línea de visión.

«Sí, tienes razón. Puedo ver la playa, pero estamos muy lejos». Shelly se humedeció los labios. «¿Qué vamos a hacer?».

«Tendremos que meternos en el agua y nadar», respondió Rose con calma. «Nos estamos alejando cada vez más de la tierra. Tenemos que empezar ahora, Shelly».

Rose se deslizó de su colchoneta y se metió en el agua.

«No puedo». Las lágrimas se acumulaban en los ojos de Shelly. «Me aterrorizan las aguas profundas y no soy una buena nadadora como tú».

«Quédate aquí, te jalaré». Rose le dedicó una sonrisa temblorosa. «Todo irá bien».

«¿Pero que puedo hacer?», Shelly se secó las lágrimas con el dorso de la mano.

«Rema en la dirección en la que voy, eso nos ayudará a llegar más rápido a la playa».

Rose empezó a nadar con un brazo, pateando las piernas con todas sus fuerzas y tirando de la colchoneta con el otro brazo.

Avanzó lentamente, cortando las suaves olas, pasando una línea de boyas de plástico que se balanceaban en la superficie. Desde muy lejos, Rose podía escuchar el sonido de los motores rugiendo.

«Oh, no», dijo ella.

«¿Qué ocurre?», preguntó Shelly concisamente. «¿Rose?».

«Estamos justo en el medio de la zona de lanchas rápidas. Tenemos que salir de aquí rápidamente». Rose habló precipitándose. Métete en el agua Shelly, y nada. ¡AHORA, Shelly!».

«Está bien, está bien, estoy dentro». El pánico era evidente en el tono de Shelly. «¿Seguramente verán los colchones? Son rosas, por el amor de Dios».

«No quiero correr ese riesgo», dijo Rose con determinación. «Vamos, nada lo más rápido que puedas».

Shelly movió su brazo frenéticamente, agarrando con fuerza el inflable con el otro. Rose pateó sus piernas con fluidez, acelerando su paso. Podía ver la otra línea de boyas que indicaban la zona segura para nadar. Si pudieran llegar allí, estarían bien.

«Vamos, Shelly», instó Rose, «nada más rápido».

«No puedo», balbuceó su amiga. «¡Dios mío, viene una lancha rápida!», Shelly gritó. «Viene directo hacia nosotras».

«¡Mueve tu trasero, Shelly!», Rose gritó. Nadaba tan rápido que sus músculos palpitaban, y el sol caliente la golpeaba, quemándole la nariz y los labios ya resecos.

El sonido de la lancha rápida se acercaba cada vez más. Rose y Shelly nadaron con todas sus fuerzas, pateando al unísono.

«¡No quiero morir!», gritó Shelly. «Quiero casarme con Harry. Lo amo tanto».

«Entonces díselo, Shelly». Rose atravesó el agua, apretando los dientes. «Dile cuánto lo amas. ¡No te rindas! Sigue moviéndote».

Estaban casi en las boyas. Rose resopló y jadeó cuando un ruido atronador las envolvió. Luego hubo gritos desde la playa cuando la gente se dio cuenta de lo que estaba ocurriendo. Un grito espeluznante salió de la boca de Shelly y Rose se sintió succionada bajo el agua y no hubo más ruido. La paz la venció.

¡Juush! El agua brotó de su boca, sus oídos y su nariz cuando la sacaron del mar. Miró hacia el sol brillante, su cuerpo atormentado por un ataque de tos.

«¡Shelly!», dijo débilmente, extendiendo una mano.

Un hombre de piel oscura apareció sobre ella, bloqueando los rayos del sol.

«Vas a estar bien», dijo, con una sonrisa amable.

«Mi amiga», Rose se puso de costado, tratando de ponerse de rodillas. Miró a su alrededor hacia la cubierta de la lancha rápida, donde otros dos hombres estaban inclinados sobre una figura boca abajo. «¿Se encuentra ella bien?».

Nunca se había sentido tan aliviada al escuchar a Shelly toser. Sobre sus manos y rodillas, Rose se arrastró hacia ella.

«Shelly», susurró, «¿estás bien?».

«¿Qué pasa, Archer?», Shelly volvió su rostro pálido hacia ella y extendió los brazos. «Eso fue divertido, ¿eh?».

Se sentaron en la cubierta, abrazadas mientras la lancha rápida las empujaba hacia la costa. Rose pudo escuchar a Harry llamando a su futura esposa y luego, en medio del alboroto, escuchó la voz de Tom resonando sobre el mar. Rose miró por encima del borde del bote. Para su total sorpresa, todo su grupo estaba en el mar nadando hacia ellos. Incluso Marian, que parecía preocupada hasta la muerte.

Harry levantó sus fuertes brazos, alcanzando a Shelly mientras ella retrocedía lentamente hacia el agua.

«Me tiemblan las piernas», dijo, enterrando la cara en el cuello de Harry.

«Te tengo». Llovió besos sobre su rostro. «¿Estás bien? ¿Nada magullado o roto?».

«No», respondió Shelly, «nos revisaron en el bote, las dos estamos bien. Acabo de tragar un estómago completo de agua».

«Vamos a sacarte del agua». Comenzó a remolcarla la corta distancia de regreso a la orilla.

«¡Espera! ¡Rose!». Miró detrás de ella.

«Ya voy», gritó Rose, «continúa».

Marian y Fin estaban flotando junto al bote. «¿Necesitas que te remolquemos de regreso a la playa?», preguntó Fin.

«Estoy bien», respondió Rose, su mirada se posó en un Tom que parecía preocupado.

«¿Segura que estás bien?», preguntó, mientras ella retrocedía hacia el agua tibia. Él envolvió sus brazos alrededor de ella y la miró.

«Sí, solo un poco temblorosa».

«Ese fue un viaje de emoción extrema, ¿eh?», Fin dijo, con una amplia sonrisa. «Tom estaba frenético de preocupación». «¿Estabas?». Con cautela, Rose colocó los pies en el suelo, agradecida de sentir el firme lecho marino.

«Por supuesto». El agua goteaba de los pantalones cortos de Tom mientras caminaba entre las olas. Él tomó su mano, llevándola a sus labios para besarla. «Sin embargo, sabía que estarías bien. Shelly era la verdadera preocupación».

«Eh, Rose», Fin asintió hacia un bote banana que estaba despegando, lleno de gente, «¿te apetece ir en eso?».

«Tal vez más tarde», dijo Rose, con una sonrisa débil. «Por ahora, creo que me voy a quedar quieta y tomar el sol».

Cuando regresaron a las tumbonas, Marian no perdió tiempo en reprender a Rose y a Shelly.

«Te dije que esos inflables eran peligrosos. ¡Estaban a la deriva hacia mar abierto y casi no hay boda!».

«Está bien, Marian», murmuró Shelly, «no pasó nada».

«¿No pasó nada?», Marian farfulló de ira. «Literalmente estaba llorando, y el pobre Harry estaba blanco de preocupación. Por favor, nunca vuelvas a usar esas cosas».

«Ella tiene razón», dijo Rose. «Podría haber terminado muy mal. Tuvimos suerte».

«Está bien», Harry levantó la mano, «Creo que las chicas entendieron el mensaje. Ahora, ¿quién quiere un helado?».

veinticuatro

Rose pasó las siguientes horas tomando el sol, leyendo y comiéndose con los ojos furtivamente a Tom desde detrás de sus gafas de sol. Lo vio jugar al fútbol con Harry, preguntándose qué iba a pasar entre ellos, si es que pasaba algo. ¿O su beso había sido una locura, un impulso del momento, una locura ebria? Decidió jugar con calma y dejar que él la buscara. Decidida, Rose se sumergió en un mundo ficticio y actualmente estaba en el tocador de un caballero de las Tierras Altas de Escocia, junto con una heroína enérgica. Rose jadeó cuando, en el libro, Connor le quitó el corsé a Heather y la arrojó sobre la cama con dosel.

«¿Es bueno?», Tom preguntó sin aliento, dejándose caer junto a ella.

Rose tosió. «Muy entretenido».

«¿Qué género es?». Intentó mirar la portada. «Déjame adivinar. ¿Estás leyendo una novela clásica, algo así como Jane Austen o las hermanas Brontë?».

El calor inundó las mejillas de Rose. «Eh... es una novela histórica».

«¿Oh sí?», Tom le quitó el libro de bolsillo de la mano a Rose.

«Devuélvemelo», chilló ella.

Miró la portada. «¿La extravagante novia del caballero?». Las cejas de Tom se dispararon. «No suena como una lectura clásica. Veamos adónde has llegado».

Rose luchó por ponerse de pie cuando él comenzó a leer en voz alta. «Connor levantó la falda de Heather. Sus dedos estaban fríos sobre sus muslos, haciendo que su pulso se acelerara. Sus labios se encontraron en la oscuridad; apasionados y buscando...».

«Vaya, Rose». Shelly miró por encima del borde de sus gafas de sol. «¡No sabía que te gustaba el erotismo!». Los demás comenzaron a reírse y, después de una ligera vacilación, Rose sonrió con buen humor.

«Es un romance histórico, en realidad y es una... em... lectura de verano divertida».

«Suena pornográfico para mí». Fin se encogió de hombros y abrazó a Marian. «Tal vez podrías darnos algunos consejos». Marian estalló en risitas de niña y Rose puso los ojos en blanco.

«Por favor, devuélveme mi libro», miró inquisitivamente a Tom.

«En realidad, Rose, estaba pensando que tal vez podríamos hacer algo juntos». Arrojó el libro encima de su bolsa de playa.

«¿Qué tenías en mente?», Rose tragó cuando él llegó a pararse directamente frente a ella.

«¿Vendrás a hacer parapente conmigo?».

«¿Quieres decir allá arriba?», Rose señaló el cielo. «Tengo miedo a las alturas, Tom».

«No es tan aterrador como parece», dijo Fin, mientras todos se volvían para ver a una pareja que era arrastrada por el cielo en una lancha rápida.

«¡Hazlo, Rose!», instó Shelly. «La única forma de superar un miedo es confrontarlo, y Tom cuidará de ti, ¿no?».

«¡Por supuesto!». Los ojos de Tom brillaron cuando tomó su mano. «Pero si quieres volver a tu libro, está bien».

Rose vaciló. Ella deseaba desesperadamente pasar algún tiempo a solas con él, y él la miraba con esos hermosos y profundos ojos verdes suyos, entonces, ¿cómo podía decirle que no?

«Está bien», dijo Rose con decisión, «pero si lo odio, ¿harás que se detengan?».

«Absolutamente». Tom se alejó, tirando de Rose detrás de él.

«¡Oh cielos, no puedo creer que esté haciendo esto!», Rose dejó escapar un suspiro largo y tembloroso y se agarró con fuerza a los pasamanos. «¿Estás seguro de que esto va a estar bien?».

«¿Puedo contarte un secreto?», Tom susurró. «Nunca he hecho esto antes».

«¿Qué?». Rose se quedó boquiabierta por la sorpresa. «Pero pensé...».

«Estará bien», intervino Tom. «Tienes que dejar de leer sobre la vida y empezar a experimentarla, Rose».

«El parasailing no se había inventado en la novela que estaba leyendo», dijo Rose acaloradamente.

«No me refería a eso». Tom le dedicó una sonrisa sensual. Me refiero a hacer el amor.

El calor inundó sus mejillas mientras Rose se estrujaba los sesos, tratando de pensar en una respuesta adecuadamente ingeniosa. Pero no había tiempo, ya que el hombre en la parte delantera de la lancha rápida le estaba dando a su colega un pulgar hacia arriba y el motor estaba arrancando con estruendo.

«¿Están listos chicos?». El español le dio al aparato una última revisión y les dedicó una amplia sonrisa. «¡Prepárense para el viaje de su vida!».

. . .

«¡Eso fue increíble!», Rose y Tom habían navegado por el aire durante veinte minutos y ahora flotaban en el mar, esperando que la lancha rápida los recogiera.

«Fue fantástico». Tom todavía estaba sosteniendo su mano y mirándola con una gran sonrisa en su rostro. «Fuiste valiente. Pensé que podrías odiarlo, y a mí, por obligarte a hacerlo».

«Quería probarlo», respondió Rose simplemente. «Es algo más que puedo marcar en mi lista de deseos y tampoco fue esa sensación de montaña rusa que te revuelve el estómago. Fue... bueno, como volar. Me sentí como un pájaro allá arriba. Me sentí libre, sin preocupaciones, sin problemas...».

De repente, Tom se inclinó y presionó sus labios contra los de ella. Rose le devolvió el beso, retorciéndose en el agua para poder acercarse.

«He querido hacer eso todo el día», murmuró, tomando su rostro entre sus manos.

«No te detengas entonces», respondió Rose con voz ronca.

«Quiero estar a solas contigo. He alquilado un coche... para mañana. ¿Pasarías el día conmigo?».

«Me encantará». Rose tocó su cara cubierta de barba. «Pero, ¿y los demás?».

«¿Que hay de ellos? Estarán bien sin nosotros y todos saben que nos gustamos, así que no será una sorpresa si nos escabullimos juntos».

«¿Te gusto?», Rose bromeó, salpicándole agua.

Tom le salpicó la espalda. «Solo un poco. Supongo que alguien tiene que hacerlo». Se zambulló en el agua. «¡El último en llegar al bote es un perdedor!», tiró hacia atrás por encima del hombro.

Con una sonrisa decidida, Rose partió en su persecución.

Rose pasó el resto del día tomando el sol y nadando. Regresaron a sus habitaciones a última hora de la tarde para refrescarse y, después de una votación grupal, decidieron pasar la noche en el hotel. Era noche de discoteca y el ambiente era alegre y animado.

Shelly invitó a los hombres a bailar, dándole a Rose la oportunidad de hacerle algunas preguntas a Marian que habían estado dando vueltas en su mente toda la noche.

«¿Cómo se llevan Fin y tú?», ella comenzó tentativamente.

«Genial», fue la respuesta. «¿Quieres un poco?», Marian empujó la copa de coctel para compartir con ella.

Rose hizo una mueca. «No, gracias, me quedo con el refresco esta noche».

«Quieres tener la cabeza despejada para mañana, ¿eh?», Marian guiñó un ojo.

«¿Shelly te lo dijo?».

«¡Por supuesto! Entonces, ¿adónde vas con el delicioso Tom?».

«No lo sé», Rose sacudió la cabeza, «supongo que lo decidiremos en la mañana».

«O él lo hará». Shelly le dirigió una mirada de complicidad. «A Tom le gusta estar a cargo, aparentemente. Fin me dijo que puede ser bastante dominante y que también es muy quisquilloso con las mujeres, Rose. Parece que estás siendo muy honrada».

«Suerte la mía». Rose miró hacia la pista de baile donde Shelly parecía estar en el limbo, con su cabello arrastrándose detrás de ella.

«¿Compraste protección?», Marian chupó ruidosamente su bebida a través de su pajita.

Rose tosió. «No pensé en planear con anticipación. No tenía idea de que algo sucedería entre nosotros».

«Oh, bueno, estoy segura de que Tom estará preparado».

«¡Marian!». Una imagen repentina del cuerpo musculoso desnudo de Tom hizo que el estómago de Rose se agitara.

Marian le deslizó una mirada astuta. «Lo siento, Rose, sé que eres tímida y no has tenido mucha experiencia con hombres. Solo tómatelo con calma, ¿de acuerdo? Por lo que he oído, Tom puede ser bastante intenso».

«Estaré absolutamente bien», se burló Rose. «Entonces, de todos modos, ¿dónde vas a dormir esta noche?».

«Lamento decepcionarte, cariño», Marian le dio unas palmaditas en la mano, «estoy de vuelta contigo».

«Vaya». El tono de Rose estaba lleno de decepción.

«La culpa es de Shelly», explicó Marian. «Lanzó un ataque de perorata porque me acosté con Fin y te dejé sola para defenderte de Tom, así que ahora es solo para nosotras, las chicas. Eso es en este momento, de todos modos. Estoy segura de que podríamos hacerle cambiar de opinión si nos unimos contra ella».

«No fue así en absoluto», dijo Rose. «Dormimos en camas separadas y yo estaba completamente vestida». Rose notó que Tom la miraba y se tragó un nudo nervioso. «Tal vez Shelly tenga razón».

«¿Acerca de qué?», Marian sacó una tira del posavasos de cerveza.

«Sobre el hecho de que apenas conoces a Fin y yo apenas conozco a Tom y oh...».

«Mi hermana ha olvidado lo tempestuosa que solía ser», interrumpió Marian, «ahora está tranquila y es sensata. No significa que tú y yo no podamos divertirnos un poco, ¿eh? Ahora vamos, dejemos de preocuparnos y vayamos a divertirnos en la pista de baile».

Después de una buena noche de sueño, Rose se despertó sintiéndose fresca y emocionada. La luz del sol entraba a raudales por la ventana abierta mientras se vestía y aplicaba una ligera capa de maquillaje.

«¿Por que estás despierta tan temprano?», Marian luchó por descansar contra la cabecera. «Solo son las siete».

Rose se agachó para ponerse las sandalias antes de responder: «Queremos empezar temprano».

«¿Shelly sabe que vas a estar fuera todo el día?», Marian se frotó los ojos, creando manchas negras en su piel.

«Sí y le dije anoche que no se preocupara por mí. ¿Qué estás planeando para hoy?».

«Holgazanear en la piscina». Marian arrugó su delicada nariz. «La playa se ve bien, pero es muy desordenada, especialmente cuando intentas aplicarte crema solar, y hoy estoy trabajando seriamente en mi bronceado».

«Bueno, diviértanse». Rose aplastó artículos en su bolsa de playa: una botella grande de agua, una toalla y una botella de factor 50 sin abrir. Miró su reflejo, agregando un sombrero de paja flexible y un par de anteojos de sol a su conjunto.

Marian acomodó las almohadas y se acurrucó en la cama. «Que tengas un buen día entonces».

«Gracias», Rose hizo una pausa con una mano en la manija de la puerta, «y dile a Shelly que no se preocupe demasiado y que le enviaré un mensaje de texto».

«Lo haré», fue la respuesta murmurada.

Rose cerró la puerta suavemente y se dirigió al restaurante.

Tom ya estaba sentado en una mesa cubierta con lino blanco. Dos vasos de jugo de naranja estaban frente a él.

«Buenos días», Rose lo saludó alegremente.

«Buenos días». Él levantó la vista, sorprendiéndola con su mirada verde profunda. «¿Dormiste bien?».

Rose se deslizó en la silla. «Lo hice, gracias, ¿y tú?».

«A toda máquina durante siete horas».

Ella lo miró por encima del borde de su vaso. Se dio cuenta de que se había afeitado, peinado su cabello generalmente despeinado y olía fresco y almizclado.

Ambos hablaron a la vez. Tom sonrió. «Tú primero».

«Solo iba a decir que es otro hermoso día».

«Y solo iba a decirte lo hermosa que te ves».

Rose sonrió y se miró las manos.

«¿Desayunamos?», Tom se puso de pie. El roce de su silla sonó fuerte en el tranquilo restaurante.

Rose lo siguió a la estación de bufet. Numerosos meseros pasaron junto a ella, dándole los buenos días y echándole miradas de aprecio. Ella se demoró junto al mostrador de comida caliente, observando cómo llenaba su plato con tocino, salchichas y huevos. A Rose no le apetecía un desayuno cocinado. Su estómago se sentía revuelto y no tenía demasiada hambre. En cambio, optó por croissants y cereal y regresó a la mesa con ellos.

Tom llamó a un mesero y le pidió café recién hecho.

«Oh, tomaré té, por favor». Rose sonrió mientras cortaba su croissant tibio.

«Entonces, ¿qué piensas de tus primeras vacaciones en el extranjero?», Tom golpeó la base de una botella de cátsup.

«Me lo estoy pasando de maravilla», respondió Rose, «Mallorca es impresionante».

«¿Entonces ya te entró el bichito?».

Rose tragó saliva. «¿Te refieres al insecto viajero?».

«Quiero decir, ¿te gustaría ver más del mundo, Rose?».

«Absolutamente. No estoy segura de que alguna vez seré una fanática de los vuelos, pero creo que en su mayoría he conquistado mi fobia a los viajes aéreos».

Tom apoyó los brazos sobre la mesa. «Entonces, ¿dónde te gustaría ir ahora?».

«Mi sueño siempre ha sido visitar Italia». Rose tomó un sorbo de su jugo. «Me gustan las iglesias, las ruinas históricas y la comida italiana es mi favorita. ¿Has estado ahí?».

«He estado en el norte de Italia. Milán. Muy cosmopolita, pero París es mi favorito».

«¿Es realmente la ciudad más romántica del mundo?», Rose lo miró con curiosidad, preguntándose con quién había ido allí. La sonrisa se deslizó de la cara de Tom. «Supongo que eso depende de las preferencias personales».

Siguió una pausa silenciosa.

«Entonces...», Rose se limpió la boca con la servilleta, «¿cuánto tiempo te vas a quedar en Inglaterra?».

«Debemos volar a casa dentro de unas semanas».

«¿Shelly y Harry también?».

Tom la miró con el ceño fruncido y desconcertado. «Sí. Sus vidas están en Australia».

«Pero... Shelly no estaba segura. Estaba pensando en regresar a Inglaterra de forma permanente».

Tom se encogió de hombros. «A Harry le encanta estar allí. Australia es su hogar. Tal vez, una vez que estén casados, ¿podrían visitarlo algunas veces al año?».

Rose miró su plato, engullida por la decepción. «¿Y tú también volverás?».

«Sí», dijo en voz baja, «aunque Inglaterra está creciendo en mí. Tiene un encanto y una atracción únicos».

Rose lo miró a los ojos y sintió que se le aceleraba el pulso. «Tal vez podría visitar Australia, aunque probablemente tendría que noquearme antes del vuelo».

Ambos rieron, luego la cara de Tom se puso seria. «Me gustas mucho, Rose». Puso su cálida mano sobre la de ella. «¿Deberíamos conocernos mejor y ver cómo progresan las cosas?».

«Eso suena como un buen plan». Rose entrelazó sus dedos alrededor de los de él mientras la luz del sol entraba a raudales por la ventana, bañándolos en un tono dorado.

veinticinco

Rose estaba complacida de que el auto tuviera aire acondicionado. Jugueteó con las perillas, giró el termostato al nivel más frío y se reclinó en el asiento mientras Tom se alejaba del hotel y tomaba la carretera.

«¿A donde nos dirigimos?», preguntó ella, resistiendo el impulso de poner su mano sobre su rodilla expuesta.

«Pensé que empezaríamos en el complejo vecino, Cala Millor».

«Excelente». Rose abrió una botella de agua y tomó un sorbo.

El camino estaba con tránsito; con automóviles y ciclomotores que pasaban zumbando, y personas en bicicletas bamboleándose precariamente.

«Me alegro de que hayas alquilado un coche», dijo Rose feliz.

«Es bueno explorar y ver otros resorts».

«Me alegro de que lo apruebes». Tom le dedicó una sonrisa. «Es bueno finalmente estar por nuestra cuenta».

Presionó un botón en el tablero y la música brotó de una estación de radio local.

«Incluso hablan inglés en la radio», comentó Rose, después de haber escuchado en un silencio amistoso durante un rato. «Me siento incapaz de no saber su idioma. Tal vez tome una clase de español cuando llegue a casa».

«¿Eso es tan bueno como el curso de cuidado de animales que harás también?».

«No estoy totalmente segura de eso», respondió Rose. «Será un gran paso renunciar a mi trabajo en el centro de llamadas. El dinero es bueno y es todo lo que he conocido desde que terminé mis niveles A-».

«¿Pero te gusta?», Tom arrojó agua sobre la pantalla de la ventana, eliminando el polvo que se había depositado allí. «Hay más en la vida que el dinero, Rose. Me parece que estás atrapada en una rutina, y hay un gran mundo ahí afuera, esperando ser explorado».

«Sí, tienes razón, por supuesto. No he sido feliz allí durante mucho tiempo. Supongo que tenía miedo de arriesgarme y probar algo nuevo, pero voy a cambiar. Ya no siento miedo».

«¿La influencia de Shelly?».

«Posiblemente». Rose se rió. «Es genial tenerla de vuelta. Ella está tan llena de vida, y la extrañé. Realmente la extrañé».

«Shelly tiene suerte de tener una amiga tan cariñosa». Tom se aclaró la garganta. «Ya sabía que me gustarías por la forma en que te describió: amable y cariñosa. Simplemente no esperaba que fueras tan...».

Rose ladeó la cabeza. «¿Tan qué?».

«Tan malditamente atractiva. ¿Por qué sigues soltera?».

Rose se sonrojó. «En el trabajo, me llaman la doncella de hielo. No en mi cara, por supuesto, pero he escuchado los chismes».

«¿Qué?». Tom sonaba genuinamente sorprendido. «Eres cualquier cosa menos eso. Eres cálida y amistosa».

«Soy demasiado quisquillosa, aparentemente». Rose suspiró.

«Me encanta ir a la iglesia, leer... soy una friqui y no mucha gente de mi edad está interesada en el mismo tipo de cosas».

Tom agarró el volante. «Eres perfecta. Es refrescante conocer a una mujer como tú».

El estómago de Rose se agitó ante sus palabras. Internamente, se advirtió a sí misma que no se enamorara de él. Esto obviamente iba a ser una aventura de vacaciones. Tom regresaría a Australia y ella regresaría a su vida segura y mimada en Twineham. Estarían a millones de kilómetros de distancia y tal vez no lo volvería a ver. Rose se recordó a sí misma que debía vivir en el presente, tratar de no preocuparse por el futuro y disfrutar los pocos días que pudiera dedicar a conocer más íntimamente al hermoso Tom Sinclair.

Llegaron a Cala Millor poco tiempo después. Luego de una vuelta rápida, Tom encontró un lugar para estacionar al lado de la entrada a la playa.

«Este es un complejo más grande». Rose miró la concurrida playa y la extensión de tiendas y bares detrás de ella.

Tom tomó su mano. «¿Qué te gustaría hacer? ¿Podríamos mirar alrededor, pasar un rato en la playa?».

«En realidad me gustaría hacer eso». Señaló en la distancia, donde un bote traqueteaba hacia el muelle.

«¿El barco con fondo de cristal?». Lo observaron durante un rato mientras se detenía y un torrente de personas se apeaba.

«Vamos, vamos a comprar boletos».

Pasaron las siguientes horas dando vueltas. El barco estaba lleno, pero se las arreglaron para conseguir asientos privilegiados en la grada exterior superior, lo que les dio una vista magnífica del mar y la escarpada costa.

«¡Mira el color del mar!». Rose miró hacia abajo a los azules ondulantes que lamían el costado del bote. Una mujer que estaba sentada a su lado le preguntó a Rose si podía tomar una fotografía. Rose hizo clic en el teléfono, tomando fotos de la joven familia.

«Gracias». La mujer se presentó como Hannah de Birmingham. «¿Supongo que tú también eres de Midlands?».

«Twineham», respondió Rose con un movimiento de cabeza.

Hannah de Birmingham le lanzó una mirada perpleja.

Es un pueblo no muy lejos de Birmingham, a unos cuarenta minutos en coche. Rose sonrió al bebé que se retorcía en el regazo de Hannah. «Este es Tom, es de Australia».

«¡No puede ser!». Hannah se volvió hacia su esposo, un hombre de hombros anchos con una mata de cabello oscuro y rizado. «Pete también es de Australia».

«¿De dónde, amigo?», preguntó Tom, extendiendo su mano para un apretón firme.

«Perth, compañero».

«Ah, la ciudad más soleada de Australia, posiblemente del mundo». Tom apoyó su mano suavemente sobre el muslo de Rose. «Soy de Sídney».

«Genial», Peter asintió. «Tengo familia allí».

«¿Supongo que ya no estás allí?», dijo Tom.

«No, amigo, conocí a Sheila mientras trabajaba en Londres, llevo cinco años en Inglaterra». Pete hizo una pausa. «Estoy seguro de que te he visto en alguna parte antes».

Rose notó que Pete examinaba a Tom con la frente arrugada.

Tom rápidamente calzó su gorra de béisbol firmemente en su cabeza. «No lo creo, compañero. Sydney está a unos cuantos kilómetros de Perth».

«Me pareces familiar», insistió Pete. «No eres famoso, ¿verdad?».

La risa de Tom sonó extraña a los oídos de Rose: forzada de alguna manera.

«Soy electricista, nadie especial».

Rose lo miró fijamente. Se estaba alejando de ella y parecía incómodo.

«¿Te apetece una bebida?», le dijo a Rose, rebuscando en sus pantalones cortos por euros.

«Limonada, por favor», respondió Rose rápidamente, «Iré contigo».

Ella lo siguió escaleras abajo hasta un bar. «¿Estás bien?», preguntó, tocándole el brazo.

«Sí, bien. Creo que el sol me estaba afectando allá arriba. ¿Nos sentamos un rato a la sombra?».

«Sí, por supuesto». Rose tomó la lata de limonada y se sentaron en unos asientos cercanos. El viento alborotó su cabello mientras sorbía su bebida.

«Entonces...», dijo alegremente, «¿siempre has querido ser electricista?».

«Um... supongo».

«¿Y estás contento con tu elección de carrera?», Rose apartó la mirada del mar y lo miró a los ojos.

«Olvida eso». Tom levantó su barbilla. «¿Te importaría si te beso ahora mismo?».

Un rápido escaneo de su entorno le dijo a Rose que estaban solos. «No me importaría en absoluto», susurró.

«Bien». Él inclinó la cabeza, presionando sus labios suavemente sobre los de ella. Fue amable al principio, pero a medida que la pasión entre ellos se intensificó, el beso se volvió ferviente y Rose abrió la boca para profundizarlo. Los brazos de Tom la rodearon, abrazándola con fuerza mientras ella se aferraba a su camisa.

«Te deseo», murmuró contra su boca, «no creo que pueda esperar más».

«Yo tampoco», dijo Rose con voz ronca, deslizando sus manos alrededor de la nuca de él.

«¿Estás segura?», Tom frunció el ceño, «No quiero que te sientas presionada. Tienes que estar segura, Rose. Yo...».

«Shhh», Rose colocó un dedo sobre su deliciosa boca, «Estoy absolutamente segura».

«¿Más tarde entonces?». Sus ojos se clavaron en ella.

«Más tarde», respondió ella temblorosa.

El bote se detuvo con un resoplido y hubo una carrera loca hacia el área de observación de la planta baja. Rose se acurrucó en el banco junto a Tom, observando los coloridos peces nadando. Su mente, sin embargo, estaba distraída por pensamientos indecentes; la sensación anticipada de su cuerpo desnudo y sus labios acariciándola por todas partes. Estaba preocupada por su propia falta de experiencia y un poco temerosa de lo que él esperaría de ella. Como si leyera sus pensamientos, Tom le besó la mano y le dijo que no se preocupara. Luego estaba señalando una anguila que había pasado como una exhalación y un banco de peces que se balanceaba entre algas altas y oscilantes.

Después de un tiempo, regresaron a tierra. El barco dio un giro en U impresionante, creando un oleaje en el mar que los hizo balancearse hacia arriba y hacia abajo.

«¿Qué sigue, mi señora?».

Rose se rió del intento de Tom de adoptar un acento londinense. Ella se apoyó contra él, sintiéndose feliz. «Tú decides».

Cuando volvieron a Cala Millor, la playa estaba llena. Tom tomó su mano, ayudándola a salir del barco que se balanceaba.

«Tengo hambre», dijo. «¿Te apetece una pizza para compartir?».

Rose asintió y se colocó a su lado.

Encontraron un restaurante tranquilo en una calle lateral. Olía a masa recién horneada y estaba decorada con plantas trepadoras y cuadros costeros.

«¿Te apetece un coctel?», Tom movió las cejas, haciéndola reír.

«No a la hora del almuerzo», respondió Rose. «No estaré bien por el resto del día».

«Bueno, no podemos tener eso». Tom pidió dos refrescos y una pizza margarita tamaño familiar.

Charlaron mientras comían. Tom le contó a Rose sobre los diferentes lugares a los que había viajado.

«Tailandia fue mi favorito», dijo, sonriendo. «Estaba listo para encontrar una novia tailandesa y quedarme allí, pero Harry me convenció para que viniera a Inglaterra».

«¿Es tu primera visita?», preguntó Rose, sacando una cuña de forma triangular.

«Eh... no, he estado en Londres».

Se preguntó por qué él había agachado la cabeza ante su pregunta.

«¿Eso fue con amigos o con una novia?».

«Con compañeros». Tom se aclaró la garganta y señaló a un músico callejero que estaba tocando una guitarra fuera del restaurante. «Toca bien».

«Entretenimiento mientras comemos», Rose sonrió. «Gracias por invitarme hoy. Me la estoy pasando genial».

«Debería estar agradeciéndote», respondió Tom, mirándola de esa manera desconcertante suya. «Me siento como el tipo más afortunado de Mallorca por tenerte conmigo».

«Ah, eres dulce». Rose miró el plato para compartir. «Supongo que te dejaré comer el último trozo de pizza por ese comentario».

«Es lo que esperaba». Tom guiñó un ojo y su risa provocó una sonrisa a un mesero que rondaba.

Después del almuerzo, caminaron por el complejo, metiéndose en las numerosas tiendas que bordeaban las calles. Tom le compró a Rose un sombrero nuevo, que ella había señalado y etiquetado como "lindo". Se tomaron selfies mientras comían helado y dieron un paseo en un carruaje tirado por caballos. Los llevó de vuelta a la playa, donde pasaron una hora tomando el sol.

«¿Quieres ir en el bote banana?», Tom señaló un inflable largo y amarillo que flotaba en el mar.

Rose suspiró. «¿Otro paseo en inflable?».

«No tienes miedo, ¿verdad?». Juguetonamente, echó arena sobre sus pies.

Inmediatamente, Rose se levantó, sacudiéndose la arena de las manos. «Vamos entonces».

Saltaron sobre la arena caliente, hundiendo sus pies chamuscados en el agua de mar fresca.

Tom pagó al hombre en el quiosco y lucharon por ponerse chalecos salvavidas de color naranja brillante. Nadaron hacia el inflable y Rose se agarró a la cuerda mientras Tom la empujaba por detrás.

Había media docena de personas más en el bote banana y algunas de ellas eran niños. Una niña de aspecto angelical con grandes rizos rubios se sentó frente a Rose y dos adolescentes se sentaron detrás de Tom. Rose podía oírlos reírse, sin duda emocionados por la proximidad de un tipo tan macizo. Los motores de la lancha rápida se aceleraron y, lentamente, el inflable comenzó a moverse.

«¡Agárrate!», Tom se inclinó para besarle la nuca y un escalofrío recorrió la columna de Rose.

Rose se preparó para ser arrojada, pero esto era diferente al sofá inflable. Fue un viaje más suave, aparte del constante y molesto rocío de agua en la cara de Rose. El bote los arrastró hacia el mar y Rose pudo ver que la costa se hacía más pequeña. Pasaron algunos otros botes, saludando a la gente en cubierta.

«Esto es genial, ¿eh?». La emoción de Tom era contagiosa. La chica frente a Rose gritaba de alegría y Rose se desconcertó al notar que había soltado las manijas y agitaba los brazos por encima de la cabeza.

«Tienes que sujetarte», gritó Rose.

Demasiado tarde. La chica se inclinó hacia un lado y luego cayó al mar con un estruendo estrepitoso. Sin pensar, Rose se lanzó tras ella, seguida de cerca por el padre de la niña y luego por Tom.

«¿Estás bien?», Rose agarró a la chica.

«¡Eso fue asombroso!». La chica golpeó el aire y Rose suspiró aliviada.

«Es una temeraria», explicó su padre mientras la levantaban de nuevo.

Rose se volvió hacia Tom. «¿Por qué estás aquí?». Ella le echó agua.

«Pensé que necesitabas que te salvara». Él la empujó sobre el inflable antes de volver a subirse. Luego partieron de nuevo, rebotando sobre el agua, dirigiéndose hacia el horizonte, donde el cielo sin nubes besaba el mar.

Rose exprimió el exceso de agua de su cabello mientras caminaban por la playa. El mar les lamía suavemente los tobillos mientras pasaban junto a hordas de bañistas.

Había metido sus pertenencias debajo de una toalla rosa cereza, que recogió para secarse.

«¿Te apetece ir a un resort diferente?», Tom se estaba

limpiando las gotas de agua de su pecho bronceado. Rose trató de no mirar.

«Um... sí, pero ¿podemos conseguir un poco más de agua primero?». Tenía la garganta reseca y los labios secos y doloridos por el agua salada y el calor del sol. Se puso las chanclas, salieron de la playa y regresaron al automóvil a través de una parada rápida en una tienda de comestibles cercana.

«Estoy cansada». Rose bostezó mientras se abrochaba el cinturón.

«Recuéstate y relájate». Tom pulsó un interruptor y su asiento se reclinó hacia atrás. La música suave se desvaneció a su alrededor y mientras Tom cantaba suavemente, Rose apoyó la cabeza contra la ventana y cerró los ojos.

veintiséis

Se despertó mucho más tarde, cuando el sol se estaba poniendo y las nubes se acumulaban en el cielo.

«Debiste haberme despertado». Rose se estiró, con su columna desencajada como un gato lánguido. «¿Cuánto tiempo he estado dormida?».

«Alrededor de una hora». Tom sonrió. «Parecías tan pacífica. Pensé que te vendría bien el descanso».

Rose pensó en la abuela Faith y sus siestas vespertinas y le asaltó una repentina sensación de nostalgia. Rebuscó en su bolso su teléfono y le envió un mensaje a su madre, preguntándole si estaban bien.

«¿Todo está bien?», Tom preguntó, reduciendo la velocidad en una rotonda.

Rose notó numerosos mensajes de Shelly en su bandeja de entrada y los ignoró hábilmente.

«Todo está bien», respondió ella con firmeza. «¿Dónde estamos, por cierto?».

«Casi en Alcudia». Tom se detuvo en un semáforo y vieron a

un grupo de personas de aspecto cansado que bajaban de un carruaje. «Parecen recién llegados».

«¿Debes estar acostumbrado a este calor?», Rose se volvió hacia Tom.

«En realidad, esta época del año es la más fría en Sydney. Enero y febrero son los meses más calurosos».

«¿Ah, de verdad? Esa suele ser la peor época del año en Gran Bretaña».

Tom se golpeó la frente. «¡Maldita sea! He sucumbido».

«¿A qué?».

«La etiqueta británica de la charla trivial: hablar sobre el clima».

Rose se rió. «¿De qué te gustaría hablar entonces?».

«Lo que me gustaría hacerte». Estaba mirando al frente, pero Rose notó la flexión de su mandíbula.

«Prefiero que me lo muestres». Su voz temblaba mientras hablaba.

Tom se aclaró la garganta. «Entonces, mientras dormías, encontré un restaurante italiano».

«Oh, genial», Rose deslizó su mano sobre la de él. «¿Está lejos?».

«Está en el centro». Levantó los dedos de la palanca de cambios, acariciando su mano. «Podemos echar un vistazo primero, tomar unas copas».

«Suena celestial». Rose bajó el espejo y miró su reflejo. «Me he bronceado». La punta de su nariz y sus mejillas estaban rosadas, pero sus ojos brillaban de felicidad.

«Hay un poco de aloe vera para después del sol en mi mochila». Señaló con la cabeza hacia la parte trasera del coche.

«Gracias», Rose se inclinó detrás de su asiento y extrajo el pequeño tubo. Cuando Tom dio marcha atrás con el coche en una plaza de estacionamiento, rápidamente se frotó el gel refrescante en la cara.

. . .

El centro turístico de Alcudia era mucho más grande que Sa Coma y Cala Millor. Las calles estaban llenas de vacacionistas, caminando de un lado a otro de la avenida central principal. Rose tomó la mano de Tom mientras pasaban por tiendas y restaurantes. Un amable español que vestía una camisa y pantalones elegantes los detuvo frente a su asador, tratando de atraerlos para que entraran.

«Lo siento», dijo Tom con firmeza, «vamos a comer más tarde».

«Entonces, en otro momento», contestó el hombre.

«Vamos a bajar aquí». Tom dobló por una calle lateral que los llevó a un grupo de bares.

Hay un bar irlandés. Rose señaló un pub pintado de verde esmeralda en el que se escuchaba música pop a todo volumen.

Una mujer estaba parada en la entrada, repartiendo volantes que prometían ofertas de bebidas 2 por 1. Sus ojos se iluminaron cuando los vio y los llevó a una mesa al aire libre.

«Hola, hermosa pareja, ¿qué les gustaría beber?».

Rose pidió vino y como Tom conducía, pidió cola.

El pub estaba lleno. Muchos de los clientes estaban comiendo y había un hombre encajado en la esquina tocando un piano y cantando en un micrófono. Rose y Tom conversaban mientras bebían, viendo pasar el mundo.

El tiempo pasó volando y se mudaron a otro bar y luego, cuando el estómago de Rose gruñía por el hambre, decidieron ir al restaurante. Fue una experiencia gastronómica suntuosa; atentos meseros y mesas de lino blanco decoradas con velas parpadeantes. Mientras comían su entrada, vieron a un violinista caminando entre las mesas. Se detuvo en el de ellos y le dio a Rose una sola rosa roja.

«¿Está buena tu comida?», preguntó Tom, mientras clavaba

una vieira.

Rose asintió. «Los champiñones están deliciosos». Debajo de la mesa, su teléfono sonó para indicar que había un mensaje entrante. Rose dejó su tenedor para recuperarlo.

«Shelly otra vez», suspiró Rose. «Supongo que debería responderle».

«Ella está preocupada de que estés a solas conmigo, ¿no es así?».

«Ella se preocuparía de que yo esté a solas con cualquier hombre». Rose tomó un sorbo del delicioso vino. «Shelly está llena de contradicciones. Ella quería que yo tuviera un romance salvaje en Mallorca y ahora yo... eee... estoy interesada en alguien, y ella se pone como una madre gallina conmigo».

Tom se limpió la boca a la fuerza. «Tal vez Shelly tenga razón. Tal vez no soy bueno para ti, Rose».

«¿Por que no?». El labio de Rose tembló. «Eres adorable».

Lentamente, Tom negó con la cabeza. «No me conoces, Rose, no soy quien crees que soy».

«Sé que te han lastimado», balbuceó Rose. «No importa, lo que sea que haya sucedido, ya está en el pasado».

Tom abrió la boca para hablar, pero Rose lo interrumpió. «Por favor, no arruines el día. Sé que no nos conocemos desde hace mucho tiempo, pero me gustas tanto...». Se detuvo cuando él se inclinó sobre la mesa y la besó.

«¿Estás segura?». Él la miró a los ojos, dejándola sin aliento por el anhelo.

«Sí». Ella apretó su mano. «Nunca he estado más segura de nada en mi vida».

Rose se quitó las sandalias y suspiró mientras el agua tibia del mar lamía sus tobillos.

«Hay tanto silencio». Observó a Tom mientras deslizaba un

guijarro por el mar. La noche había llegado y la luna llena colgaba baja en el cielo oscurecido.

«Somos los únicos en la playa», dijo Tom, tomándola de la mano. «Ven y siéntate conmigo».

Caminaron por la playa, con los pies hundidos en la arena húmeda, hasta un lugar aislado oculto por una sección de rocas. Tom se hundió en el suelo, tirando de Rose con él.

«Estoy cubierta de arena ahora», dijo, riendo.

«Recuéstate», le ordenó.

«¿Eres siempre así de mandón? Yo también tendré arena en mi cabello».

Con un rápido movimiento, se había quitado la camisa y la estaba enrollando debajo de su cabeza. Su pecho brillaba a la luz de la luna. Le recordó una escena de Crepúsculo, y Tom Sinclair era tan hermoso como Robert Pattinson, pensó soñadoramente.

Esperó conteniendo el aliento; ¿Seguramente la besaría de nuevo? Pero él yacía inmóvil, boca arriba, mirando al cielo.

«Mira las estrellas», dijo en voz baja. Rose miró hacia arriba. El cielo estaba lleno, brillando en silencio.

«Es hermoso». Exhaló e inhaló profundamente, sintiéndose increíblemente serena. Se buscaron a tientas las manos. Tom levantó la de ella hacia su boca, besando sus dedos.

«Tú. Eres. Tan. Hermosa». Se puso de lado y el pulso de Rose se aceleró.

«Tom», susurró ella.

Cuando inclinó la cabeza, sus oídos estaban llenos del sonido del océano, subiendo y bajando. Sus dedos se movieron a su blusa. Suavemente, abrió los botones, separó la tela y luego dejó una lluvia de suaves besos en sus senos y clavícula. Rose arqueó la espalda, lo rodeó con sus brazos y sucumbió a los intensos sentimientos de placer.

. . .

Luego, ella yacía en un estupor aturdido, su pecho subía y bajaba mientras tomaba aire.

«¿Estás bien?». Le tocó el cabello, empujándolo detrás de su oreja.

«Eso fue increíble». Rose luchó por sentarse, apretando su blusa contra su pecho desnudo mientras miraba a su alrededor.

«No hay nadie aquí», dijo Tom en voz baja, «no te preocupes».

«No puedo creer que acabo de tener sexo en una playa». Las palabras que salieron de su boca fueron temblorosas.

«Tampoco yo», Tom sonrió. «También es una novedad para mí». Él tiró de ella hacia abajo y ella se acurrucó contra él. El sonido de los latidos de su corazón retumbó en su oído. Ella deslizó su mano sobre su pecho, pasando sus dedos por el cabello sedoso.

«Deberíamos regresar», susurró Tom.

«¿Tenemos que hacerlo?», Rose estaba cómoda, feliz y reacia a irse.

«Shelly estará loca de preocupación». Como si fuera una señal, el teléfono de Tom sonó. «Ese será Harry, comprobando que no he realizado mi maldad contigo».

«¡Demasiado tarde para eso!». Rose besó su torso, moviéndose hacia arriba, hacia su cuello. «Vamos a quedarnos un rato más. Quiero experimentar más de ti...».

«Eres insaciable», se rió Tom mientras se movía encima de ella. Rose separó sus muslos y atrajo su rostro hacia el de ella, besándolo con amor, vencida por el anhelo.

«Quiero escucharlo todo». Rose estaba sentada junto a la piscina a la mañana siguiente cuando Shelly la agarró del brazo. «Acaso tú...?».

«Sí», Rose deslizó sus gafas de sol sobre sus ojos. «Fue una noche fantástica y eso es todo lo que diré sobre el tema».

«Llegaste tarde al desayuno», resopló Shelly. «Supongo que no dormiste mucho».

«No regresamos al hotel hasta pasadas las doce y dormí bien, muchas gracias».

Shelly se removió en la tumbona y se cubrió el brazo con crema solar. «¿Fue gentil o salvajemente apasionado?».

«¡Shelly!», Rose chasqueó la lengua a su amiga. «Por favor, no seas curiosa».

Shelly levantó sus manos blancas y pegajosas. «Lo siento. Harry y yo estábamos preocupados, eso es todo. No respondiste mis mensajes de texto, Archer».

«Estaba bien». Rose estiró los brazos por encima de su cabeza. «Tom fue el perfecto caballero».

Shelly le dirigió una mirada, que Rose ignoró. Su cuerpo se sentía diferente esta mañana después de una noche de hacer el amor. Se sentía saciada y feliz, muy feliz. Observó a Tom, Fin y Harry jugando en la piscina y sacó su teléfono para tomarles una foto.

«Shelly», comenzó, «¿por qué trataste de advertirme sobre Tom? No entiendo. Es encantador».

«¿Lo hice?», Shelly resopló. «Bueno, ya es demasiado tarde. Simplemente no te enamores demasiado de él, ¿de acuerdo?».

«¿Porque volverá a Australia?», aventuró Rose.

«Porque es diferente a ti, Rose». Shelly tragó saliva. «Tiene experiencia y está un poco hastiado. Todo lo que tú no eres».

«Creo que es bastante perfecto, en realidad».

«Oh chica, lo entiendes mal». Shelly se tocó la frente. «Sí, definitivamente estás enamorada».

Rose apartó la mano. «¡Lo dice la persona más enamoradiza que conozco! ¿Cómo van los planes de boda?».

«Excelente». Shelley sonrió. «Hablé con el gerente anoche. Todo está organizado. Todo lo que tengo que hacer es aparecer».

«¿De qué están chismorreando ustedes dos?». Marian avanzó hacia ellas, sosteniendo una bebida que se parecía sospechosamente a un coctel.

«¿No es un poco temprano para eso?». Shelly se bajó las gafas y le dirigió una mirada de desaprobación.

«¿Me estás tomando el pelo?» Marian puso los ojos en blanco. «Hay todo un grupo de tipos escoceses en la piscina bebiendo media pinta de whisky».

Rose hizo una mueca. «Estábamos discutiendo las nupcias inminentes de Shelly».

Marian se dejó caer en la tumbona de Shelly, apartando los pies de su hermana del camino, «¿Qué hay de la despedida de soltera? Todavía no hemos hecho ningún arreglo para eso».

«Esto», Shelley movió los brazos en un arco, «es una gran despedida de soltera».

Marian le dirigió una mirada fulminante. «¡Tienes que tener una despedida de soltera! Y una despedida de soltero para los hombres, por supuesto. ¿No quiere Harry celebrar una última noche de libertad?».

«¡Por su puesto! Y yo también tengo que celebrar. Entonces, ¿qué han planeado ustedes dos?».

«Nada todavía», espetó Marian. «Pensaba en meterte en un taxi a Palma Nova o Magaluf, pero está a kilómetros de distancia y costaría una fortuna llegar allí».

«Prefiero quedarme aquí, de todos modos», respondió Shelly, con una arruga en la nariz.

«Bueno, eso significa que los muchachos tienen que ir a un resort diferente entonces. No podemos permitir que se encuentren con tu despedida de soltera».

«¿Qué tal si van a Cala Millor?», Rose intervino amablemente. «Es un lugar agradable y no muy lejos».

«Eso podría funcionar». Marian asintió, haciendo una pausa para chupar su pajita. «Déjame a mí, y Shells, no te preocupes, organizaremos una despedida de soltera inolvidable».

Shelly suspiró. «Solo quiero algo simple, sin complicaciones, por favorcito. Llevo años de fiesta. ya no me interesa. Prefiero la vida tranquila de hoy en día, como tú, Rose».

«Ayer mismo decías que Rose necesitaba animarse», dijo Marian con ironía.

«¿Cómo estuvo eso?», Rose tosió.

«Nada», dijo Shelly rápidamente. «Está bien, señoras, les dejaré todo a ustedes y, mientras tanto, estoy trabajando seriamente en mi bronceado». Se deslizó en la tumbona. «¿Me despiertan cuando sea la hora del almuerzo?»

veintisiete

Los siguientes días los pasaron participando en viajes alrededor de la isla. Visitaron las Cuevas del Drac en Portocristo y un día lo pasaron lleno de diversión en un parque acuático. En la mañana de la despedida de soltera de Shelly llovió, un breve respiro del sol abrasador. A media tarde, el cielo volvió a estar despejado y los charcos de lluvia se habían secado. Shelly se despidió de Harry con lágrimas en los ojos y se envolvió en él junto al taxi que esperaba.

«Diviértete», resopló ella, «ten cuidado. Tom, cuídalo por mí».

Tom tenía sus brazos alrededor de Rose, besándola con ternura. Habían sido inseparables desde su día juntos.

Rose lo miró. «Te extrañaré».

«Igualmente». Por encima de su cabeza, le aseguró a Shelly que Harry estaría bien.

Marian y Fin salieron por la puerta giratoria del hotel. Parecía enfadada, pero Fin parecía tan relajado como siempre.

«Solo compórtate, ¿de acuerdo?», ella le dijo. «Nada de conversar con otras mujeres».

Fin pasó su brazo sobre el hombro de Marian y le dijo que se relajara.

El taxista asomó la cabeza por la ventanilla abierta y les dijo que tenía que marcharse. Los muchachos subieron y Rose, Marian y Shelly saludaron con la mano cuando el auto se desvió. «Entonces, ¿vamos a prepararnos?», Rose puso su brazo sobre el hombro de Shelly.

Marian enganchó su brazo alrededor del otro. «Hagamos que la futura novia luzca hermosa. Es tu despedida de soltera, hermana, deja que esta fiesta comience oficialmente».

Una hora más tarde, Shelly lucía deslumbrante con un vestido de lentejuelas plateadas sin tirantes.

«Siéntate quieta», le ordenó Marian, mientras le echaba un poco de laca a su cabello recién rizado.

«¿Alguien ha visto mi otro zapato?», preguntó Rose, mientras miraba debajo de la cama por tercera vez.

«Prueba mi lado del guardarropa», respondió Marian.

Rose abrió la puerta y miró dentro. «¿Por qué estaría aquí?».

«Ah», dijo Marian, mirándose avergonzada, «podría haber tomado prestados tus zapatos cuando no estuviste aquí la otra noche».

«¡Deberías haber preguntado!», Shelly sacudió la cabeza con incredulidad ante el descaro de su hermana.

Rose sacó el zapato de las oscuras profundidades del armario. «Está bien», murmuró, «no pasa nada».

Quitó una bola de pelusa antes de ponérselos.

«¿Podemos irnos ahora?», Shelly recogió su bolso y se dirigió a la puerta.

«¡Espera!». Marian se echó perfume en el cuello, las muñecas y el torso. «Ahora estoy lista. Vamos chicas».

. . .

Rose se tambaleó en sus tacones altos, siguiendo a Marian y Shelly al bar. Después de pedir las bebidas, se sentaron en los taburetes de la barra y observaron cómo el barman sacudía una coctelera cromada con entusiasmo. «Señoras, todas se ven muy hermosas». Sonrió ampliamente. «Soy Manuel, pero pueden llamarme Manny».

«Me voy a casar, Manny», divulgó Shelly. «¿Tienes algún consejo sobre cómo hacer un matrimonio largo y feliz?».

Manny deslizó un tazón de nueces de cortesía hacia ellas. «La mujer siempre tiene la razón. Esto ha hecho que mi matrimonio sea muy feliz. Tengan, tomen estos cocteles gratis como regalo de bodas de Manny. Pero, por favor, no se lo digan al jefe».

«¡Gracias!». Rose tomó un sorbo del melocotón Bellini. Sus ojos recorrieron el concurrido bar. Era un hotel elegante que exigía ropa elegante para la experiencia de cenar. Los hombres se veían bien arreglados y las mujeres se veían elegantes.

«¿Vamos a comer aquí?», preguntó Shelly, agarrando un puñado de maní.

«No». Marian se golpeó el puente de la nariz. «He organizado algo, pero es un secreto».

«Odio las sorpresas». Shelly frunció el ceño. «¿Puedo enviarle un mensaje a Harry? ¿Para asegurarnos de que esté bien?».

«¡No!». Rose y Marian dijeron al unísono.

«¿Por qué no hacemos un pequeño juego?». Marian agarró una botella de cerveza vacía. «Verdad o reto. Toma, Rose, gira la botella».

«Odio este juego», murmuró Rose.

«Adelante, Archer, no seas tan cascarrabias».

«Bien, entonces». Rose puso la botella de lado, dándole vueltas. Se detuvo, señalando a Marian.

. . .

«Pregúntame lo que sea», Marian sacudió la cabeza.

«Em...», Rose pensó por un momento, «¿eres realmente feliz en Londres?».

Marian cerró los ojos brevemente y luego los abrió de nuevo. «Esto es demasiado profundo. Está bien, no, no lo soy».

Shelly se enderezó. «¿Pensé que amabas la vida en la gran ciudad?».

«Es una gran ciudad, vistas preciosas, miles de personas... Lo curioso es que nunca me había sentido tan sola. Todo el mundo me odia en el trabajo, me llaman la perra jefa. Sí, gano un montón de dinero, puedo comprar prácticamente lo que quiera, pero no tengo amigos de verdad, ni familia... ni un hombre que me abrace después de un día duro. Mi vida es una mierda, de verdad».

Rose se deslizó de su taburete, colocando sus brazos alrededor de Marian. «Lamento que seas infeliz, pero puedes cambiar tu vida, Marian».

Shelly agitó su bebida. «Dios, hermana, no tenía idea de lo infeliz que eras. Pensé que tenías la vida resuelta».

«¿Quién, yo?». Marian dejó escapar un suspiro tembloroso. «Solo estoy saliendo del paso, haciendo todo lo posible para que sea algo bueno».

Rose se cernía a su lado, buscando palabras para hacerla sentir mejor.

«De todos modos», continuó Marian, «es mi turno... así que déjame girar». Le dio una vuelta a la botella y esta vez aterrizó en Shelly.

«Oh, no», Shelly se cubrió los ojos.

«Entonces, hermana», dijo Marian acusadoramente, «¿por qué no llamaste ni escribiste en los últimos diez años? ¿Por qué despegaste sin pensar en tu única hermana?».

Rose miró nerviosamente de una hermana a la otra. «¿Tal vez deberíamos jugar otro juego?».

«No, responderé la pregunta». Shelly asomó la mandíbula.

«Por lo que puedo recordar, nunca estuviste interesada en mí, o mamá, ahora que lo pienso. Te levantaste y te marchaste después de la muerte de papá, te escapaste a la ciudad de Londres».

«¡Fue por dolor!». Los ojos de Marian brillaron con lágrimas. «Cuando papá falleció y mamá se derrumbó, simplemente no pude enfrentarlo. Necesitaba un nuevo comienzo, como tú también, Shelly, ¿verdad? Y Twineham era tan soso, tan sofocante. Todos conocen los asuntos de los demás: malditamente ridículo. Ahora tengo el problema opuesto, ahora a nadie le importa una mierda. Soy verdaderamente insignificante».

«No digas eso». Rose jugueteó con los anillos en sus dedos. «No es demasiado tarde para que Shelly y tú... se reconcilien adecuadamente y se olviden del pasado. Son hermanas y sé que se aman. Así que... háganse amigas, ¿de acuerdo? La vida es demasiado corta, ¿verdad?».

Shelly la miró fijamente. «Mi amiga la eterna optimista. Por esto es que te amo. Por eso volví».

Marian resopló: «Eres dulce, Rose y no te preocupes por mí y mi hermana. Hemos estado discutiendo desde que pudimos hablar».

«De acuerdo», Rose sonrió y se deslizó hacia atrás en el asiento.

«Ahora es mi turno». Había un brillo travieso en los ojos de Shelly mientras giraba rápidamente la botella. Se deslizó sobre la mesa y aterrizó en el regazo de Rose.

«Vaya. ¿Quieres girar de nuevo?», Rose balbuceó.

«No. Creo que sea una señal y definitivamente es tu turno, Rose». Shelly se llevó el dedo a los labios.

Pasaron unos minutos. Rose esperó con la respiración contenida.

«Vamos», dijo Marian con impaciencia.

«Estoy pensando», Shelly exhaló ruidosamente. «De acuerdo. Esto puede ser obvio, pero, ¿te has enamorado de Tom?».

Rose abrió la boca y luego la volvió a cerrar. «Yo...».

«Por supuesto que sí», espetó Marian.

«Iba a decir que me gusta mucho».

Shelly se introdujo un maní en la boca. «También te gusta Jeremy. ¿Cuál prefieres, Rose?».

«Jeremy y yo solo somos amigos, mientras que con Tom es diferente... y esas son dos preguntas, Shelly». Rose tosió.

«¿Quieres decir que has estado haciendo el tango horizontal con él?», Marian la miró con curiosidad. «¿Entonces es solo lujuria entre ustedes dos, como lo es entre Fin y yo?».

«No». Rose se enderezó. «Es más que eso, mucho más».

«Lo sabía». Shelly apartó el cuenco de nueces. «Es la maldición de los hermanos Sinclair, atrayéndote, cautivándote. Lo amas, Rose, ¿verdad?».

Una sensación de hundimiento pesaba mucho en el estómago de Rose, con el temor de que Shelly pudiera tener razón. Ella trató de reírse. «Apenas lo conozco. Voy a girar la botella y.... y....».

Shelly presionó su mano sobre la de Rose. «Está bien admitir que sientes algo por un hombre, Rose».

«Lo sé». Rose negó con la cabeza, disipando los pensamientos sobre él. «Aquí va».

La botella volvió a caer sobre Shelly.

«Bien», dijo Rose alegremente, «¿cuál es su secreto?».

«¿De quién?», Shelly se quedó en blanco.

«Tom, por supuesto. Sé que hay algo... que no está del todo bien. Llámalo intuición, así que responde la pregunta, Shelly».

Había silencio. Marian levantó una ceja, tamborileando con los dedos sobre la barra pulida.

. . .

«Esto es verdad o reto, ¿verdad?», Shelly dijo con desconcierto.

«Te pido un desafío, Rose».

«¿Así que te niegas a responder la pregunta?».

«Sí». Shelly negó con la cabeza enérgicamente. «Desafíame, Rose».

La boca de Rose se apretó con decepción. Miró a su alrededor en el concurrido bar, una idea formándose en su mente. «Te reto a que beses a un hombre extraño y regreses con una prenda de su ropa».

«¿Tengo que hacerlo?». Shelly suspiró teatralmente, apoyando la cabeza en los brazos.

«Sí, y tienes que cumplir...». Rose miró su reloj, «cinco minutos para hacerlo. ¡La alternativa es responder a la pregunta!».

Shelly salió disparada de su asiento.

«Nunca la había visto moverse tan rápido», observó Marian. «Es casi como si estuviera desesperada».

«Mmm». Rose vio a su amiga correr por la habitación, deteniéndose junto a una pareja de ancianos. Estaba de espaldas a ellos y ligeramente inclinada mientras charlaba.

«Ella nunca lo hará», dijo Marian con una risita. «No en cinco minutos».

Rose observó atentamente a su amiga. La pareja escuchaba atentamente, entonces el hombre hurgó en su bolsillo y extrajo algo. Momentos después, Shelly lo besaba en la mejilla y caminaba hacia ellos con una sonrisa triunfante.

«Ahí». Un trozo de tela blanca salió flotando de su mano.

«¿Un pañuelo?». Marian se rió. «Difícilmente es una prenda de vestir».

Shelly se cruzó de brazos. «Completé el reto. ¿No es así, Rose?».

«Supongo que sí», Rose suspiró y palmeó el taburete vacío. «Siéntate entonces».

Manny el mesero estaba apoyado en el bar observándolas, con los brazos cruzados. «Ustedes, los ingleses, son extraños», dijo con una risita. «Ahora, ¿puedo recuperar mi botella?».

Y ese fue el final de verdad o reto.

veintiocho

Cuando salían del hotel, había un arcoíris arqueando sus coloridos senderos sobre ellas. Saltaron en charcos frescos, empapándose los pies y la parte inferior de las piernas. Un coche redujo la velocidad junto a la acera y el conductor preguntó adónde iban. «¿Quieren venir a una fiesta?». El hombre de pelo puntiagudo tenía acento y una camiseta de fútbol holandés a juego.

«¡No, gracias!», Shelly gritó, estirando los brazos. «Esta es mi despedida de soltera. Me caso dentro de dos días».

«Un tipo con suerte», respondió el hombre, antes de guiñar un ojo y alejarse en una nube de humo.

«Tenemos que comer», dijo Marian, pasando su brazo por el hueco del de su hermana. «He reservado una mesa encantadora para nosotras y puede que te lleves una o tres sorpresas».

«¿Eh?», Shelly la miró con ojos sospechosos. «¿Qué has hecho?».

«Espera y verás», Marian le dio unas palmaditas en la mano.

El sonido del mar era fuerte esta noche. Rose miró hacia las olas e inhaló el olor a sal, algas y frescura. Caminaron por el borde de la playa, deteniéndose para ver un enérgico partido de voleibol y una familia numerosa jugando un relajado partido de cricket.

«Puedo entender por qué querías vivir aquí», dijo Rose. «Mallorca es realmente impresionante».

«¿Eso significa que vendrás todos los años ahora, Rose?», Shelly inclinó la cabeza hacia un lado.

Rose asintió. «Definitivamente regresaría. A mamá y papá les encantaría estar aquí y la abuela estaría en su elemento con todos estos hombres medio desnudos».

Shelly se rió entre dientes mientras giraban bruscamente alrededor de una mujer que paseaba a seis perros collie.

«Vamos a comer allí». Marian señaló frente a ellas un restaurante especializado en carnes que daba al mar.

«Esto se ve encantador», dijo Rose con aprobación, mientras se detenían afuera. Un hombre de cabello oscuro con un traje gris bien cortado les dio la bienvenida.

«He reservado una mesa. La mejor para ti».

Rose se preguntó si Marian usaba el mismo tono autoritario en el trabajo.

«Ah, sí, la despedida de soltera». Él se inclinó levemente. «Por favor vengan por aquí».

Lo siguieron a través del restaurante hasta su mesa.

«Hay demasiados asientos», dijo Shelly, mientras se sentaban en las sillas con cojines suaves. «¿Por qué hay seis sillas, Maz? ¿Vuelven los chicos?».

El cuerpo de Rose hormigueaba de emoción ante la perspectiva de ver a Tom.

«Por supuesto que no», Marian sacó tres menús de bebidas del soporte de la mesa, «pero hay otras personas que vienen a celebrar contigo. Y aquí están».

Rose miró a su alrededor. Había una cara que reconoció y dos que no.

«¿Carmella?», Shelly se puso de pie de un salto. «¿María,

Isabel?». Hubo un chillido y una ráfaga de besos en las mejillas y abrazos. "«Es tan encantador verlas». Shelly palmeó los asientos vacíos. «Siéntense».

Las tres mujeres se unieron a ellas en la mesa. Rose las miró. Eran innegablemente españolas. Las tres tenían cabello negro azabache, ojos oscuros y tez verde oliva brillante. Y todas eran hermosas.

«¿Están aquí para mi despedida de soltera?», Shelly estaba saltando en su asiento con entusiasmo.

«Así es». Carmella colocó su mano sobre su protuberante estómago. Darius me dio la noche libre, pero me dice que tenga mucho cuidado.

«Estoy tan contenta de que hayas podido venir». Shelly le dio unas palmaditas en la mano y luego se volvió hacia las otras chicas. «¿Cómo supieron que estaba aquí?».

La más pequeña de las dos, María, comenzó a hablar. «Carmella nos llamó. Dice que la loca Shelly de Inglaterra ha vuelto y que te vas a casar. Isabel y yo no lo creíamos. ¿Es cierto entonces?».

«Sí», se rió Shelly. «Conocí a Harry en Australia. Tan pronto como lo conocí, supe que era diferente a todos los demás chicos. Empezamos a vernos, nos enamoramos, Harry me lo propuso y ahora aquí estamos».

«¿Viniste aquí para casarte?». Los ojos de Isabel estaban muy abiertos. «¿Cuando estás rodeada de la belleza de Australia? Ahora sé que sigues estando loca».

«Regresé por mi hermana y mi mejor amiga», respondió Shelly. «Estas son Marian y Shelly. Han conocido a Carmella, pero Isabel y María son hermanas». Las cuatro chicas se sonrieron.

«¿Cómo te sientes?», Rose miró el bulto de bebé de Carmella; era tan grande que parecía que pudiera dar a luz en cualquier momento.

Carmella ahuyentó un mosquito. «El bebé se ha bajado. Su cabeza está en su lugar. Ahora es solo cuestión de esperar».

Rose tragó saliva. «¿Conoces el sexo?».

«No, definitivamente», Carmella se palmeó el estómago, «pero seguimos todos los consejos tradicionales españoles para hacer un niño. Ahora Darius está convencido y ha elegido el nombre de Roberto».

Un mesero se acercó a ellas con libreta y bolígrafo en la mano. «¿Bebidas, señoras?».

Shelly pidió dos jarras de sangría que trajeron rápidamente, junto con seis vasos.

«Entonces, ¿cómo conociste a Isabel y María?», preguntó Rose, mientras Marian servía las bebidas.

«Todas trabajábamos en el bar de Darius», respondió Shelly. «¿Siguen ahí, chicas?».

«No», respondió Isabel, «ahora las dos vivimos en Madrid. Soy esteticista».

«Y yo», interrumpió María, «soy diseñadora de moda».

Shelly tomó un sorbo de su bebida. «Entonces, ¿qué las trae de vuelta aquí?».

«Todavía tenemos familia aquí», respondió Isabel, «y queríamos ver a Carmella y a su bebé que pronto nacerá». Se volvió para mirar a Rose, que miraba con nostalgia el mar. «¿Te gusta la isla de Mallorca?».

«Me gusta», respondió Rose, «es... hermosa».

«Ah», aplaudieron las tres españolas, «muy bien».

María se inclinó hacia adelante y le hizo un guiño conspirador. «¿Shelly? Ella no quiere aprender nuestro idioma. Ella es, como se dice, una snob inglesa».

«¡Oye!» dijo Shelly ofendida. «Sé mucho español. Soy una buena chica».

María, Carmella e Isabel se rieron.

Rose miró a Shelly desconcertada. «¿Qué fue eso?».

«Soy una buena chica», respondió Shelly.

«Bueno, ¿puede esa linda chica ordenar su comida, por favor? Estoy hambrienta», dijo Marian arrastrando las palabras.

La comida era deliciosa. Rose tomó un coctel de gambas para empezar, seguido de un solomillo rociado con salsa de pimienta. Su mesa estaba colocada en lo más alto del restaurante. Les daba una vista fantástica de las rocas y el mar y el sol poniéndose en un cielo rojo sangre.

«¿Alguien quiere un postre?», preguntó Marian mientras examinaba el menú. «El helado suena delicioso».

«Seis helados serán». Shelly le hizo una seña al mesero que rondaba. «Y otra jarra de sangría, por favor».

«Agua para mí», dijo Carmella.

Debe ser incómodo para ti con este calor. Rose la miró con simpatía.

«Sí, mi barriga es muy pesada y mis tobillos están constantemente hinchados. La próxima vez, traeré un bebé en invierno». Carmella luchó por sentarse más alto en la silla. «¿Quieres niños?».

«¿Perdón?», Rose respondió cortésmente.

«Oh, lo siento». Carmella chasqueó los dedos. «Niños, Rose, ¿quieres una familia?».

«Supongo que sí», respondió Rose, «eventualmente, en algún momento».

Carmella echó la cabeza hacia atrás y se rió. «No te asustes, *hermosa señora*. Los niños son buenos».

Marian se estremeció. «No puedo pensar en nada peor. Estrías, almorranas, senos con fugas, dolor, no, ¡gracias! Soy una mujer de carrera y tengo la intención de seguir siéndolo».

Rose se volvió hacia Shelly. «¿Quieres tener hijos?».

«Sí. Harry quiere esperar unos años, pero puedo sentir el tictac de mi reloj biológico».

«Solo tienes veintiocho años, Shelly», se rió Rose.

«Los quiero tener estando joven», dijo Shelly con firmeza, «y quiero al menos cuatro».

Marian tosió. «Por Dios, mejor tú que yo. Seré feliz interpretando a la tía Marian».

El mesero regresó con sus helados. Se los comieron rápidamente, antes de que se derritieran. Cuando llegó el momento de pagar, Shelly insistió en pagar la cuenta.

«Puedes comprar mis bebidas por el resto de la noche», dijo, cuando Rose trató de protestar.

«¿Hacia dónde ahora?», Carmella luchó por ponerse de pie, con una mano sosteniendo su espalda.

«Pensé que podríamos ir recorriendo bares», dijo Marian secamente, mientras sacaba un pedazo de papel de su bolso. «He planeado un itinerario para la noche y su restaurante es el próximo puerto de escala».

Carmella puso los ojos en blanco. «Mi esposo estará feliz. Ahora podrá vigilarme».

«Solo vamos a beber poco», dijo Marian apresuradamente, «y luego seguiremos adelante». Miró a Carmella con nerviosismo. «¿Estás segura de que estás preparada para esto?».

«Ella ha estado teniendo punzadas todo el día», divulgó Isabel.

Marian palideció. «Tal vez deberías ir a casa, poner los pies en alto».

«No estoy enferma», dijo Carmella. «El movimiento es bueno para el bebé y quiero celebrar con mi amiga». Shelly se acercó a ella.

«Sujétate de mí», dijo, extendiendo su brazo, «soy socorrista».

«Bueno saberlo». Carmella apretó los dientes cuando una ola

de dolor sacudió su cuerpo. «Son las contracciones Braxton Hicks, no te preocupes. Vayamos a ver a mi marido».

Darius estaba corriendo cuando llegaron a su restaurante. Se detuvo con una bandeja de bebidas en la mano para besar a su esposa y acompañarlas a una mesa vacía.

«¿Estás bien?», le preguntó a Carmella, poniéndose en cuclillas a su lado.

Ella tomó su rostro entre sus manos, besó ambas mejillas y le aseguró que estaba bien.

Les trajo vino de cortesía y una rosa para Carmella.

«¿El hombre de las flores ha regresado?», preguntó ella, su voz levantándose con alegría. «Todos los días desde que estoy embarazada, Darius me ha dado una flor».

«Qué dulce», dijo Rose. Su teléfono sonaba en su bolso. Lo sacó y se quedó mirando un mensaje de Tom, preguntando si se estaban divirtiendo. Unos segundos después, una selfie de los hermanos Sinclair apareció en la pantalla. Rose amplió la imagen, suspirando al ver su hermoso rostro.

«Dame eso», Shelly le quitó el teléfono de la mano a Rose. «Oh, ahora sé por qué de repente te ves tan feliz».

«¿Qué es?», preguntó Marian.

«Una foto de mi futuro esposo y sus hermanos. ¡Miren!», Shelly les pasó el teléfono.

«Son hombres muy guapos», María asintió con aprobación, «pero este de aquí...», tocó el teléfono, «lo reconozco».

Shelly deslizó rápidamente el teléfono sobre la mesa y se lo pasó a Rose.

«Ese es su novio y vive en Australia, así que lo dudo».

María asintió con la cabeza. «Sí, lo he visto antes en alguna parte, estoy segura».

. . .

Rose guardó su teléfono. «Es gracioso que digas eso, porque un completo extraño en un viaje en barco dijo exactamente lo mismo». Shelly se rió. «Debe tener esa mirada familiar en él. Dios, hace calor». Se abanicó la cara.

Rose miró a María, que fruncía el ceño.

«Oigan», dijo Shelly, «¿alguien quiere bailar?».

«¿Aquí?», respondió Marian, echando un vistazo al concurrido restaurante. «No hay una pista de baile, Shelly».

«Podemos bailar junto al mar. Vamos, me encanta esta canción». Shelly balanceó las caderas y tiró de Rose de la mano.

Rose quería detenerse, quedarse quieta y preguntarle a Shelly qué estaba pasando realmente con Tom Sinclair, pero no quería estropear la velada. Más tarde, pensó con firmeza, después de la boda, voy a averiguar exactamente lo que están escondiendo. Por ahora, Rose sonrió y permitió que Shelly diera vueltas mientras los otros comensales miraban divertidos.

veintinueve

Una hora más tarde, estaban jugando al billar en un bar de la avenida principal. Estaba relajado y tranquilo dentro del pub. El encargado del bar cantó junto a Frank Sinatra mientras limpiaba las mesas y un gran labrador se paseaba, olfateando el suelo en busca de sobras. Rose se agachó para darle una palmadita.

«Eso es dos ceros para mí», dijo Shelly, a Marian, que parecía molesta. «¿Quién quiere jugar ahora?».

Isabel y María cogieron un taco cada una y el resto de las chicas se fueron a sentar al lado de Carmella.

«Debo decir que me sorprendió cuando descubrí que te habías casado con Darius». Shelly tomó un sorbo de su bebida con una pajita. Rose notó que estaba arrastrando las palabras ligeramente y se sintió mareada. Tal vez debería beber agua a continuación, pensó vagamente.

«Muchas cosas cambiaron después de que te fuiste, Shelly. Me calmé mucho sin tu influencia». Carmella sonrió. «Darius y yo nos hicimos cercanos».

«Pero, ¿qué pasó con como-se-llame?», Shelly chasqueó los

dedos, tratando de recordar. «El tipo rico de Italia, que solía llevarnos de paseo en su lancha rápida».

«¿Te refieres a Alfonso?», Carmella suspiró. «Se casó con una heredera alemana, añadiendo más a su riqueza. Lo último que supe es que estaban montando un negocio de navegación en Ibiza».

«¡Guau!» Shelly se reclinó en su silla. «Todos hemos seguido adelante. ¿Así que tú y Darius van a vivir aquí de forma permanente?».

«Sí», Carmella asintió. «Estamos felices aquí. Es un buen lugar para criar a los niños».

«¿Ya te has decidido?», Rose le preguntó a Shelly. «¿Va a ser Gran Bretaña o Australia?».

Shelly miró hacia la mesa. «Regresaremos a Australia, Rose. Gran Bretaña es genial, pero mi corazón pertenece a Oz. A Harry le encanta estar allí, no podría llevármelo, no importa cuánto amo a Twineham». [*Nota de la T.: Oz es como se nombra coloquialmente a Australia, es la derivación de Australiano es inglés*]

Rose no pudo evitar que su cara se derrumbara. «¿Cuándo te vas?», preguntó en voz baja.

«No hasta dentro de unas semanas», respondió ella. «Quería mostrarle a Harry más de Gran Bretaña y quería pasar más tiempo contigo».

«¿Vendrás de nuevo a visitarme?».

«Por supuesto que lo haré», Shelly se inclinó para abrazar a Rose, «y tú también puedes venir a verme».

«Ya he hablado de esto con Rose», dijo Marian secamente. «Vamos a volar juntas a Australia. ¿No es así?».

La mente de Rose se había alejado de la conversación. Estaba pensando en Tom y su corazón se sentía como si estuviera siendo aplastado. Se maldijo por enamorarse de él. Se suponía que esta sería una aventura sin ataduras como la de Fin y Marian, pero ahora se daba cuenta de cuánto lo quería y que quería pasar más tiempo con él, mucho más. Diez días no era suficiente. Era totalmente inadecuado.

«¡Todos iremos!», Carmella gritó de repente, haciendo saltar a Rose. «Tres hurras por Shelly y su vida en Australia como mujer casada».

«¡Hip, hip, hurra!», la mujer vitoreó y levantó sus copas, y Rose se secó disimuladamente los ojos húmedos, deseando que los fuertes brazos de Tom la sostuvieran y nunca la soltaran.

~

Mientras la oscuridad caía como un sudario, más personas ingresaron al bar de la piscina. Marian y Shelly estaban bailando, moviendo sus brazos y piernas exuberantemente. El personal del bar aplaudía y silbaba al ritmo de la música, la charla era ruidosa y el ambiente era animado y feliz. Shelly anunció en voz alta que quería seguir adelante, pero primero iría al baño.

Tan pronto como estuvo fuera del alcance del oído, Marian corrió hacia Rose, golpeándola en las costillas y casi derramando su bebida. «Tenemos que quedarnos aquí», susurró.

Rose miró a Carmella, que estaba discutiendo nombres de bebés con Isabel y María.

«¿Por qué?», Rose apuró su bebida. «¿No decide Shelly?».

«Tengo algo organizado», guiñó Marian, «y no querrás perderte esto».

«¿Qué has hecho, Marian?», Rose la miró con desconfianza.

«Nada malo», dijo Marian arrastrando las palabras, «solo confía en mí, ¿de acuerdo? Ahora, ve y consigue más sangría, antes de que ella regrese». Presionó un billete de veinte euros en la palma sudorosa de Rose.

. . .

Rose miró al perro que dormía a sus pies. Estaba babeando sobre sus sandalias y parte de la baba se había filtrado a través del material y le hacía cosquillas en los dedos de los pies. Suavemente, lo cambió de posición y se acercó a la barra. Pidió la sangría y más agua para Carmella y se los llevó en una bandeja. Mientras dejaba las bebidas, notó que Marian miraba repetidamente su reloj.

Entonces, de la nada, apareció un policía a su lado. Las esposas colgaban de sus pantalones de tiro bajo, su camisa azul abierta en la parte superior, revelando una cantidad considerable de vello en el pecho y una porra estaba sujeta a su cintura.

«Estás en problemas». Sus palabras estaban recubiertas de un fuerte acento español.

«¿Yo?», Rose lo miró con los ojos muy abiertos.

«Has sido una chica mala», continuó, quitándose la gorra.

Rose tragó saliva. ¿Qué demonios?

«Ella no», siseó Marian, con el rostro rojo y sudoroso mientras se inclinaba sobre la mesa. «¡Ella!». Señaló a Shelly, que saltaba por la habitación. El falso policía se acercó y le susurró algo al oído a Shelly.

«¡Me conseguiste una stripper!», Shelly gritó. «Te voy a matar, Marian».

«Por favor», dijo el hombre, «prefiero el término 'artista de entretenimiento'».

Todo el bar vio cómo obligaban a Shelly a sentarse en una silla mientras el 'artista' se quitaba lentamente la ropa.

«¿Cómo diablos organizaste esto?», Rose tenía los ojos medio tapados.

«No fue fácil», respondió Marian, «en tan poco tiempo. El personal de recepción ayudó. Pensé que, si te lo decía, podrías dejarlo pasar».

«¿Estás segura de que ella está disfrutando esto?», Rose hizo una mueca, mientras observaba cómo Shelly frotaba con cuidado aceite de bebé en el musculoso pecho del stripper.

«Por supuesto que sí», dijo Marian, mojándose los labios. «Él está bueno».

Isabel y María se reían tontamente mientras tomaban fotos.

«Por favor, no le cuenten esto a Darius», Carmella se quitó el flequillo de los ojos, «lo volverá loco de celos».

Rose se preguntó si Fin y Tom habían organizado un stripper para Harry y sintió una punzada de celos. Ella jadeó cuando el stripper abrazó fuertemente a Shelly y comenzó un baile lento y sensual con ella. Se dio cuenta de que Isabel ahora estaba grabando el espectáculo en su teléfono.

«Tal vez no deberíamos grabar esto», dijo Rose con cautela, «a Harry podría no gustarle».

«Nos lo guardamos para nosotras», se rió Isabel y presionó el botón de zoom.

«Está bien, pero por favor no pongan esto en las redes sociales». Rose había escuchado historias de terror sobre las fiestas navideñas de Fulham Banking, cuando las personas habían sido llevadas ante la gerencia después de ser filmadas ebrias.

«¡Relájate, Rose!», espetó Marian. «Esto me costó mucho dinero y se supone que debe ser divertido».

«Bien, de acuerdo», Rose se recostó y removió su bebida mientras los aplausos y los gritos en el bar se intensificaban, y el artista del espectáculo se quitaba la tanga reluciente y la hacía girar provocativamente en su dedo meñique para que todos la vieran.

«¿Disfrutaste eso, hermana?». Las chicas habían salido del bar de la piscina y caminaban lentamente hacia el bar de karaoke.

«Fue vergonzoso», respondió Shelly, «pero gracias por organizarlo... supongo».

«Esperen un momento», Carmella se detuvo en un poste de luz, resoplando y jadeando.

«¿Estás bien?», Rose la miró con preocupación.

«El bebé está pateando. Siéntelo». Puso la mano de Rose sobre su estómago.

«¡Guau!», Rose podía sentir el estómago de Carmella moverse. «¿Era eso un pie?».

«Sí». Carmella asintió y les indicó a las otras mujeres que le palparan el estómago. «Darius dice que el bebé será futbolista».

«El embarazo es hermoso». Shelly enganchó su brazo alrededor de Carmella. «Estás brillando».

«Gracias», Carmella hizo un gesto con la mano. «Pero ahora creo que necesito sentarme».

Apretaron el paso y pronto llegaron a la entrada del bar de karaoke que estaba repleto.

«¿Tienes una mesa para seis?», Marian levantó los dedos.

Una mesera de aspecto atrevido las condujo al interior y les entregó los menús de bebidas.

«Oh, cielos, mira quién está aquí», Marian hizo una mueca, «en el karaoke».

Todas miraron hacia el escenario donde una mujer de cabello decolorado con una falda minúscula cantaba a todo pulmón a Aretha Franklin.

«Es la Mujer de Yorkshire», murmuró Marian, «y parece que ha traído a toda su pandilla con ella».

«Ignóralos», Shelly hizo una señal con un movimiento de su mano. «Tú estás con Fin, no ella».

Rose se sentó junto a Carmella y observó, encogiéndose de hombros, mientras la mujer cantaba las últimas notas de la canción. Hizo una reverencia teatral antes de tropezar y chocar contra su mesa al pasar.

«Cuidado», murmuró Marian.

La mujer le dirigió una mirada con ojos llorosos. «Oh, eres tú, la grosera sureña».

«Hola de nuevo», Marian sonrió brillantemente. «Tal vez deberías ir a sentarte».

La mujer se inclinó hacia adelante, revelando una gran cantidad de senos y Rose olió una bocanada de alcohol fuerte.

«Oblígame», balbuceó.

«Mira», dijo Marian concisamente, «estamos en la despedida de soltera de mi hermana y no quiero ningún problema».

«¿Dónde está el guapísimo australiano?», la Mujer de Yorkshire se rió. «Le gusté, ya sabes, me dijo que tenía un gran juego de alfileres, y que habría tenido suerte si no hubieras clavado el remo».

«¿Qué son los alfileres?», Carmella susurró a Rose.

«Piernas», respondió Rose, mirando a una Marian que parecía enojada.

«Lo dudo», dijo Marian burlonamente, «él es amigable con todos».

La mujer borracha hinchó el pecho. «Ustedes, los sureños, son tan... arrogantes».

«Y tú eres molesta», bromeó Marian. «Por favor, déjanos en paz».

«Bien», la mujer se tambaleó, «pero no antes de hacer esto».

Cogió una pinta de cerveza de una mesa vecina y, ¡zas!, la depositó sobre la cabeza de Marian.

«Tú... tú...», chilló Marian, limpiándose los riachuelos de cerveza de sus ojos. Rose se tapó la boca con una mano completamente sorprendida por la escena que se desarrollaba frente a ella. Marian se puso en pie de un salto, cogió una jarra de sangría y arrojó el contenido a la cara burlona de Mujer de Yorkshire. Entonces se desató el pandemonio, ya que de repente ambas estaban en el suelo, rodando, tirándose de los cabellos, gritando blasfemias.

«¡Deténganse!», Rose trató de intervenir, pero fue abofeteada. Miró hacia la barra en busca de ayuda. Dos meseros se acercaron apresuradamente y separaron a las chicas.

«Más problemas y ambas están fuera», gritó uno de los meseros. «Ahora, discúlpense y quédense tranquilas».

Marian murmuró a regañadientes «Lo siento», y luego agregó: «Ella comenzó».

Shelly, Isabel y María estaban tratando de controlar su alegría, pero Rose estaba horrorizada. Odiaba la violencia y la confrontación. Junto a ella, Carmella se había puesto extremadamente pálida y había contorsionado su cuerpo en la forma más peculiar.

«Necesito ir al baño», le dijo a Rose. «¿Vendrías conmigo?».

«Por supuesto». Rose echó hacia atrás su silla, permitiendo que Carmella se aferrara a su brazo.

Por suerte los baños estaban vacíos. Rose entró en el cubículo del final y escuchó a Carmella cerrar la puerta del medio.

«No puedo creer que Marian pueda actuar así», dijo, lo suficientemente alto para que Carmella la escuchara, «por un chico al que solo conoce desde hace cinco minutos. ¿Dónde está su autoestima?».

En respuesta, escuchó gemidos. Rápidamente, Rose se subió la ropa interior, tiró de la cadena y salió del cubículo. Con la intención de lavarse las manos, se detuvo frente a la puerta cerrada.

«¿Carmella? ¿Estás bien?».

Carmella emitió un sollozo. «No, no todo está bien».

La puerta chirrió lentamente al abrirse. Una Carmella de rostro ceniciento estaba de pie en un charco de agua.

«Oh, pobrecita», dijo Rose. «Está bien, fue un accidente».

Carmella colocó ambas manos sobre el hombro de Rose y dejó escapar un gemido. «Ningún accidente. No es orina, Rose. Mis aguas, han roto».

treinta

«¿Estás segura?», susurró Rose. Una ola de pánico y miedo crecía en su interior cuando Carmella hizo una mueca y luego se agarró las manos.

«Sí», Carmella exhaló fuertemente «Estoy teniendo contracciones y estas son reales».

«Llamaré a una ambulancia», chilló Rose.

«No me dejes». La voz de Carmella estaba teñida de miedo.

«No lo haré». Rose la guio fuera del cubículo. «Volveremos a la mesa y nos sentaremos a esperar».

«¡No!». El rostro de Carmella se retorció de dolor cuando otra contracción sacudió su cuerpo. «No delante de todos. Yo me quedo aquí y tú conmigo... por favor, Rose». Se dejó caer sobre el suelo de baldosas, agarrándose el estómago.

«De acuerdo», Rose agradeció a Dios que había traído su teléfono con ella. Lo sacó de su bolsillo y marcó el número de Shelly.

Después de siete timbres, Shelly respondió con un «¿Qué?».

Rose explicó rápidamente la situación y le dijo a Shelly que llamara a una ambulancia de inmediato y que viniera a ayudar. Luego se deslizó junto a Carmella y le frotó la espalda.

«Quiero a Darius», sollozó Carmella. «¡Ay, me duele! Haz que se detenga, por favor».

«Toma mis manos», instruyó Rose.

«Quiero pujar», gritó Carmella. «¡Ayyyyy!».

La puerta se abrió y Shelly, con los ojos desorbitados, entró corriendo.

«Jesús, Carmella», dijo. «¿En el baño?».

«Creo que el bebé viene ahora», le dijo Rose a Shelly. «Ve a buscar toallas y agua fresca. Y Shelly... llama a Darius».

Shelly desapareció con un movimiento de cabeza.

«Me siento como que me estoy muriendo». La frente de Carmella estaba empapada de sudor. «Duele mucho».

«Shhh», la tranquilizó Rose, limpiándose la cara, «vas a estar bien».

«¡Nunca más vuelvo a tener sexo!». El cuerpo de Carmella tembló cuando una ola de dolor se apoderó de ella.

«Concéntrate en tu respiración», instruyó Rose con calma, «hacia adentro y hacia afuera, respiraciones grandes y profundas».

«¿Todo bien aquí?». El gerente del pub asomó la cabeza por la puerta y palideció al ver a Carmella. «Oh, santísimo señor». Hizo la señal de la cruz contra su esternón antes de desaparecer.

«Necesito pujar», jadeó Carmella.

Shelly estaba rondando por la puerta. «Tienes que esperar a los paramédicos, Carmella».

«Ella no puede». Rose negó con la cabeza. «El bebé viene ahora, Shelly».

«¿Qué debo hacer?», Shelly tragó saliva cuando Carmella soltó otro gemido.

«Sostén su mitad superior, sujeta sus manos». Rose se puso de pie. «Mantenla tranquila».

Shelley asintió. «Yo puedo hacer eso». Se sentó detrás de Carmella, alisándose el cabello húmedo hacia atrás. «¿Vamos a cantar una canción?».

«¿Qué?», Carmella balbuceó. «Me estoy muriendo aquí, ¿y quieres cantar canciones?».

«Hará que tu mente se distraiga del dolor», dijo Shelly alegremente, luego se lanzó a una interpretación aguda de Dancing Queen de Abba.

Con los dientes apretados, Carmella se unió y luego Rose también lo hizo.

«*Viernes por la noche y las luces están bajas*», cantó Rose. «Puja, Carmella, puja».

«*Buscando un lugar para irrrrrrrr*». El rostro de Carmella se estaba volviendo más y más rojo mientras cantaba las palabras.

«Ay, mis manos». Shelly se estremeció cuando Carmella clavó sus largas uñas en sus palmas.

«*Donde tocan la música adecuada*», Rose se arrodilló entre las piernas de Carmella, «*al subirse al columpio, entras para buscar un rey*».

Carmella pujaba de nuevo y Shelly seguía cantando. Esto es surrealista, pensó Rose.

«Puedo ver algo», dijo Rose a Carmella, con entusiasmo.

«Bueno, ¿es un bebé?», Carmella se apoyó pesadamente contra Shelly, tomando profundas bocanadas de aire.

«Creo que es la cabeza», respondió Rose. «Puja fuerte nuevamente, Carmella. Puedes hacerlo».

«De acuerdo», Carmella pujó con todas sus fuerzas, dejando escapar el gemido más largo y fuerte que Rose jamás había escuchado y luego miró hacia abajo y había un bebé en sus manos, parpadeando hacia ella.

«¡Ay dios mío!», gritó Rose. «Es una niña, Carmella, y es la vista más hermosa que he visto en mi vida».

~

«No sé cómo agradecértelo». Darius estaba parado afuera de la ambulancia, mirando a su esposa e hija que estaban acostadas en una camilla.

«Felicidades». Rose se puso de puntillas para besarlo.

Él tiró de ella en un abrazo feroz. «Regresas a Mallorca de vacaciones gratis por cortesía de Carmella y yo».

«Sí», dijo Carmella, que parecía exhausta. «Muchas gracias, Rose. Por todo».

«Tu bebé es hermosa», dijo Rose con calidez, «y tú estuviste brillante, Carmella, y valiente».

«¡Tengo una hija!», gritó Darius. Rose pensó que se veía eufórico y orgulloso. Un papá orgulloso.

Carmella abrazó a su hermosa hija con fuerza. «He pensado en un nombre», anunció. «Me gusta Sofia Rose».

«Eso es perfecto». Darius hizo eco de su acuerdo.

«Oh, me siento honrada», y con eso, Rose se echó a llorar.

Después de que Darius, Carmella y Sofia se fueran en la ambulancia, las chicas decidieron poner fin a la despedida de soltera.

«Es tarde, ya he bebido suficiente», dijo Shelly con un bostezo, «y estoy agotada después de tanta emoción».

«Ha sido una buena noche», estuvo de acuerdo Marian, «pero estoy muy contenta de que hayas sido tú quien ayudó a dar a luz al bebé, Rose. No me gusta ver los fluidos corporales». Ella se estremeció levemente.

Se despidieron de Isabel y María con un beso y regresaron al hotel.

«Gracias por esta noche, chicas», dijo Shelly. «Me pregunto si Harry está bien».

«Oh, probablemente todavía estén de fiesta», dijo Marian, con un gesto desdeñoso. «¿Puedes reducir la velocidad, por favor? Mis pies me están matando con estos tacones».

Marian finalmente dejó de quejarse y se quitó los zapatos cuando Rose estaba manipulando la ranura de la llave. La luz verde parpadeó, empujó la puerta y Marian pasó corriendo, diciendo que estaba desesperada por ir al baño. Rose arrojó su bolso encima de las maletas, se desabrochó el vestido y se lo estaba quitando por la cabeza cuando escuchó una voz que decía: «Hola», Rose saltó, se bajó el vestido y miró a través de la luz tenue. En la cama, pudo distinguir una figura. Era Tom.

«Me asustaste muchísimo», lo regañó, sentándose en la cama a su lado. «¿Qué estás haciendo aquí?».

Tom se impulsó hasta quedar sentado. Harry quería volver temprano. Echaba de menos a Shelly. Y Fin quería pasar la noche con Marian, así que estoy aquí, si me aceptas.

Rose sonrió. «Eso está bien por mí, pero tal vez deberíamos consultar con Marian primero».

«¿Qué pasa?». Marian salió tambaleándose del baño. «Vaya. Hola Tom. Parece que volveremos a intercambiar habitaciones, ¿eh? ¿Fin está sobrio?».

«Está bien, considerando que ha estado tomando tragos toda la noche».

«Entonces los dejaré solos a los dos tortolitos». Marian recogió su neceser y se fue con un saludo.

«¿Tuviste una buena noche?». Tom la atrajo contra su cálido pecho.

«Jugamos verdad o reto, tuvimos una comida deliciosa, un juego de billar y Marian se involucró en una pelea de gatos. Sí, tuve una gran noche». Rose besó sus labios. «Ah, y di a luz a un bebé».

«¿Qué?». Tom la miró fijamente, desconcertado.

Rose rápidamente explicó sobre Carmella.

«Entonces, ¿quizás podrías entrenarte como partera?», Tom le quitó el vestido por la cabeza y le quitó la ropa interior.

«Er..., no», respondió Rose, tomando una fuerte inhalación de aire. Levantó el edredón y ella se acurrucó a su lado. «Quiero decir... no para ti. Sí para ti».

Tom se rió entre dientes mientras rodaba sobre ella, apoyándose en sus brazos. «Te extrañé», murmuró, besando sus labios, su cuello y sus senos. Rose arqueó la espalda cuando el deseo se apoderó de ella.

«Yo también te extrañé. Oh...», suspiró, mientras él acariciaba la curva de su cuello.

«Deberías ser besada y a menudo, y por alguien que sepa cómo hacerlo».

«¿Qué?», Rose lo miró con los párpados pesados.

«Es la cita de un libro. Un libro clásico. ¿No lo reconoces?».

«Sí, lo sé, es de 'Lo que el viento se llevó' de Margaret Mitchell. Uno de mis libros favoritos», Rose sonrió. «¿Lo has leído?».

«No. Hora de la confesión. Busqué en Google 'citas románticas de libros' y esa fue la primera línea que apareció». Deslizó un dedo burlón por su estómago. «Quería impresionarte».

«Ya lo haces», jadeó Rose mientras su mano se movía hacia abajo, «pero ¿podemos hablar de literatura más tarde? Quiero hacer el amor».

«Pequeña zorra exigente, ¿no? Tenemos toda la noche», bromeó Tom. «Tal vez deberíamos hablar».

Rose se retorció debajo de él y con un rápido movimiento, sus posiciones habían cambiado. «Es hora de callar, señor Sinclair». Ella se movió lentamente por encima de él, su cuerpo meciéndose con el sonido del mar rompiendo mientras olas de exquisito placer los envolvían a ambos, arrojándolos hacia la estratosfera.

«¿Cómo te sientes?». Era la noche anterior a la boda de Shelly y estaban sentados en otro restaurante junto al mar, terminando su comida principal.

«Nerviosa», respondió Shelly. «Mi estómago da un vuelco y he perdido el apetito». Empujó su pollo asado y luego apartó el plato.

«Creo que Harry está igual». Rose miró al hermano mayor de Sinclair que estaba tirando del cuello de su camisa. «¿Así que vas a dormir en mi habitación esta noche?».

«Por supuesto. No puedo acostarme con él en nuestra víspera de bodas, es mala suerte, ¿no?».

Rose se rió. «Nunca te consideré supersticiosa, Shelly».

«Llámalo, más tradicional». Observaron el mar ondulado durante unos momentos, antes de que Shelly suspirara. «Ojalá papá estuviera aquí».

«Yo estaba pensando lo mismo», resopló Marian, «él habría estado tan orgulloso».

«¿Recuerdas cuando fuimos a acampar y él salvó a esos tipos atrapados en un acantilado?». Los ojos de Shelly se habían puesto vidriosos mientras recordaba. «Y todas esas divertidas carreras en las que participó para la investigación del cáncer».

Marian asintió. «Corrió veinte en total. Estuve allí en cada línea de meta».

«Era tan valiente». Shelly se secó una lágrima. «Lo siento. Me siento muy emocional esta noche. Harry me recuerda a él, ya sabes. Creo que es en parte por eso que lo amo tanto».

«Tu padre era un hombre encantador», Rose colocó una mano reconfortante sobre su hombro, «y seguramente te emocionarás. Mañana es un gran día para ti».

«¿Vamos a acostarnos temprano?», Shelly le preguntó a Rose. «Toma un poco de chocolate y papas fritas. Comparte una botella de vino. Y tú también, Marian».

«Buena idea, pero ¿qué pasa con los chicos?», Rose miró con nostalgia a Tom. Ella lo iba a extrañar esta noche.

«Pueden quedarse aquí», respondió Marian, «y dejar que Harry disfrute de su última noche de libertad».

Shelly hizo una mueca. «Lo haces parecer como si estuviera cumpliendo una sentencia de cárcel».

«¿No es eso lo que es el matrimonio?», dijo Marian, con las cejas levantadas.

«Solía pensar eso», dijo Shelly, «hasta que conocí a Harry y me di cuenta de que quería pasar el resto de mi vida con él. Felizmente, podría agregar».

«El matrimonio es maravilloso», dijo Rose soñadoramente. «No puedo pensar en nada más especial que declarar tu amor eterno por otro ser humano».

«Menos mal que no trabajas conmigo, Rose», interrumpió Marian. «La mitad de mis colegas están divorciados o tienen aventuras sórdidas, y en cuanto al amor eterno... puf... lo guardaré para mi gato».

«¿Te importa?», estalló Shelly. «Este es uno de los momentos más trascendentales de mi vida, no quiero que tu amargura lo arruine».

«Lo siento». Marian levantó las manos. «No diré otra palabra negativa. Estoy feliz por ti, hermana, sinceramente».

Shelly se puso de pie y se acercó a Harry. Ella le susurró algo al oído y luego se abrazaron.

«Hasta mañana, esposa». Él sostuvo su rostro entre sus manos, besándola tiernamente.

«Adiós, esposo». La vista de Shelly llorando hizo un nudo en la garganta de Rose.

Saludó a Tom, le lanzó un beso y las tres chicas se dirigieron al hotel.

. . .

«Ustedes dos, suban», Rose se detuvo frente a una tienda de comestibles, «voy a buscar la comida». La tienda estaba genial; el aire acondicionado zumbaba cuando Rose agarró una canasta y caminó por los pasillos. Mientras pagaba sus compras, escuchó que la llamaban por su nombre y se dio la vuelta.

«¿María?».

«Hola, Rose, pensé que eras tú. Toma», colocó un ramo de flores de colores atadas con cintas en la mano de Rose, «son de Darius y Carmella, como una pequeña muestra de agradecimiento».

«Oh, son adorables», susurró Rose. «¿Querrías subir? Vamos a tener una noche de chicas en casa».

«No», María negó con la cabeza. «Tengo que volver, pero Isabel y yo veremos a Shelly mañana».

«De acuerdo», Rose la abrazó. «Será bueno verlas a ambas de nuevo».

«Gracias, bella dama», María retrocedió un poco. «Rose, vine a informarte de algo».

«¿Oh sí?».

«Dije que pensé que había visto a tu novio en alguna parte». Sostuvo las manos de Rose. «Ahora estoy convencida».

«¿De dónde, María?». El corazón de Rose comenzó a latir más rápido.

«¡Mira!». Sacó su teléfono del bolsillo de sus pantalones cortos y escribió 'Jack Fallon' en Google. Rose miró la pantalla; había docenas de fotografías de un hombre que era idéntico a Tom.

«¿Qué...?», Rose se desplazó hacia abajo aún más. Era Tom, definitivamente era él. «Pero... ¿quién es Jack Fallon?».

«Es Tom», dijo María. «Yo estaba en Milán cuando él estuvo allí, en los desfiles de moda. Es famoso, Rose. Un modelo muy famoso. Es un gran galán en España, e Italia también. Pero, ¿por qué no te contó esto?».

treinta y uno

¿Por qué no de hecho? Rose dio vueltas y vueltas durante toda la noche, su mente consumida por los pensamientos de Tom. Se preguntó una y otra vez por qué él no le había dicho... por qué Shelly no le había dicho. Incluso había mirado con recelo a Marian, preguntándose si ella también sabía su secreto. Cuando amaneció, Rose estaba completamente despierta, buscando en Google a Jack Fallon. Al parecer, había sido modelo durante años. Leyó una breve biografía sobre él. Era australiano, al menos eso era cierto. Había fotos de él en Londres, Nueva York, París, Milán. Era un miembro de la alta sociedad mundial, un hermoso espécimen de hombre, y también era un mentiroso.

Rose miró a Shelly, que seguía durmiendo. Golpeó la almohada y se metió debajo del edredón con su libro de romance. Con la ayuda de la luz de su teléfono, leyó durante una hora y luego cerró los ojos, rezando para que el sueño la reclamara. No hubo tal suerte; el sol brillaba a través de las persianas, invitándola a salir. Con un suspiro, Rose se incorporó, puso sus pies en las chanclas y fue a sentarse en el balcón. La vista del mar calmó sus acelerados pensamientos. Hoy actuaría como ignorante, felizmente inconsciente del subterfugio y disfrutaría de la boda de Shelly, sonreiría y asentiría a la feliz pareja mientras tomaban sus votos. Luego, al día siguiente, de camino a casa, se enfrentaría a Tom y exigiría respuestas de todos.

~

Marian irrumpió en la habitación mientras Shelly se revolvía.

«¡Buenos días!». Ella gritó las palabras, haciendo que Rose mirara alrededor desde su posición en el balcón.

Shelly se levantó de un salto. «¡Oh Señor, es el día de mi boda!». Las hermanas se abrazaron antes de llamar a Rose.

«Estoy aquí». Rose descorrió la cortina y fijó una sonrisa en su rostro. Shelly se apresuró a abrazarla.

«¿El clima esta agradable?», ella preguntó.

Rose puso los ojos en blanco.

«Por supuesto que lo está», continuó Shelly alegremente, «estamos en Mallorca».

«He ordenado que nos lleven el desayuno a la habitación», dijo Marian secamente. «No podemos permitir que te encuentres con Harry ahora, ¿verdad?».

«¿Él está bien?», Shelly la agarró del brazo. «Apuesto a que está tan nervioso como el infierno... apuesto a que está enfermo... siempre le afecta el estómago».

«Harry está bien», respondió Marian. «¿Cómo te sientes?».

«De hecho, me siento increíble, tuve una gran noche de sueño».

Está bien para algunos, pensó Rose con amargura. Quería gritarle a Shelly, exigirle saber por qué había mantenido a su mejor amiga en la oscuridad, pero mantuvo la boca en una línea firme y controlada mientras Shelly saltaba sobre la cama de emoción.

Llamaron a la puerta.

«Yo iré». Marian abrió un poco, suspirando aliviada al ver al mesero.

Llevó una bandeja de croissants, tostadas, chocolatines y café recién hecho, luego se quedó rondando hasta que Marian captó la indirecta y le dio una propina.

«Así que desayunaremos y nos ducharemos», Marian volvió a poner su cabeza mandona, «y luego esperaremos».

«¿Esperar? ¿Para qué?». Shelly puso sus manos en sus caderas. «Dime que no has organizado otro animador, ¿Marian?».

«Por supuesto que no», se burló Marian. «Estoy hablando de cabello y maquillaje. He organizado a una mujer para que lo haga todo por nosotras y debería estar aquí en....», miró su teléfono, «pronto».

«Voto que desayunamos entonces». Rose repartió los platos. «Oh, hay mermelada de ciruela, mi favorita».

Se sentaron en el balcón a comer. Marian golpeó una botella de Bucks Fizz sobre la mesa y llenó tres copas de champán.

«Por Shelly y Harry». Entrechocaron las copas en un brindis.

«Que tengas un amor interminable», agregó Rose.

«Que seas delirantemente feliz», continuó Marian.

«Que seas saludable y bendecida». Rose tomó un sorbo de su bebida espumosa.

«Esto es perfecto», dijo una sonriente Shelly. «Revisé la aplicación meteorológica y Gran Bretaña está en medio de una tormenta de verano. Venir aquí fue la mejor decisión».

«Ha sido encantador», coincidió Rose, «pero todavía me encantan las bodas por la iglesia».

«Tal vez deberías estar insinuándoselo a Tom», dijo Marian, con una sonrisa de suficiencia.

«No lo creo», dijo Rose en voz baja.

. . .

Shelley frunció el ceño. «Harry me dijo que nunca antes había visto a Tom tan enamorado de una mujer. Realmente le gustas, Rose, y sé que tú sientes lo mismo por él».

Rose se volvió para mirar a Marian. «¿Qué hay de ti y Fin?».

«Pura lujuria», dijo Marian, con una risa gutural. «No me hago ilusiones sobre el frívolo Fin. Ha sido muy divertido, pero ambos sabemos que no es el tipo de relación eterna. Volveré pronto a Londres, a mi estilo de vida de adicta al trabajo y Fin estará en Australia con el surf. Sin embargo, seguiremos en contacto. Le dije que puede quedarse en mi departamento si alguna vez regresa a Gran Bretaña, y me invitó a Australia. Aunque odio imaginar cómo es su casa. Fin es tan desordenado». Marian se estremeció. «Supongo que podrías describir nuestra relación como una de amigos con beneficios».

«Suena genial». Shelly se limpió la boca con una servilleta. «Me alegro de que ambos estén en la misma longitud de onda».

«Debería ducharme», dijo Rose, «¿si está bien que yo vaya primero?».

«Por supuesto», respondió Shelly, siguiéndola de regreso a la habitación. «¿Rose?».

Rose dejó de caminar, apretando sus manos cerca de su costado. No puedo soltar esto, pensó, no hoy.

«¿Estás bien?».

«Sí, estoy bien». Se volvió para sonreír tranquilizadoramente a Shelly. «Solo un poco nerviosa».

«¡Yo también!», Shelly la abrazó. «Si me olvido de decírtelo más tarde, gracias por todo y te amo, Archer».

«Yo también te amo», Rose respiró profundo. «Feliz día de tu boda».

∽

Marian luchaba con la cremallera, resoplando y jadeando mientras intentaba subirla.

«Por Dios», se quejó, «¿estás segura de que esto es una talla doce?».

«Déjame». Rose fue a pararse detrás de ella y tiró suavemente de la cremallera.

«Debe ser toda la comida y la sangría». Era el turno de Shelly con la esteticista y estaba sentada frente al espejo viendo como el rubor se deslizaba por sus pómulos. «Oh, cielos, espero que mi vestido todavía me quede bien».

«Bueno, si no es así, tendremos que usar nuestros bikinis». Marian hundió el estómago.

«Ahí». Rose cortó el broche en la parte superior del vestido.

«Ah, ambas se ven hermosas». Shelly aplaudió con aprobación.

Rose se quedó mirando su reflejo en el espejo de cuerpo entero. El vestido era precioso, un número de satén azul cielo con un escote corazón y una cintura ceñida que se arremolinaba hasta los tobillos. Marian se había recogido el cabello en suaves rizos, sujetos con pinzas de diamantes, y la esteticista había hecho un gran trabajo. El maquillaje era fresco y ligero, perfecto.

Rose se sentó en el borde de la cama para ponerse las sandalias y observó cómo la esteticista aplicaba brillo de labios a una Shelly que hacía pucheros.

«Deberíamos bajar las escaleras pronto», dijo Marian, mientras paseaba por la habitación.

«Ya terminé, señora, se ve muy hermosa».

Marian pagó a la maquilladora y corrió al guardarropa. «Estoy tan emocionada de ver tu vestido. ¿Te costó mucho elegirlo? Conociendo a mi hermana, probablemente estuviste allí todo el día».

«En realidad, fue el primero que escogí y que me probé. ¿No es así, Rose?».

«Sí». Rose ayudó a Marian a quitarse la bata.

«Ese sí que es un vestido de ensueño», suspiró Marian.

«Vamos entonces, vamos a meterte en eso».

Rose dio un paso atrás cuando Marian levantó el vestido sobre la cabeza de Shelly. Se deslizó sobre su cuerpo, encajando perfectamente.

«¿Puedes arreglar la parte de atrás?», preguntó Marian. «Me sudan las manos».

Rose subió suavemente la cremallera y luego dio un paso atrás para admirar a su amiga. Las lágrimas brillaron en sus ojos. «Te ves impresionante», ella dijo.

«Absoluta y malditamente hermosa». Marian hizo clic en la cámara de su teléfono y luego le indicó a Rose que se parara a su lado.

Después de tomar algunas fotografías más, Rose repartió los ramilletes de flores.

«¿Estás lista?», le preguntó a Shelly.

«Tan lista como nunca lo estaré», bromeó Shelly. «¿Qué hora es? No llegaremos tarde, ¿verdad?».

Marian miró su reloj. «Tenemos diez minutos para bajar y estar en la playa. Fin acaba de enviarme un mensaje de texto, Harry está esperando, hermana».

«Entonces, vamos». Shelly agarró su ramo, sonriendo suavemente. «Estoy lista para casarme con el hombre de mis sueños».

treinta y dos

La brisa alborotó el cabello de Rose mientras seguía a Shelly por la playa.

«Puedo verlo». Shelly tenía la sonrisa más grande en su rostro. «¡Oh, se ve tan guapo!».

Rose miró más allá de ella. Sus ojos recorrieron a Fin y Harry, luego se posaron en Tom. Estaba hablando con Harry, su cabeza inclinada hacia su hermano. Todos se veían elegantes con trajes blancos. Una multitud se había reunido a su alrededor. Rose reconoció a María e Isabel, pero el resto eran desconocidas; veraneantes allí para ver una boda en una playa mediterránea. A medida que se acercaban, comenzó a sonar música, un número suave y lento que indicaba que la ceremonia estaba a punto de comenzar.

Rose apretó la mano de Shelly, enviándole amor en silencio.

«¿Estás lista?», susurró Marian, alisando el velo y la falda de su hermana.

Shelly asintió y los ojos de Rose se llenaron de lágrimas mientras observaba a su amiga dirigirse hacia su futuro esposo.

. . .

Lentamente, caminaron por una alfombra roja que estaba cubierta de pétalos. El sol caía a plomo y el mar lamía suavemente frente a ellos. Los chicos estaban parados debajo de un arco cubierto de flores. Rose podía oler la fragancia floral que emanaba de ellos. Realmente era una escena simple pero hermosa. Harry se dio la vuelta y en su rostro se reflejaron una miríada de emociones: miedo, emoción, pero sobre todo amor. Shelly aceleró el paso y corrió hacia él. Ella agarró sus manos y murmuró algo en su oído. Entonces la música se detuvo, el presentador estaba dando la bienvenida a todos a la boda de Harry y Shelly y comenzó el servicio.

Después de haber intercambiado votos, todos bajaron a la orilla del agua y remaron en el mar cálido. Harry levantó a Shelly en sus brazos para el deleite de la multitud. El fotógrafo tomó fotos de la feliz pareja y fotos grupales de la fiesta de bodas.

«Estás preciosa». Tom tomó su mano y le susurró al oído.

«Gracias». Rose se estiró para enderezar su corbata torcida. «Tú tampoco te ves nada mal».

«Vamos a comer ahora», dijo una luminosa Shelly. «Todo debe ya estar organizado».

Llamó a Fin y Marian, que se estaban besando en las aguas poco profundas y regresaron al hotel.

La comida estuvo deliciosa; tres platos que consistieron en un entrante de mariscos, un plato principal de pollo y un postre de brownie de chocolate. La sala que el hotel les había reservado era pequeña, pero estaba hermosamente decorada. El gerente del hotel apareció para ver si todo estaba bien. Había organizado flores en la habitación e incluso un pequeño pastel de bodas.

«Tienes suerte esta noche», le dijo a Shelly. «Esta noche en Sa Coma hay carnaval en la calle».

«¡Eso es maravilloso!», gritó Shelly. «No podemos perdernos eso».

Después de retirar los platos, Tom y Harry pronunciaron discursos, se tomaron más fotografías de la feliz pareja cortando el pastel y luego salieron a sentarse en el patio bajo el glorioso sol. Los hermanos bebían cerveza en botellas de vidrio y las damas Margaritas. Mientras Marian y Shelly conversaban, María vino a sentarse junto a Rose.

«¿Estás bien?». Ella susurró. «¿Hablaste con tu novio?».

«No. No he tenido oportunidad. No todavía, de todos modos». Rose tragó saliva y lanzó una mirada furtiva a Tom, que se reía con Fin. La verdad era que odiaba sacar el tema, reacia a reventar su burbuja de felicidad. Afortunadamente, María se distrajo al ver a un bebé jugando en la piscina infantil cercana, lo que le dio a Rose la oportunidad de recordar su maravillosa noche en la playa con Tom.

«Rose...», la voz de Shelly la trajo de vuelta al presente, «Marian y yo nos vamos a cambiar y ponernos nuestros trajes de baño. ¿Vienes?».

«¡Pero... tu hermoso vestido!», protestó Rose.

«Lo he usado lo suficiente». Shelly se secó la frente sudorosa. «Necesito refrescarme y será divertido ir a la piscina».

«De acuerdo», Rose se puso de pie e iba a seguir a su amiga cuando Tom la agarró del brazo y la sentó en su regazo.

«¿Adónde crees que vas?». Deslizó una mano a lo largo de su muslo, mientras le mordisqueaba la oreja.

«¡A refrescarse, y creo que tú también necesitas hacerlo!».

Tom se rió. «Podría subir contigo... ¿frotar tu crema solar?».

«Eso me pondría más caliente y sudorosa otra vez. Voy con Shelly y Marian». Rose le dio un codazo juguetonamente. «No tardaré mucho».

«Ya te extraño». Le dio una palmada en el trasero cuando ella se levantó.

«Eres tan machista», dijo, alborotándole el cabello. «Te veo en un rato».

Tom tosió. «¿Te pondrás tu bikini rojo?».

«Podría ser», gritó mientras se apresuraba a entrar.

Shelly y Marian estaban de pie fuera del ascensor, hablando con un grupo de personas. Mientras Rose se acercaba, escuchó el final de la conversación.

«... te ves hermosa, querida, muchas felicidades». La mujer que hablaba era anciana; pequeña, con apretados rizos grises y centelleantes ojos azules. A Rose le recordó a su abuela Faith y Rose sintió una punzada de nostalgia en su interior. Aunque le encantaba estar aquí, el viejo dicho, "el hogar es donde está el corazón", era cierto. Rose extrañaba a su familia, extrañaba Twineham y su familiaridad, paz y tranquilidad. Era hora de irse a casa, reflexionó Rose, y era hora de hacer algunas preguntas incómodas sobre el hombre del que se estaba enamorando.

«Bueno... fue agradable usarlo, pero es hora de ponerse cómoda». Shelly miraba fijamente su vestido de novia que había sido cuidadosamente colocado de nuevo en la percha.

«Todavía seguiría en él si fuera la novia», gritó Marian desde el baño, «especialmente después del dinero que gastaste en él».

«Hace demasiado calor», se quejó Shelly. «¿Has terminado allí?».

Marian salió, abrochándose la parte superior de su bikini en su lugar. «Todo tuyo».

Rose estaba sentada en la cama, mirando el bikini rojo en sus manos.

«¿Puedes ponerme en la espalda?», preguntó Marian, entregándole la botella de crema solar.

. . .

«Marian», susurró Rose, arrojando la botella sobre la cama, «conozco el secreto de Tom».

«¿Qué?», Marian se volvió para mirarla, con el rostro en blanco.

Rose se aclaró la garganta. «La otra noche, le pregunté a Shelly cuál era su secreto. ¿Recuerdas?».

«Oh, ¿eso de nuevo?», Marian le devolvió la crema. «Él no está casado, ¿verdad?».

«No», suspiró Rose, «nada de eso. Solo me preguntaba si Fin te había dicho algo sobre él».

«¿Estás bromeando?», Marian resopló. «Fin y yo no hablamos mucho cuando estamos juntos, y ciertamente él no divulgaría ningún chisme sobre sus hermanos. Esos tres son tan cercanos como ladrones».

«De acuerdo». Rose se echó aceite bronceador en las palmas de las manos. Olía afrutado y dulce. «Este es un factor bajo, Marian. ¿Estás segura de que te dará suficiente protección?».

«Es el último día, Rose, y la última oportunidad de trabajar en mi bronceado. El hecho de que tengas que usar Factor 50 no significa que todos los demás tengan que hacerlo».

Rose asintió. «No le menciones nada a Shelly, por favor. Hablaré con ella mañana, cuando estemos solas».

«Por supuesto». Marian se encogió de hombros. «¿Por qué estás actuando tan raro con esto, Rose? Estoy segura de que no hay nada malo de qué preocuparse con respecto a Tom. Él es encantador y obviamente está muy interesado en ti, así que deja de preocuparte, ¿de acuerdo?».

«Shhh». Rose se llevó el dedo a los labios cuando la puerta del baño se abrió con un chirrido. Shelly estaba de pie en un bikini minúsculo, con las manos en las caderas. «Está bien, señoras, vamos a nadar en ese pastel de bodas».

. . .

El resto de la tarde la pasaron en gran parte retozando en la piscina. Luego, mientras el sol se deslizaba hacia el sur en el cielo, Tom y Rose fueron a arreglarse. Una vez que estuvieron solos, tiró de ella sobre la cama, descartando su bikini en su prisa por besarla por todas partes.

«He querido estar a solas contigo todo el día», murmuró. Sus labios errantes estaban haciendo temblar a Rose.

«¿Sabes que puedes decirme cualquier cosa, Tom?», Ella jadeó, arqueando la espalda y agarrándose a las sábanas.

Levantó la cabeza. «La conversación está muy sobrevalorada y ahora mismo quiero hacerte el amor. Podemos hablar más tarde, ¿de acuerdo?».

«De acuerdo». Rose suspiró de placer y todos los pensamientos preocupantes se desvanecieron mientras se entregaba a la pasión.

Las calles de Sa Coma estaban llenas de veraneantes que esperaban el carnaval. Shelly estaba sentada sobre los hombros de Harry. Gritó que podía ver venir las flotillas. Rose miró a través de la multitud, de puntillas.

«¿Estás bien ahí abajo, pequeña?», preguntó Tom con una sonrisa.

«Mido un metro sesenta y tres», exclamó, «y no todos podemos ser gigantes como tú». Ella le sonrió. «¿Cuánto mides, de todos modos?».

«Un metro noventa». Se encogió de hombros. «Ese es un rasgo que heredé de papá. Por suerte no mucho más».

«¿Cómo es tu mamá?», preguntó Rose, deslizando su mano en la de él.

«Cálida, amable, cariñosa. En realidad, me recuerdas a ella. No en la forma en que te ves, pero sus personalidades son similares y ella te amaría».

. . .

«Sí», dijo Fin arrastrando las palabras, «eres normal, Rose, por eso».

«Entonces, ¿tus ex novias eran anormales?», Rose entrecerró los ojos a la luz del sol.

Un músculo se flexionó en la mandíbula de Tom. «Digamos que fueron difíciles».

«Eso es un eufemismo», estalló Fin. «¡Piensa en 'Atracción Fatal' y amplíala diez veces!».

«Déjalo». Harry lanzó al hermano menor de Sinclair una mirada de advertencia. Tom se alejó de Fin, tirando de Rose con él.

«¿Has tenido muchas novias?», preguntó ella con desánimo.

Por supuesto que sí, pensó. Eres Jack Fallon, modelo internacional y posible playboy.

Movió un mechón de cabello de su frente. «Nadie importante».

«Lo siento», dijo Rose, «no tiene nada que ver conmigo».

«Nunca he conocido a nadie como tú». Él la miró. «Amo todo de ti».

La boca de Rose se abrió. «Tú lo...». Ella no tuvo la oportunidad de terminar su oración.

«¡Miren, ustedes dos, el carnaval ha llegado!», Shelly tiró de Rose hacia ella.

Rose se giró para ver un flujo colorido de personas bailando a su lado. Acróbatas y bailarines giraban al ritmo de los tambores de acero. Camiones abiertos con dibujos animados y personajes de Disney tenían a los niños en éxtasis. Un trío de mujeres ataviadas con brillantes trajes africanos avanzaba por la carretera, seguidas por un grupo de bailarinas de ballet clásico que hacían piruetas de puntillas. La multitud vitoreó cuando un hombre lanzó fuego con una porra y, detrás de él, los españoles tocaron guitarras y cantaron alegremente.

Cuando el carnaval dobló la esquina, Tom rodeó a Rose con

sus brazos. Notó que un grupo de mujeres se giraba para mirar en su dirección, susurrando y señalando a Tom.

«¿Las conoces?», Rose le preguntó.

«No», respondió él, mirándose astuto.

Todavía estaban mirando, luego una sacó su teléfono y el flash iluminó la cara de Tom.

«¿Por qué te están tomando fotos?». El labio inferior de Rose tembló.

«Vamos». Tom agarró su mano, alejándola.

«¡Espera!», Rose dijo sin aliento.

«Tenemos que irnos», dijo con firmeza.

Se abrieron paso entre la multitud y pasaron rápidamente junto al hotel.

Rose miró por encima del hombro. Las mujeres los seguían, riéndose y hablando animadamente.

Tom empezó a trotar, tirando de Rose con él.

«¡Jack!». Estaban gritando ahora, corriendo para alcanzarlos.

Tom corrió más rápido. Rose jadeaba con fuerza, le dolían las piernas mientras intentaba seguirle el paso.

Subieron por una calle lateral dando tumbos, pasando contenedores gigantes, chapoteando sobre los detritos y el barro.

«¡Detente!», ella gritó, aflojando su mano. «Conozco tu secreto».

Tom se apoyó contra una pared, exhalando pesadamente.

«¿Quién eres, Jack Fallon?».

treinta y tres

Tom levantó una mano, «Puedo explicarlo».

Rose cruzó los brazos sobre el pecho. «¿Explicame porqué mentiste? No eres electricista, ¿verdad?».

«Yo era electricista», insistió Tom, «antes de que me buscara una agencia de modelos».

Rose olfateó. «Entonces, ¿cómo te llamo? ¿Tom o Jack?».

«Mi nombre es Tom Sinclair. Jack Fallon es un nombre que inventó mi agencia. Pensaron que sonaba más atrevido, más atractivo». Su risa sonó hueca.

«Entonces, es verdad», susurró Rose, «¿eres un modelo famoso?».

Tom tragó saliva. «También estoy en una banda».

«¿Una banda?», Rose estaba incrédula. «Pero nunca he oído hablar de ti...».

«Somos grandes en Australia y Asia. Todavía no lo he logrado en Gran Bretaña y Estados Unidos».

«¿Por qué mentiste?», Rose imploró. «Deberías haber sido honesto...».

«Quería estar de incógnito. Quería gustarte como Tom Sinclair, no como Jack Fallon».

«No me gusta que me engañen». Rose se dio la vuelta. «Deberíamos volver con los demás».

«Rose», llamó, «¿estamos bien?».

«No sé». Ella sacudió su cabeza. «Necesito tiempo para pensar». Mientras caminaba de regreso hacia el paseo marítimo, pudo escucharlo gritar que lo sentía, pero Rose siguió caminando.

Rose soportó otra noche sin dormir. Mientras Marian roncaba suavemente en la cama junto a ella, los pensamientos de Tom, también conocido como Jack, la mantenían despierta. Observó salir el sol a través de la puerta abierta y luego fue a prepararse una taza de té. ¿Qué hacían los británicos cuando había una crisis? ella reflexionó. ¡Poner la tetera, por supuesto! Mientras burbujeaba, oyó que Marian se movía y se volvió para mirarla.

«¿Qué hora es?». Una pierna tonificada se asomó por debajo de la sábana.

«Casi las seis», respondió Rose en voz baja. «Lo siento. ¿Te desperté?».

«Sí, lo hiciste», espetó Marian, «estaré encantada de volver a Londres para dormir. Normalmente no me levanto hasta las siete».

«No podía dormir», explicó Rose. «Tengo cosas en mente».

«¿Eso es Tom Sinclair por casualidad?».

Rose se abstuvo de responder.

Marian resopló antes de desaparecer en el baño.

«¿Quieres una bebida?».

«También puedo, siendo como si estuviera ya levantada», gritó Marian. El sonido de la descarga del inodoro fue una señal para que Marian reapareciera. Su cabello despeinado y su rostro manchado de maquillaje miraban a Rose con simpatía.

«¿Qué pasó entre ustedes? Parecías tan feliz».

«¿No sabes?». Rose levantó la vista sorprendida por el hecho de que estaba revolviendo el té.

«Todo lo que sé es que anoche te fuiste a la cama temprano y Tom quedó miserable». Marian se encogió de hombros. «¿Te importaría iluminarme?».

Rose le pasó el té y se sentó en la cama, juntando las rodillas contra el pecho.

«¿Has oído hablar de Jack Fallon?».

El rostro inexpresivo de Marian le dijo a Rose que realmente no lo había hecho.

«¿Es esto un juego de adivinanzas? Solo escúpelo, Rose».

«Tom, no es Tom», Rose inhaló profundamente, «su nombre es Jack Fallon y es famoso».

«¿Qué?», Marian parpadeó. «¿Quieres decir que es, como, un actor?».

«No, Marian, no del todo». Rose tomó un sorbo de su té. «Es modelo y toca en una banda... en Australia».

«¿En serio?», gritó Marian. «¿Por qué no he oído hablar de él?». Cogió su teléfono y lo buscó en Google. «¡Caray, tienes razón! Hay un montón de cosas en Internet sobre él. ¡Esto es fabuloso!».

«No, no lo es». Los ojos de Rose se llenaron de lágrimas. «Lo cambia todo».

«¿Por qué?», Marian saltó a la cama junto a Rose. «¿Cuál es el problema? Me encantaría estar con un tipo famoso. Elegí al hermano equivocado, ¿eh?».

A través de sus lágrimas, Rose sonrió. «¿Cómo voy a competir con supermodelos y fanáticas, Marian? Solo soy la Rose común promedio de Twineham. Trabajo en un centro de llamadas, por el amor de Dios. Mi vida es totalmente mundana mientras que Tom lo tiene todo...».

Marian se inclinó para sacudir los hombros de Rose. «No, no lo tiene, cariño. Por lo que he escuchado de Shelly, antes de estas vacaciones estaba realmente deprimido. Has sido buena para él, Rose. Así que ten cuidado con él, ¿de acuerdo?».

«Está bien», Rose asintió. «Supongo que deberíamos empacar».

«¿A qué hora es nuestro vuelo?».

«A las tres de la tarde».

«Tenemos suficiente tiempo», Marian apuró su bebida. «¿Por qué no nos relajamos un poco, bajamos a desayunar y luego nos damos un último baño?».

«Parece un buen plan».

Marian volvió a poner las tazas vacías en la bandeja y luego se tumbó en la cama. «Despiértame en una hora y Rose, deja de preocuparte».

El autocar los recogió a última hora de la mañana, dejándoles mucho tiempo para esperar en las salidas el vuelo de regreso a casa. Shelly y Harry se sentaron uno al lado del otro tomados de la mano, Fin y Marian se habían alejado para examinar los pasillos libres de impuestos, dejando a Rose y Tom sentados incómodos uno frente al otro.

«¿Estás nerviosa?», preguntó finalmente.

«Sí», respondió Rose, mirándolo. Parecía cansado y ella se preguntó si él también habría tenido problemas para dormir.

Harry se puso de pie. «¿Por qué no vamos a dar un paseo?», le dijo a Tom.

«Por supuesto», Tom se puso de pie y siguió a su hermano.

Una vez sola, Shelly palmeó el asiento vacío a su lado. Rose vaciló; todavía estaba enojada con la duplicidad de su amiga. Solían contarse todo, pero eso había sido hace mucho tiempo.

«Por favor, siéntate a mi lado», dijo Shelly. «Necesitamos hablar».

Rose deslizó su mochila por el suelo y se sentó junto a Shelly.

«Antes que nada, quiero disculparme», comenzó Shelly. «Nadie se propuso engañarte, Rose, y ninguno de nosotros pensó que te involucrarías sentimentalmente con Tom. Iba a decírtelo cuando volviéramos a Gran Bretaña. Lamento no haberte dicho nada, pero insistió en que no quería que nadie supiera sobre su carrera y todo este asunto de Jack Fallon».

«¿Por qué?», preguntó Rose. «¿Por qué no me lo dijo, Shelly? Nos hicimos cercanos, debería haber confiado en mí».

«Quería que te gustara por ser Tom, un tipo normal. ¿Te habrías involucrado si hubieras sabido que era famoso?».

Rose tragó saliva. «Probablemente habría corrido un par de kilómetros. ¿Por qué sucedió entre nosotros, Shelly? Podría tener a cualquiera».

«Tienes que hablar con él», Shelly colocó un brazo reconfortante sobre los hombros de Rose, «y no te atrevas a menospreciarte, Archer. Eres única, amable, bonita y por eso le gustas. La mayoría de las otras mujeres estarían adulando a Jack Fallon, pero tú eres diferente. Amas a Tom Sinclair, ¿no?».

Rose asintió. No podía ocultar sus sentimientos a su mejor amiga. «¿Me estaba usando? ¿Solo para una aventura de vacaciones...?».

Shelly suspiró. «Todo lo que sé es que nunca antes había visto a Tom así con una mujer. ¿Te sentarás a su lado en el vuelo a casa?».

Rose negó con la cabeza. «Cambié con Fin y, por favor, déjalo así, Shelly. Creo que Tom y yo necesitamos un respiro. Estas vacaciones han sido bastante intensas».

«Te advertí que tu vida cambiaría, Rose». Shelly sonrió. «Dije que iba a ser una locura de verano».

«Definitivamente ha sido diferente a ir a Weymouth con

mamá y papá», se rió Rose, «y no puedo esperar a ver la reacción de mi abuela cuando le diga que me sentí cómoda con un rompe-corazones de la vida real».

«Probablemente se desmayará». Shelly se rió con ganas al pensar en una abuela Faith estupefacta y, a pesar de su angustia interna, Rose se unió, hasta que las lágrimas rodaron por su rostro ante lo absurdo de su situación actual.

treinta y cuatro

«Rose, estamos aterrizando». Marian estaba sacudiendo su brazo, sacándola de un sueño sobre Tom. Él estaba parado en un escenario, tocando una guitarra, tocando para miles de personas y ella estaba allí en la audiencia con una multitud de otras mujeres deslumbradas por las estrellas, mirándolo, embelesadas.

«¿Qué?», Rose murmuró somnolienta. Su rostro era cálido, apoyado contra el hombro de Marian. Alguien la había envuelto en una manta, el material áspero le hacía cosquillas en la barbilla.

«Es hora de ponerse el cinturón de seguridad», continuó Marian, quitándose la manta. El aire frío golpeó las extremidades expuestas de Rose. Los sonidos retumbantes de los motores y las vibraciones del avión la despertaron por completo. Su asiento... ¡se sentía como si se moviera!

«¿Qué esta pasando?». Se sentó muy erguida, agarrando el reposabrazos.

«Solo un poco de turbulencia», respondió Marian. «Ya casi estamos en casa, Rose, mira por la ventana».

Rose miró por encima del hombro de Marian y vislumbró

campos y caminos, antes de que el avión quedara envuelto en la niebla blanca de las nubes.

«Qué sorpresa que esté lloviendo». El tono de Marian era seco. «Bienvenida de nuevo a Inglaterra».

Después de un aterrizaje accidentado que hizo que el avión se detuviera, las señales de cinturones de seguridad se apagaron y todos los ocupantes del avión, incluida la tripulación de cabina, se pusieron de pie apresuradamente para apearse. Marian saltó ágilmente, abrió el compartimiento superior y posteriormente fue aplastada por una maleta de mano que cayó.

«¿Estás bien?», Rose la ayudó a ponerse de pie.

Marian se volvió para fruncir el ceño a un muchacho adolescente que se reía en su dirección. «¡Solo llévame de vuelta a Londres!».

Las puertas se abrieron a un gris húmedo. Rose se movió lentamente detrás de Marian cuando salieron del avión y atravesaron el túnel adjunto. Una vez dentro de la terminal del aeropuerto, la fila de pasajeros se dispersó en todas direcciones. Marian se adelantó y Rose tuvo que trotar para alcanzarla.

«¿No deberíamos esperar a los demás?», preguntó ella.

«Nos alcanzarán», respondió Marian enérgicamente. «Vamos a buscar nuestro equipaje».

Ya había gente en la cinta transportadora. Cuando cobró vida y las maletas comenzaron a aparecer, Marian se abrió paso a codazos hasta el frente y se paró como una atleta olímpica, con las manos en equilibrio y lista. Los ojos de Rose vagaban, buscando a Tom. Pronto lo vio, elevándose por encima de muchos de los otros pasajeros. Junto a él caminaban Fin y Harry. Eran hombres atractivos, pensó Rose, y nunca antes se había dado cuenta de lo parecidos que eran Tom y Fin. Ambos compartían la misma altura, complexión y hoyuelos. La diferencia notable entre los hermanos era el color de su cabello. La apariencia rubia sucia y despeinada de Fin contrastaba fuertemente con el cabello oscuro y espeso de Tom. Y luego estaba la piel pálida y los rizos pelirrojos de Harry, aunque él también era alto y ancho. Los tres ciertamente atraían algunas miradas de admiración mientras caminaban por el aeropuerto.

Un pitido emanó de la bolsa de Rose. Sacó su teléfono y leyó un mensaje de su madre, preguntándole si había aterrizado bien. Rose respondió, sus dedos volando rápidamente sobre su teléfono.

«¿Quieres compartir un taxi a casa con nosotros?», preguntó Shelly.

«Papá me va a recoger», respondió Rose, «pero gracias».

Shelly se acercó a Rose y la abrazó. «Gracias por ser mi madrina de honor, gracias por venir».

«Debería estar agradeciéndote yo». Las palabras de Rose fueron amortiguadas contra el cabello de su amiga. «Me lo he pasado genial. ¿Te veré antes de que te vayas a Australia?».

«Sí, no vamos a volver hasta dentro de una semana. Harry y yo vamos a hacer algunos viajes pequeños, una luna de miel prolongada».

Rose asintió. «Te enviaré un mensaje de texto entonces».

«Adiós, Rose», Marian había tomado las maletas y le tendía la de Rose.

«Gracias». Rose tomó la manija y se inclinó para darle a Marian un breve abrazo.

Harry y Fin la besaron en la mejilla, luego se alejaron y ella se quedó mirando a Tom.

«Así que esto es un adiós», murmuró, con las manos metidas en el bolsillo.

«Sí», susurró ella. «Que tengas un vuelo seguro de regreso a Australia».

«Rose», él la atrajo a sus brazos, «lamento no haberte dicho. Me disculpo si te he lastimado».

Olía divino; fresco y almizclado, todo en un hermoso paquete. Rose se preguntó cuántas otras mujeres lo habían besado en la puerta del aeropuerto.

«Está bien», dijo ella, mirándolo. «Tu banda debe estar esperando que regreses».

«Sí», se pasó una mano por el cabello, «va a ser una locura. Estamos programados para comenzar una gira, entrevistas, sesiones de fotos, práctica de la banda hasta las primeras horas de la mañana... Rose, me mantendré en contacto».

La sonrisa de Rose se desvaneció. No tendrás tiempo para mí, pensó, y no voy a quedarme esperando a que llames como una adolescente enamorada. Ella colocó sus manos sobre su pecho y se apartó con firmeza... Se puso de puntillas para rozar su mejilla sin tocar sus labios.

«Adiós, Tom». Su mirada recorrió su rostro, creando una huella que con suerte permanecería en su memoria para siempre. Este hermoso hombre que había capturado su corazón en diez días. Rose se dio la vuelta y se alejó, con la cabeza en alto, una sonrisa fija en su rostro, mientras por dentro sentía como si su corazón se estuviera rompiendo.

«¡Vaya, amor! Me extrañaste, ¿verdad?», Rose se catapultó a los brazos de su padre, aferrándose a él.

«Sí, papá, los he extrañado a todos».

«Deberías irte más a menudo, amor», se rió Rod. «Dame tu maleta entonces y te llevaré a casa». Recogió el equipaje de Rose y fue a abrir el maletero del coche. «Tu mamá ha cocinado tu favorito. ¿Tienes hambre?».

«¿Pastel de carne?». El estómago de Rose rugió. «Mmm, no he comido desde esta mañana».

«Entonces, ¿cómo estuvo Mallorca?», Rod preguntó, mientras se deslizaba en el asiento del conductor. «¿Todas las noches de fiesta? Apuesto a que no te levantaste hasta el mediodía».

«Era un lugar tranquilo», respondió Rose, «más orientado a la familia. Había algunos bares, pero el entretenimiento se basaba principalmente en hoteles. Mallorca es hermosa, papá. Tú y mamá deberían ir». Ella se movió en su asiento cuando él aceleró el motor y entró en el carril de tráfico. «¿Has estado en el extranjero?».

«Oh, sí, fuimos a Suiza cuando estábamos cortejando. Me echaron del hotel por quedarme fuera demasiado tarde. Sin embargo, eso fue hace más de treinta años, recuerdo». Rod encendió los limpiaparabrisas de las ventanas. «Has traído la lluvia contigo. Ha sido miserable todo el tiempo que te has ido, Rose. ¿Cómo estaba el tiempo allí?».

Rose charló con él, dándole un breve resumen de las vacaciones. Ella omitió contarle sobre el romance que había tenido con Tom, no del todo segura si su papá aprobaría saber que su única hija había hecho el amor en una playa pública...

La autopista estaba tranquila. Había pasado la hora pico y las luces se encendían mientras el cielo se oscurecía.

«Entonces, ¿qué ha estado pasando aquí?», preguntó Rose.

Tu hermano se ha metido en un lío. Rod frunció el ceño. Ha estado jugando con una mujer casada.

Rose se enderezó. «Pero la señora Mason estaba separada, papá».

«No me refiero a la señora Mason». Rod agarró el volante.

«Me refiero a Gloria Rutherford, ya sabes, la mujer propietaria de la floristería con su esposo».

Caramba, pensó Rose, ¿estaba Marty rondando a todas las trabajadoras del pueblo? Primero la mujer del carnicero y ahora la del florista. ¿Tenía su hermano un deseo de muerte?

«Su marido dio la vuelta a la casa. Despotricando y delirando, estaba muy alterado. Amenazó con darle una buena paliza a Marty. Tu madre estuvo cerca de llamar a la policía. Pero sabes que tu hermano siempre ha tenido el don de la elocuencia. Podía convencerse a sí mismo de una guerra mundial. Le dio la vuelta a que él era la víctima». Rod resopló. «El señor Rutherford nos rompió el corazón, estuvo en la cocina con tu madre y tu abuela durante una hora. Todo resultó en que la Sra. Rutherford no es nada menos que una ninfómana, y Marty no es el primer joven que le gusta».

Rose chasqueó la lengua. «¿Qué vamos a hacer con él? No parece tener suerte con las mujeres, ¿verdad, papá?».

Rod olfateó. «Culpo a tu abuelo. Ha pasado sus genes mujeriegos a nuestro Marty».

«Tal vez simplemente no ha conocido a la mujer adecuada», sugirió Rose. «Un día lo sabrá, entonces todo este engaño quedará atrás».

«Eso espero». Rod negó con la cabeza e indicó que pasara al carril rápido. «Si se sabe la verdad, estoy preocupado por ustedes dos. Está mi propio hijo, un mujeriego, y mi hija, que podría ingresar en un convento».

«No soy tan inocente como crees», fanfarroneó Rose.

«¿Eso significa que tuviste suerte en Mallorca?», Rod bromeó.

Rose suspiró. «¡Papá, concéntrate en el camino!». Hizo una mueca cuando un camión pasó zumbando junto a ellos.

«Digamos que tuve una experiencia de vacaciones que no olvidaré».

Rod soltó un silbido. «Suena prometedor. Bueno, estoy seguro de que tu madre y tu abuela estarán ansiosas por escuchar todos los detalles. Podemos pasar una noche frente al televisor, y puedes contarnos todo al respecto».

«En realidad», olfateó Rose, «pensé que todos podríamos ir a tomar una copa al nuevo bar de vinos».

«¿Eh?». El rostro de Rod se arrugó con incredulidad. «Quieres decir que no te irás corriendo a esa iglesia tuya».

«No, no esta noche», respondió Rose a la ligera, «tengamos una noche familiar. Tomemos un coctel o dos. Divirtámonos, papá».

Rod se golpeó el muslo. «Eso es lo que me gusta escuchar. Cuéntalo como una cita familiar, amor... y Rose, todos te extrañamos. Es bueno tenerte en casa».

«Lo sé, y yo también los extrañé». Rose se deslizó hacia abajo en su asiento, revisando su teléfono en busca de mensajes. Pero su bandeja de entrada permanecía vacía y, con el corazón apesadumbrado, se sacudió las imágenes mentales de Tom Sinclair y los pensamientos sobre sus brazos fuertes y sus besos amorosos.

treinta y cinco

Cuando se detuvieron en Lavender Close, Rose notó que su madre, su abuela y su hermano miraban por la ventana, con el visillo metido detrás de sus cabezas. Su ánimo se elevó al ver a su familia y el entorno familiar. Se bajó del vehículo, abrió la puerta de hierro y se apresuró por el camino, dejando que su papá sacara la maleta. Notó que el césped estaba recién cortado y que había flores nuevas en los bordes; todo se veía muy colorido y bonito. Fran abrió la puerta y salió con los brazos abiertos. Rose la abrazó con fuerza, inhalando el aroma de jabón y lirio de los valles.

«Te ves fantástica», dijo Fran, haciéndose a un lado para que Faith pudiera abrazarla.

«Gracias», respondió Rose. «¿Me extrañaste, abuela?».

«Estaba tranquila», Faith pellizcó sus mejillas. «¿De dónde viene este bronceado? Nunca te pones de ese color en Weymouth. Estás brillando positivamente».

«Hacía calor y sol todos los días. Pasamos mucho tiempo tomando el sol».

«No en topless, espero», se rió la abuela Faith. «Tal vez debería ir a Mallorca, para ver a los hombres».

309

«Eres demasiado vieja», respondió Fran con los ojos en blanco.

«Sí», intervino Rod, «no importa Mallorca, hay una gran casa de retiro en el camino que podrías visitar».

Faith le lanzó a su yerno una mirada penetrante y Rose se echó a reír. Había extrañado esta broma, había extrañado a su familia.

«Entra entonces, amor», dijo Fran enérgicamente. «He puesto la tetera y hay un buen bizcocho que podemos compartir».

Cuando entraron en la casa, Marty pasó un brazo sobre el hombro de Rose. «Bienvenida a casa, hermana».

«¿Qué has estado haciendo?», ella susurró. «¿Nunca aprenderás, Marty?».

«¿Qué puedo decir?». Él sonrió. Soy irresistible para las señoras mayores.

«Ese no es el problema», murmuró. «Tienes que dejar de jugar con mujeres casadas, Marty».

Marty se tiró en un sillón con el ceño fruncido. «No me importa. ¿Había alemanes allí y se desnudaron?».

«Conocí a algunos», Rose sonrió al recordar el grupo de muchachos con los que ella y Shelly habían hablado en el mar, «y no, no estaban desnudos, era un lugar familiar y probablemente los arrestarían si lo hubieran hecho».

«Lástima», Faith se frotó la barbilla. «Siéntate entonces, amor, y cuéntanos todo».

Después del té, el pastel y una larga charla, Rose subió a su dormitorio para desempacar.

«¿Entonces no necesitaste tus jeans de gamuza?», Fran estaba de pie en la puerta, con los brazos cruzados.

«No», se rió Rose, «aunque creo que los necesitaré aquí. Hace frío». Ella se estremeció.

Fran cruzó para mirar por la ventana, «este verano ha sido un fracaso hasta ahora».

«¿Cómo estuvo York?», Rose tiró su ropa sucia en una pila.

«Hermoso e interesante», respondió Fran. «Lo pasamos muy bien, aparte de cuando tu papá tiró de su espalda tratando de llevarme a la habitación del hotel. Sin embargo, fue un descanso encantador. ¿Quién dice que el romance está muerto cuando has estado casado durante treinta y tantos años?».

«Ah, eso es dulce», dijo Rose con nostalgia, «debe haber sido agradable para ustedes tener un tiempo a solas».

«Lo fue», Fran se sentó en la cama y miró a su hija. «¿Tú que tal? ¿Tuviste tiempo a solas con alguien?».

Rose agachó la cabeza y se ocupó clasificando sus artículos de tocador.

«¿Ros...?».

Rose hizo una pausa. ¿Debería mentir? No, su madre vería a través de ella.

«Tom», fue todo lo que pudo decir.

«Ah. ¿Quieres hablar acerca de ello?».

Rose negó con la cabeza con fervor. «Fue solo un romance de vacaciones y ahora se acabó».

Un silencio se prolongó. Rose sacó sus sandalias del estuche y las colocó en el fondo de su armario.

«¿Estás segura de que se acabó?».

Rose agachó la cabeza. «No hay futuro para nosotros». Ella respiró profundo. «Voy a darme una ducha y a acostarme si te parece bien, mamá».

«Claro, amor». Fran le dio un masaje reconfortante al brazo de Rose. «Siempre estoy aquí si quieres charlar... sobre cualquier cosa». Cruzó la habitación y cerró suavemente la puerta y Rose se dejó caer en la cama, envolviéndose en la cálida suavidad del edredón.

Starlight era el nombre del nuevo bar de vinos. Se había convertido de una tienda de ropa hace seis meses en un moderno lugar para beber con luces fluorescentes, música a todo volumen y una cervecería al aire libre. Rose y su familia llegaron poco después de las ocho. Estaba lleno de gente, pero se las arreglaron para tomar una mesa vacía junto a la ventana. Rose colocó su cárdigan sobre el respaldo de su silla y se sentó frente a su madre.

«¿Te apetece un coctel?», ella preguntó.

«¿Por qué no?».

Rose miró a su abuela, quien asintió con entusiasmo.

«Lager para mí, papá». Marty volteó su silla sobre dos patas y miró alrededor de la barra con interés. «Hay mucha gente aquí para ser una noche entre semana».

«He oído que siempre está ocupado». Fran examinó el menú de bebidas. Después de unos minutos discutiendo cocteles, las mujeres se decidieron por tres Bellini. Rod y Marty fueron a pedir y pagar las bebidas. Rose tamborileó con los dedos sobre la mesa al ritmo de la música. Era una locura pensar que Tom tocaba en una banda; ella todavía no podía creerlo. Sacudió su cabeza. No, ella no iba a pensar en él, al menos no durante la próxima hora.

«¿Entonces regresas al trabajo mañana?». La pregunta de Fran impidió que ocurriera el inminente ensueño.

Rose parpadeó. «Sí, de vuelta a eso». La idea de Fulham Banking hizo que el espíritu de Rose se hundiera. «En realidad, estoy pensando en hacer un cambio».

«¿Oh sí?», Rod y Marty estaban de regreso, poniendo las bebidas en la mesa.

Rose miró a su familia y luego respiró profundo. «Quiero volver a la universidad. Quiero volver a capacitarme. Quiero cambiar mi carrera».

La abuela Faith tosió. «¿A qué, nuestra Rose?».

«Ya sé», Fran observó a su hija. «Siempre has querido trabajar con animales, ¿verdad?».

«Sí. Ha sido mi sueño desde que estaba en la escuela».

«Recuerdo», continuó Fran, «todo lo que siempre quisiste para Navidad eran animales de peluche para poder jugar a los veterinarios. Y todas las revistas de animales que tuve que comprar. Los amabas».

Rod tomó un sorbo de su pinta. «¿Cómo te las vas a arreglar financieramente?».

«Tengo ahorros y pensé que podría trabajar medio tiempo. Quizá podría conseguir un trabajo aquí, por las tardes».

«¿Tú, trabajando en un pub?», Marty parecía sorprendido. «Pero, ¿cómo lidiarías con los hombres lascivos, los borrachos, las peleas a puñetazos? El trabajo en el bar es duro, Rose, y tú eres...».

«¿Qué?», espetó Rose, mirando a su hermano.

Fran le dio unas palmaditas en la mano. «Creo que quiere decir sensible, amor».

«Bueno, creo que es una gran idea», alardeó la abuela Faith. «¿No estábamos todos dispuestos a que Rose hiciera cambios en su vida?».

«Estoy seguro de que podrías soportarlo, amor», estuvo de acuerdo Rod. «Nuestra Rose es más dura de lo que parece».

«Lo haré», dijo Rose con firmeza. «No más desperdiciar mi vida, no más infelicidad».

«Aquí, aquí», dijo Fran. «Esto requiere un brindis». Chocaron los vasos. «¡Por nuevas aventuras y éxitos para nuestra Rose!».

«¡Por un romance caliente para mi única nieta!», Faith guiñó un ojo.

Oh, si supieras, pensó Rose con una sonrisa triste.

· · ·

«Ya que estamos en el tema del romance, ¿es Jeremy Payne el que veo allí?».

Rose miró al otro lado de la habitación. «Sí, lo es. Supongo que debería ir a saludar».

«¿Después de la forma en que te trató?», Martin negó con la cabeza. «Eres demasiado amable, hermana. ¿Quieres que lo golpee?».

«No seas tan melodramático», respondió Rose, con los ojos en blanco. «Voy a hacerle saber a Jeremy Payne que no estoy molesta en lo más mínimo por él y Sabrina. Ella es bienvenida para él».

Jeremy la había visto y le hacía señas para que se acercara. Rose se llevó su coctel con ella.

«Hola, Rose». Se subió las gafas y la miró con ojos oscuros y brillantes. «Escuché que has estado de vacaciones».

«Sí. Mallorca».

Jeremy se aclaró la garganta. «Te extrañamos en el coro folclórico».

Rose estaba desconcertada de que Jeremy le hubiera agarrado la mano. «Te extrañé...», agregó.

«¿Dónde está Sabrina?». Rose miró a las personas con las que estaba compartiendo; hombres de las oficinas en las que trabajaba.

«Ya no estamos juntos». Jeremy suspiró teatralmente. «Sabrina se ha mudado a Estados Unidos».

Rose apartó la mano. «¿Pero pensé que eran una pareja?».

«Me di cuenta de que ella no era la chica para mí». Jeremy se encogió de hombros. «He sido un tonto, Rose, ciego a mi verdadero amor».

Rose retrocedió.

«Eres tú, Rose, siempre has sido tú».

«Oh, no». Rose negó con la cabeza. «Tenías razón, Jeremy, estamos destinados a ser solo amigos».

«¡Pero Rose, hace unas semanas me estabas haciendo cumplidos, diciéndome que querías tener una relación conmigo!». Jeremy inhaló profundamente. «Mientras estuviste fuera, tuve la oportunidad de pensar. Somos perfectos el uno para el otro, Rose». Él juntó sus manos de nuevo. «¿Me harías el honor de casarte conmigo?».

treinta y seis

«¿Hablas en serio?». Rose podía sentir su boca abierta en estado de shock.

«Mucho», Jeremy asintió. «Estaríamos tan bien juntos, Rose, podría hacerte feliz».

Rose inhaló profundamente. «Jeremy, me gustas, pero eso es todo, y necesitas más que eso para formar un matrimonio».

«Gustar se convierte en amor. ¿Lo pensarás, Rose? ¿Me darías una respuesta dentro de unos días?».

Rose lo miró. Parecía lo suficientemente sincero y una emoción suplicante estaba escrita en todo su cuerpo. Jeremy se tomó una pausa para confirmar sus planes. Le besó un lado de la mejilla y se despidió galantemente de ella.

«Adiós mi amor. Espero tu respuesta. Piensa con cuidado, bella doncella». Con eso se marchó, dejando a Rose boquiabierta detrás de él.

«¡Qué descaro!». Fran y los demás escucharon mientras Rose relataba lo que acababa de ocurrir. «¡Así que no funcionó con Sabrina y tú eres la segunda opción!».

Marty se rió. «¿Le dijiste dónde meter su camiseta sin mangas?».

«Traté de decepcionarlo suavemente», Rose se rascó la cabeza, «pero él no parecía estar escuchando».

«Tienes que dejarlo claro y simple», aconsejó Faith. «Una buena patada en su trasero debería ser suficiente».

«Yo no podría hacer eso», dijo Rose en voz baja. «¿Que voy a hacer?».

«No estás considerando seriamente su propuesta, ¿verdad?». Rod miró a su hija con los ojos entrecerrados. «No doy mi bendición para tenerlo como yerno, ¿es eso lo suficientemente claro?».

«Por supuesto que no voy a aceptar». Rose golpeó su vaso sobre la mesa. «Le explicaré... que gustarle a alguien y conocerlo durante años no son razones suficientes para casarse con una persona». Tragó saliva mientras las imágenes de Tom giraban en su mente. «Quiero amor y pasión, como... Shelly y Harry y... tú y mamá».

«Sí, así es, nuestra Rose». La abuela Faith carraspeó. «Tu abuelo y yo nos casamos puramente por lujuria. No podíamos quitarnos las manos de encima».

«¡Mamá!», Fran levantó la mano. «No más información, por favor».

Faith mostró una sonrisa traviesa. «Escuché que tuviste suerte en Mallorca».

«Gracias, mamá». Rose se cruzó de brazos. «¿Podemos hablar de algo que no sea mi vida personal?».

«¿Le has contado a Rose sobre la reunión escolar?», Marty le preguntó a su mamá.

La mano de Fran se disparó para cubrir su boca. «Olvide todo sobre eso. Sí, Rose, es este fin de semana y tú y Shelly están invitadas. Billy Baxter me lo dijo en el supermercado. Habrá una gran celebración en el bachillerato Poole High School. Todos los profesores estarán allí. Incluso le han pedido a tu hermano que haga de DJ esa noche».

Marty se recostó en su silla, con una orgullosa sonrisa en su rostro. «Deben haber oído hablar de mis elegantes habilidades en la fiesta de Shelly».

«¿Una reunión escolar?», Rose se desplomó en su asiento. «No estoy segura si me gusta eso. Odiaba la escuela secundaria, todas las camarillas y quejidos».

«Eso fue en el pasado, amor». Fran le dio una suave palmada en el brazo a Rose. «Todos han crecido y han seguido adelante. Creo que a Shelly le encantaría. Una última celebración antes de que regrese a Australia».

«¿Dónde está ella, por cierto?», preguntó Marty.

«Revoloteando por Irlanda, lo último que escuché». Rose tocó la pelusa de su chaqueta de punto. «Supongo que debería ir».

«Definitivamente deberías hacerlo. Cómprate un vestido nuevo», aconsejó Fran. «Con tu nuevo color de cabello y tu bronceado, deslumbrarás a todos. Las mujeres se pondrán verdes de envidia».

«Está bien», Rose sonrió, «iré».

Su familia aplaudió e instó a Rose a tomar su teléfono y enviarle un mensaje a Shelly pronto.

A la mañana siguiente, Rose se levantó muy temprano y se duchó antes de que nadie más se hubiera levantado. Untó rápidamente dos rebanadas de pan con mantequilla, añadió un poco de jamón y lo colocó en un tupperware junto con una manzana y una rebanada de pastel de plátano de Fran.

«Te levantaste temprano, amor». Su madre la observaba desde lo alto de las escaleras mientras se ponía sus cómodos zapatos de trabajo.

«Tengo un día ajetreado por delante», respondió Rose, con una sonrisa. «Me da miedo pensar en qué estado estará mi escritorio».

La última vez que había estado de vacaciones, Liliana había traído a un temporal que había dejado el área de recepción hecha un desastre; fotocopias sin terminar esparcidas por todas partes, tazas de café amontonadas, una papelera abultada llena de envoltorios de chocolate y un residuo pegajoso sospechoso sobre el tablero de distribución. Le había tomado una mañana limpiarlo todo.

Fran bajó las escaleras arrastrando los pies, apretándose bien la bata. «Que tengas un buen día, amor, y recuerda que iremos a comprar vestidos a la hora del almuerzo».

«Estaré allí, mamá». Rose recogió las llaves de su auto. «Te veo luego». Ella retrocedió hacia la puerta, luchando por ponerse su chaqueta.

Por ahora, la lluvia había cesado, el sol brillaba y había una brisa fresca que susurraba entre los árboles. Rose dio marcha atrás con su coche y se dirigió hacia el polígono industrial donde se encontraba Fulham Banking.

«Buenos días, amor», la saludó Ron mientras ella ingresaba el código y abría la puerta principal. «Te ves bien. ¿Tuviste unas buenas vacaciones?».

«Así es, gracias». Dejó su bolso en el suelo. «¿Cómo ha estado todo por aquí?».

«Caos», respondió, apoyándose en el escritorio. «Tenían a una de esas vendedoras aquí en recepción. Inútil, ella era, cortó la mitad de los clientes. Graham bajó y le dio una reprimenda».

«Oh, cielos», dijo Rose. «Bueno, al menos ha dejado la recepción ordenada».

«Te lo ordené, amor», Ron hinchó el pecho, «no pensé que fuera justo que tuvieras que volver al lío que había hecho otra persona».

«Gracias». Rose le sonrió. «¿Cómo está Betsy?».

«Ella está bien. Iba sola al taller de tejer y charlar, lo cual era un gran problema para alguien que sufre de una ansiedad paralizante. ¿Irás con ella esta semana, amor? Solo que ha empezado a tejerte un jersey y quería comprobar que te gustaba el color».

«Estaré allí», Rose se conmovió por sus palabras, «y eso es encantador de su parte».

«Lo vales». Se quitó el sombrero y se alisó el cabello. «Ahora, cuéntame todo sobre tus vacaciones».

Mientras Rose conversaba con él, el personal comenzó a llegar. Liliana llegó con un grupo de vendedoras, riéndose y cotilleando. Se detuvo junto al ascensor para lanzar a Rose y Ron una mirada de desdén, una mirada cargada de desaprobación. Rose siguió escuchando a Ron hablar sobre su amada Betsy.

«Bueno, supongo que debería irme», dijo, mirando su reloj, «Betsy tendrá mi tostada y té listos. Que tengas un buen día, cariño y no trabajes demasiado».

«Trataré de no hacerlo», dijo Rose, con una sonrisa. «Dale mi amor a Betsy».

Ron se alejó, haciendo girar sus llaves y Rose se puso el auricular y atendió la primera llamada telefónica del día.

La mañana pasó volando. Hubo un flujo constante de llamadas; nuevos clientes, clientes actuales descontentos, colegas de otras oficinas que pedían hablar con la gerencia. Llamó a la oficina de Graham y se sorprendió cuando él contestó en lugar de su secretaria.

«¿Cómo estuvieron tus vacaciones, Rose?», preguntó amablemente.

«Fue fantástico, gracias», respondió Rose cortésmente. «Em, tengo en la línea a Maxine de la oficina central para ti». Conectó la llamada y luego se dispuso a clasificar el correo en montones ordenados.

Más tarde en la mañana, cuando Rose estaba en su descanso, decidió ir a ver a Graham. Su secretaria le informó que estaba libre y le dijo que pasara a su oficina. Rose se paró en la entrada, sintiéndose incómoda. Su corazón latía con fuerza mientras reflexionaba sobre lo que estaba a punto de decirle.

«Siéntate, Rose», dijo con una sonrisa, señalando una silla frente a él.

Rose se sentó en la blanda silla de cuero, cruzó las piernas y respiró profundo.

«¿Qué puedo hacer por ti?», preguntó.

«Me voy». Allí había dicho las dos palabras que la habían mantenido despierta la noche anterior.

«¿Partes?». El rostro de Graham registró su sorpresa. «Pero, ¿por qué, Rose? Lo estás haciendo muy bien aquí». Hubo una pausa. «No es el personal, ¿verdad? He notado la forma en que algunas de las mujeres te hablan».

«No», Rose negó con la cabeza. «Quiero volver a la universidad. Quiero volver a capacitarme. Básicamente, quiero cambiar mi carrera». Ella explicó sobre el curso de cuidado de animales en la universidad local. «Es un curso de medio tiempo de dos años. Debería haberlo hecho hace años. Siempre quise hacerlo, pero supongo que tenía miedo al cambio».

«Pero, ¿cómo te las arreglarás financieramente?».

«Voy a conseguir un trabajo de medio tiempo, algo que se ajuste a mis horas universitarias».

Graham se quedó en silencio por un momento. Volteó su pluma entre sus dedos. «Quédate aquí, Rose, podemos reducir tu horario. Fulham Banking puede adaptarse a ti».

«¿Quieres decir que podría trabajar a tiempo parcial?», Rose se sorprendió por su amable oferta; hasta donde ella sabía, todo el personal aquí era de tiempo completo.

«Sí. Eres una miembro del personal brillante, trabajadora y concienzuda. No quiero perderte. No todavía, de todos modos». Rose estaba tan feliz que casi rebotó en su asiento. «¡Eso sería maravilloso! Muchas gracias, señor Marston».

«Llámame Graham», dijo. Rose se puso de pie, alisando las arrugas de su falda.

«Te puedo imaginar trabajando con animales», dijo Graham, sonriendo. «Eres amable y cariñosa y siempre has sido desperdiciada aquí».

«Oh, no», protestó Rose. «Esta es una buena empresa para trabajar y estoy muy agradecida por las oportunidades que me han brindado como empleada».

«Está bien, Rose». Graham levantó la mano. «Entiendo cómo te sientes, yo también tuve mis sueños una vez. Escapa mientras puedas, es mi consejo». Él se rió, y fue un sonido tan encantador e infeccioso que Rose se encontró uniéndose a él.

En la puerta, Graham llamó su atención con las palabras de despedida: «Sal y vive, Rose. Sal y brilla».

treinta y siete

«Te ves impresionante». Fran le dio a su hija una gran señal de aprobación. «Tenía razón sobre ese vestido, te queda perfecto».

Rose dio media vuelta con sus nuevas zapatillas altas y se detuvo frente al espejo de cuerpo entero. Su madre tenía razón. por supuesto; el vestido midi cubierto de lentejuelas plateadas era hermoso.

«¿Es demasiado el maquillaje?», Rose había ido a la esteticista local por primera vez y el resultado fueron ojos oscuros con kohl y labios escarlata, en contraste con su ropa sencilla y discreta para el día.

«¡Absolutamente no!», Fran se apresuró. «Te ves vampírica y extremadamente sexy».

«Gracias». Rose sonrió y se miró de nuevo en el espejo.

«¿A qué hora viene Shelly por ti?».

«Siete», respondió Rose. «Estoy adelantada como siempre».

«Eres puntual», corrigió Fran suavemente. «Ven y muéstrale a tu abuela, amor, está fuera de sí por la emoción. Cualquiera pensaría que es ella quien va a su reunión escolar».

. . .

Rose se tambaleó escaleras abajo, siguiendo a Fran. «Caramba», dijo Rod, su cuchara de helado ondeaba en el aire, «¿eres realmente tú, nuestra Rose?».

«¿No se ve hermosa?», Fran tiró los pies de la mesa de café y se sentó a su lado.

«Te ves genial». La abuela Faith le dedicó una sonrisa gomosa. «Apuesto a que la mitad de tus compañeros de clase no te reconocerán».

Marty entró, levantando la vista de su teléfono. «Fiu-fiu. ¿Esa es realmente mi hermana?».

Rose se volvió hacia él. «¿No deberías estar ya en la escuela?».

«Ya voy», respondió, recogiendo su caja de equipo. «No olvides comprarme una botella o dos de cerveza». Aplastó su gorra hacia atrás, un movimiento que creó un nudo en el estómago de Rose. Tom, ¿dónde estás? Ella se preguntó. Anoche, ella había roto su abstinencia autoimpuesta de él y le envió un mensaje. No había recibido respuesta, y ahora lamentaba amargamente preguntarle cómo estaba, decirle que lo extrañaba y rematar con tres besos. Obviamente no le importaba, pensó miserablemente. ¿Cómo iba el dicho? 'Ninguna respuesta es una respuesta'.

Rose paseaba por el salón, cada vez más enfadada consigo misma. No más suspirar por Tom Sinclair, se dijo a sí misma, ¿o debería dirigirse a él como Jack Fallon de ahora en adelante?

«Vas a desgastar esa alfombra». Rod palmeó el asiento vacío a su lado. «Siéntate, así podré ser una rosa entre dos espinas».

«Deberías tener tanta suerte», resopló Fran. «Pon las noticias, amor, mira lo que está pasando en el mundo».

Mientras todos buscaban el control remoto, Marty asomó la cabeza por la puerta.

«Tienes una visita», le dijo a Rose.

Rose se iluminó. «¿Shelly?».

«No», señaló con el pulgar hacia atrás, «es el tipo de la camiseta sin mangas. Le dije que esperara en el jardín».

Hubo un golpe repentino en la ventana. La cara de Jeremy estaba aplastada contra el cristal mientras intentaba mirar a través de las cortinas de red.

«Jesús», Rod negó con la cabeza, «¿no tiene ese hombre respeto por sí mismo? Ya le dijiste que no, ¿verdad, Rose?».

«No exactamente», Rose se estremeció. «Lo he estado evitando».

La abuela Faith agitó su bastón en el aire. «¿Quieres que le dé un golpe?».

«No», suspiró Rose, «hablaré con él». Fue a la puerta principal, diciéndose a sí misma que debía ser valiente y directa.

Jeremy estaba de pie junto al arbusto de hortensias. Cuando vio a Rose, tomó una flor y se la entregó.

«Sin palabras», dijo efusivamente, «te ves hermosa».

«Gracias». Rose lo sacó del césped y lo alejó de la casa. «Lamento no haber respondido a tus mensajes».

Jeremy se subió las gafas por la nariz. «Estaba empezando a preocuparme, Rose. Pensé que podrías estar enferma».

Sí, pensó Rose, estoy sufriendo por un amor no correspondido. Miró la flor que tenía en las manos y los grandes pies cubiertos de mocasín de Jeremy.

«¿Me darás mi respuesta... por favor?».

Sin previo aviso, se dejó caer de rodillas, agarrando su mano libre. «Permíteme decirte cuán ardientemente te amo». Rose se quedó sin aliento ante su referencia a Orgullo y Prejuicio. Todo esto está mal, pensó. Es de Tom de quien quiero escuchar esto y ciertamente no de Jeremy Payne. Rose apartó la mano.

«Jeremy, gracias por tu propuesta, me siento muy halagada y eres un buen hombre», tragó saliva al ver el brillo de esperanza en sus ojos, «pero no puedo aceptar. Lo siento, pero la respuesta es no».

«¿No?». Rose observó cómo el enrojecimiento se extendía desde su cuello hasta sus mejillas. «Pero tú misma dijiste que soy un buen hombre. Soy un buen partido, Rose... cualquier mujer sería afortunada de tenerme».

Rose se mordió el labio. «Amo a otra persona». Verdaderamente, locamente, profundamente, añadió su voz interna.

«¿Amar?», Jeremy se burló. «¿La pequeña, quisquillosa y frígida Rose Archer está realmente enamorada?».

La ira burbujeó dentro de Rose por sus crueles palabras. No más amabilidad, juró; no hacia él al menos. «E incluso si no estuviera enamorada de otra persona, eres el último hombre con el que contemplaría compartir el resto de mi vida».

Por un largo momento se miraron mutuamente, ambos igualmente furiosos.

«De acuerdo». Jeremy se alejó de ella. «Pero no habrá más coro folclórico. ¡A partir de este momento, RENUNCIO!».

Rose se cruzó de brazos y le dio la mirada más fuerte que pudo reunir. «Estoy seguro de que nos las arreglaremos sin ti».

«Tú... tú...», Jeremy fanfarroneó, buscando una respuesta apropiadamente mordaz.

Entonces Rose escuchó un movimiento detrás de ella. «¡Escuchaste a mi hija, ella dijo que no! Ahora sal de mi propiedad antes de que te eche». Rose se volvió para mirar agradecida a su padre, que tenía una mirada amenazante en el rostro y los puños apretados con fuerza a los costados.

Jeremy retrocedió más lejos. «Ya me voy. Adiós para siempre, Rose Archer».

Detrás de ella, la abuela Faith gritó: «¡Buen viaje!». Jeremy

Payne prácticamente salió corriendo y esa fue la última vez que Rose lo vio.

~

Fue tan bueno ver a Shelly de nuevo. Rose la abrazó con fuerza, besó su cabello y se deshizo en halagos sobre su traje dorado.

«Tú tampoco te ves mal, Archer».

«¿Cómo estás, Rose?», Harry dio un paso adelante para abrazarla.

«Estoy bien», respondió Rose. «¿Cómo está Fin?».

«Oh, él está bien», sonrió Harry, «actualmente se está quedando con Marian en Londres».

«¿Y Tom?».

Harry tosió. «Él también está allá. No he oído mucho de él, pero creo que está bien».

Rose se miró los pies. «Excelente».

«Entonces», comenzó Shelly alegremente, «no puedo creer que vayamos a una reunión escolar. ¿Van a ir muchas?».

«Aparentemente sí», respondió Rose. «Deberíamos partir, ya llevamos media hora de retraso».

Se despidió a gritos por el pasillo y luego cerró la puerta principal.

Rose se subió a la parte trasera de su coche de alquiler y se dirigieron a Poole High School.

«¿Lo pasaron bien en Irlanda?».

«Lo hicimos». Shelly se giró en su asiento para mirarla. «Estoy agotada, sin embargo. Demasiados viajes, creo. Le dio a Rose un breve resumen de su mini descanso».

«¿Cuándo se irán a Australia?», Rose preguntó.

«Siguiente lunes. Entonces volveremos a la rutina, a la normalidad».

«¿Van a regresar?». La voz de Rose tembló ligeramente.

«¡Por supuesto!», Shelly palmeó la mano de su amiga. «Ya estamos planeando un viaje para el próximo año. La gran pregunta es, ¿alguna vez llevaré a mi mejor amiga a Australia?, ¿eh?». Rose retorció los dedos en su regazo. «Creo que Marian ya lo está organizando».

«¿Es un sí?», Shelly sonrió con emoción.

«Es un posible tal vez. Voy a empezar el curso de cuidado de animales en septiembre». Rose respiró profundo. «Les he notificado en el trabajo que quiero irme».

«Rose... ¡eso es brillante!», Shelly le dio un codazo a su marido. «¿No es genial, Harry? ¡Por fin estás siguiendo tus sueños!».

«Bien por ti, Rose», intervino Harry. Estaba entrecerrando los ojos a través del parabrisas. «¿Es esta su vieja escuela?».

Todos se giraron para mirar el aburrido edificio gris frente a ellos.

«Eso es Poole High», confirmó Shelly.

«Parece más una prisión», murmuró Harry, mientras giraba hacia el estacionamiento.

«Se sentía como una», dijo Shelly arrastrando las palabras. «Oh Dios, ¿es ese el Sr. Jenkins?».

Rose miró al hombre canoso, que cojeaba por la pista. «Sí. Se ve diferente».

«Parece demacrado», dijo Shelly secamente. «Era nuestro director, un megalómano loco por el poder. Se rumoreaba que la mitad del personal se marchaba debido a su intimidación. ¿No me digas que todavía está a cargo?».

«No, está alguien nuevo», dijo Rose, mientras se desabrochaba el cinturón de seguridad, «un súper director de Escocia. Ha cambiado la escuela de insatisfactoria a sobresaliente».

«¿Cómo sabes todo esto?», preguntó Shelly.

Es amigo del vicario. Rose tomó su bolso y salió del auto. «El señor French sabe todo lo que sucede en la comunidad y se lo transmite al coro folclórico. Escuchamos todos los chismes».

«Nunca hubiera pensado que el coro folclórico podría ser tan emocionante». Shelly se rió. «Entonces, ¿estás lista para hacer esto, Archer?».

«Hagámoslo». Rose respiró profundo, tomó del brazo a Shelly y caminó hacia la entrada.

∿

Te ves bien, Rose. Billy Baxter la miró de arriba abajo. «¿Te apetece una bebida?».

«Sí, por favor». Rose lo siguió hasta el bar improvisado.

«¿Shelly también quiere uno?».

«Creo que está ocupada». Señaló la pista de baile, donde su amiga se estaba besando con Harry.

Se había sentido extraño para Rose, caminando por su antigua escuela, pasando por las aulas donde una vez se había sentada cuando era adolescente. El lugar había sido redecorado. Las paredes y los muebles grises apagados habían sido reemplazados por azules y verdes vibrantes. Los grafitis de las paredes habían sido borrados, las fotografías del personal y los elogios de la escuela habían ocupado su lugar y el viejo y barato revestimiento del piso de vinilo había sido reemplazado por elegantes alfombras. Olía fresco y nuevo, y el viejo y destartalado gimnasio se veía increíble. Lo habían arreglado para la noche, con globos, pancartas y luces que se atenuaban y brillaban.

Marty estaba en el escenario en su elemento, tocando una ecléctica selección de música que tenía la pista de baile repleta de personal y ex alumnos. Debía haber cientos aquí, supuso Rose, mientras saludaba a algunas de las mujeres que reconoció.

«¿Has ido a los baños?», preguntó Billy, entregándole una copa de vino barato. «Ahora tienen grifos dorados. Recuerdo haberlos inundado con Dean Round y Andrew Parsons recibiendo el castigo». Billy se rió entre dientes. «Los buenos viejos tiempos, ¿eh?».

«¿Andrew está aquí?». La imagen de un chico delgado con gafas apareció en la mente de Rose.

«No. Le enviaron una invitación, pero la rechazó, y no puedo decir que lo culpo, nosotros fuimos horribles con él, pero parece que se rió al último. Ahora es un magnate de los negocios, Rose, posee propiedades en Nueva York, Londres y Tenerife. Lo último que supe es que estaba saliendo con una supermodelo».

Rose se estremeció y sus pensamientos vagaron hacia Tom. Mientras se preguntaba si él estaba bien, era vagamente consciente de la charla continua de Billy.

«¿Es un sí?».

«¿Lo siento?», Rose se sacudió la imagen mental de una velada de pasión en una playa mallorquina.

Billy la miraba expectante. «¿Bailarías conmigo, Rose?».

«Oh, yo...», Rose estaba a punto de negarse cuando Billy la agarró de la mano y la jaló hacia la pista de baile. Afortunadamente, Marty había aumentado el tempo y Rose se vio impulsada por el ritmo pop de los B52.

«Te mueves bien, Rose Archer». Billy la hizo girar una y otra vez. «Siempre me gustaste».

Rose se rió. «Recuerdo que te gustaba Shelly».

«¿Sí?», Billy sonrió. «Hay miles de Shellys en este mundo, pero tú eras la diferente, Rose. Siempre fuiste única, incluso en la escuela primaria, siempre metiste la nariz en un libro, como un personaje de Disney». Él la acercó más. «Me recuerdas a Bella de...».

«¿La bella y la Bestia?», Rose terminó por él. «Esa es mi película favorita de Disney, en realidad».

«Ahí tienes entonces». Billy la miró fijamente a los ojos. «Te conozco desde hace mucho tiempo, Rose y siempre te he admirado. ¿Tendrías una cita conmigo?».

. . .

«Yo... em...», Rose dudó. Billy Baxter era un buen tipo y era guapo. ¿Qué mejor manera de superar a Tom Sinclair que arrojándose a otro hombre? Hazlo, instó una voz interior; vive en el lado salvaje para variar, disfruta de la vida.

Rose sonrió y acababa de abrir la boca para decir que sí cuando una ola de emoción se extendió por la habitación. Uno de los profesores estaba reteniendo el borde de las enormes cortinas y las luces brillaban en el gimnasio. La gente se precipitaba hacia la ventana para mirar hacia afuera. Marty cortó abruptamente la música y un sonido rugiente abarcó el salón.

«Maldita sea», gritó el profesor de educación física, «¡hay un helicóptero aterrizando en el campo de la escuela!». Rose buscó a Shelly y notó que ella le devolvía la mirada con una gran sonrisa en su rostro.

«¿Qué está pasando?», Rose se paró en medio de la pista de baile, como en un trance hipnótico. Sus pies se negaban a moverse. Entonces Shelly estuvo a su lado, sacudiendo su brazo, señalando las puertas dobles del gimnasio. Allí, bañado por la luz, estaba el hombre más guapo que jamás había visto. Su nombre era Tom Sinclair.

Entró en la habitación y hubo jadeos audibles. Este era el efecto que tenía en los demás y Rose sintió que le temblaban las rodillas mientras lo miraba. Estaba vestido con un traje, con una deslumbrante camisa blanca abierta en el cuello, revelando mechones de cabello oscuro, cabello que Rose había entrelazado con los dedos en medio de la pasión.

«¿Es ese realmente Tom?». Ella susurró.

«Es Tom», confirmó Shelly.

«Pero... ¿por qué está él aquí?». La voz de Rose tembló cuando él le sonrió.

«Tu lo descubrirás». Shelly la abrazó. «Solo escúchalo, Rose, ¿de acuerdo?».

«De acuerdo». Rose asintió con fervor, lamiendo sus labios repentinamente secos.

Tom cruzó el suelo hasta donde estaba ella, le levantó la mano y la besó con ternura. «Tengo algo que quiero decirte», dijo con voz ronca, mirándola con sus hermosos ojos verdes.

«¿Quieres... quieres ir a un lugar más privado?». Estaba consciente de que todos los miraban.

«No. Quiero que todos escuchen esto. No te muevas». Se alejó de ella y saltó al escenario. Rose lo vio susurrarle algo a Marty, quien debidamente le pasó el micrófono.

Tom se pasó una mano por el cabello alborotado mientras la luz principal descansaba directamente sobre él. Rose se quedó inmóvil como una estatua, aterrorizada pero eufórica al mismo tiempo. ¿Esto realmente está pasando? se preguntó a sí misma. El salón estaba en un silencio sepulcral cuando Tom la miró fijamente y comenzó a hablar.

«Yo no asistí a esta escuela». Su voz sonaba temblorosa y Rose se sintió abrumada por el amor por él. «Probablemente puedan decir por mi acento que ni siquiera vengo de Inglaterra. Vine aquí de mala gana de vacaciones. Pero desde que llegué, conocí a esta chica. Esta persona maravillosa que es hermosa, amable, dulce, divertida y cariñosa. Su nombre es Rose Archer», todos los ojos se volvieron para mirarla, «y en las pocas semanas que la conozco, me he enamorado de ella». Hubo un murmullo de las mujeres en la habitación, un coro de *aaayyy*.

Tom hizo una pausa para respirar y dentro de su pecho, el corazón de Rose latía con fuerza. «Ella es todo lo que siempre he querido, todo lo que he estado buscando. Vine aquí esta noche para decirle que soy suyo... si me acepta». Rose jadeó. «La amo, ya ven. La he amado desde el momento en que la vi».

Las lágrimas se deslizaron de los ojos de Rose cuando la gente comenzó a aplaudir y silbar.

«Entonces, Rose Archer... ¿qué irá a ser? ¿Sientes lo mismo?».

«¡Tranquilo!», gritó el Sr. Jenkins, el formidable ex director. «Deja que Rose hable».

Rose se secó las lágrimas, caminó lentamente hacia el escenario, extendió las manos y gritó: «¡La respuesta es SÍ! ¡Sí al amor, sí a la felicidad y sí a ti!».

La música estaba de vuelta, la pista de baile estaba llena de nuevo y Rose estaba en sus brazos, aplastada contra su torso mientras giraban lentamente.

Shelly y Harry se acercaron a felicitarlos.

«¿Sabías que esto iba a pasar?», Rose miró a sus amigos con ojos suspicaces.

«Podría haber tenido una idea». Shelly se rió. «Ustedes dos hacen una gran pareja. Estoy muy emocionada y feliz por ustedes dos».

«Déjalos en paz», Harry la apartó, «creo que tienen que ponerse al día, y mientras tanto, esposa, puedes invitarme una cerveza».

Se alejaron, conversando alegremente.

«Supongo que eso es un no entonces, Rose», le dijo Billy Baxter con ironía.

«Lo siento», gritó Rose mientras él pasaba zigzagueando, en busca de más mujeres solteras.

«¿Quien era ese?», preguntó Tom. «¿Debería estar celoso?».

«En lo mas mínimo». Rose se puso de puntillas y besó sus labios suavemente. «Te amo a ti, a nadie más. Pero Tom, ¿dónde has estado toda la semana?».

Tom pareció de repente complacido consigo mismo. «En Londres, buscando propiedades. Compré un piso, Rose y la banda se mudará aquí durante los próximos doce meses. Nos estamos concentrando en construir seguidores en el Reino Unido».

«¡Eso es fantástico!», Rose sonrió. «Entonces, ¿eso significa que no volverás a Australia con los demás?».

«No», él presionó sus manos contra su corazón, «soy todo tuyo. Entonces, ¿qué estás haciendo ahora, Rose Archer?».

Rose ladeó la cabeza hacia un lado. «¿Qué quieres decir?».

Tom se rió. «¿Vienes conmigo?».

Ella lo siguió fuera de la pista de baile, deteniéndose para besar a Marty y viejos amigos de la escuela que querían desearles lo mejor.

Caminaron a través del laberinto de pasillos de Poole High y salieron al campo, hacia el helicóptero que repentinamente cobró vida; el motor vibra y las aspas giran.

Rose tragó saliva. «¿Quieres que entre en eso?».

Tom asintió. «Te cuidaré. ¿Confías en mí?».

«Sí». Rose lo observó mientras abría la puerta y le tendía la mano.

«Entonces ven conmigo, Rose. Ven y conoce mi mundo».

FIN

Querido lector,

Esperamos que hayas disfrutado leyendo *Cocteles, campanas nupciales y locura de verano*. Tómese un momento para dejar una reseña, incluso si es breve. Tu opinión es importante para nosotros.

Atentamente,

Julia Sutton y el equipo de Next Chapter

Cocteles, campanas nupciales y locura de verano
ISBN: 978-4-82415-458-3

Publicado por
Next Chapter
2-5-6 SANNO
SANNO BRIDGE
143-0023 Ota-Ku, Tokyo
+818035793528

24 octubre 2022

Lightning Source UK Ltd.
Milton Keynes UK
UKHW011850171122
412395UK00003B/27